NANCY WARREN

Das KARMA DER KAMELIE

DER BLUMENLADEN VON WILLOW WATERS - 2

Das Karma der Kamelie, Der Blumenladen von Willow Waters, Band 2

Urheberrecht © 2023 Nancy Warren

ISBN: Ebook 978-1-998239-07-8

ISBN: Gedruckt 978-1-998239-06-1

Cover-Gestaltung von Lou Harper von Cover Affair.

Übersetzung: Helga Aquilina.

Ambleside Publishing

VORWORT

Hinter den schönsten Blumen lauert ein Mord ...

Die Vergangenheit ruht nicht immer. Einstige Taten holen uns wieder ein und bedrängen uns. Genau so ergeht es der jungen Hexe Char, Peony Bellefleurs Schützling, als plötzlich ihr ehemaliger Freund auftaucht und um eine zweite Chance bittet. In Wirklichkeit ist er aber wegen eines Verbrechens auf der Flucht. In dem Dorf Willow Waters in den Cotswolds wetteifern einige Frauen, welche von ihnen den Pfarrer am besten umsorgt. Er ist Witwer und nimmt wohlwollend vom selbstgebackenen Brot bis zu handbestickten Altartüchern alles an. Wetteifert eine vielleicht zu sehr?

Das Leben in dem bezaubernden Dorf scheint nach außen hin so perfekt wie aus einem Bilderbuch. Doch auch hier können sich wie bei den jetzt blühenden Kamelien stechende Insekten zwischen den makellosen Blütenblättern verbergen.

~

Melden Sie sich zu Nancys spamfreien Newsletter auf Nancy-WarrenAuthor.com an und erhalten Sie gratis die Geschichte von Rafe, dem hinreißend attraktiven Vampir aus der Serie *Der Strickclub der Vampire.*

Werden Sie Teil von Nancys privater Gruppe auf Facebook, wo wir uns über Bücher, Stricken, Haustiere und das Leben an sich austauschen. facebook.com/groups/NancyWarren-Knitwits

DAS KARMA DER KAMELIE

KAPITEL 1

*V*on Blumen können wir viel lernen. Im Gegensatz zu uns Menschen sind sie nicht nachtragend. Sie blühen, schenken uns ihre Schönheit und ihren Duft, dann verwelken sie bis zum nächsten Jahr, wenn sie wieder blühen. Sie geben alles und nehmen nichts. So selbstlos sind sie. Wie gesagt von Blumen können wir viel lernen.

Da ich eine Hexe und Besitzerin von Blumenzauber bin, weiß ich auch, dass Blumen mehr als bloß schön und duftend sind. Sie schmeicheln nicht nur unseren Sinnen, sondern jede einzelne Blume ist für uns auch ein Symbol für unterschiedliche Gefühle. Die Aster steht für Geduld, die Freesie für Unschuld und Fürsorge, die Lilie für jugendliche Ausgelassenheit. So ist es seit Jahrhunderten. Und wie ihr schon wisst, mische ich gern meinen Sträußen ein wenig wohltuenden Hexenzauber bei, damit sie die Genesung der Kranken beschleunigen, eine Hochzeit oder Geburtstagsparty festlicher machen und bei einer Beerdigung den Trauernden Trost spenden.

Man sagt, jemand sei schön wie eine Rose oder frisch wie

eine Margerite, aber in Wirklichkeit haben Menschen und Blumen nicht sehr viel gemeinsam. Besonders was alte Kränkungen betrifft. Du kannst auf eine Blume treten, mit dem Rasenmäher darüber fahren, versehentlich deinen Hund darauf pinkeln lassen – glaubt mir, das habe ich alles schon getan – und die Blume beklagt sich nicht. Sie wird vielleicht verwelken oder für dieses Jahr sterben, aber fast immer wird sie mit ein bisschen Zuwendung und der richtigen Nahrung wieder aufblühen und ebenso viel Schönheit, Duft und Freude schenken wie zuvor. Manchmal sogar noch mehr. Damit will ich sagen, dass Blumen ungewöhnlich nachsichtig sind.

Dagegen können Menschen ungemein fies sein.

Und nachtragend. Manchmal jahrzehntelang.

Darüber grübelte ich nach, während ich eine schöne rosa-weiß farbene Kamelie bewunderte, die stolz in meinem Garten wuchs. Falls ihr das nicht wissen solltet, die Kamelie ist das Symbol für Liebe und Verehrung und Junge, Junge, sie weckte jede Menge Verehrung in mir. Der Garten meines Bauernhauses in den Cotswolds, wo ich lebe, war eine Quelle ständiger Freude, aber auch eine Herausforderung für mich. Wie ihr schon erkannt haben werdet, ich liebe Blumen. Ich liebe es, sie wachsen und blühen zu sehen – so sehr, dass ich einen Blumenladen eröffnet habe. Und ja, ich gebe zu, ich spreche mit ihnen. Das ist nichts Schlimmes –, solange niemand mithört. Ich denke ehrlich gesagt, dass meine Plauderei sie ein wenig kräftiger blühen lässt. Wer möchte nicht ein bisschen ermutigt werden?

Es war ein besonders schöner Sonntagnachmittag im Mai. Die Sonne schien und meine Mitbewohnerinnen – Hilary, eine ehemalige Anwältin, die jetzt im Ruhestand

Altphilologie studierte, und mein Schützling Charity, die sich *sage und schreibe* lieber Char nannte, und ich faulenzten auf den Liegen im Patio und hielten uns die Bäuche vor Lachen.

Warum? Diesen Lachanfall verdankten wir Norman. Norman war Chars Vertrauter – ein sprechender Papagei, der nicht nur sprechen konnte, sondern auch eine spitze Zunge besaß und gerne sarkastisch war. Er war ein blau-gelber Ara und wahrscheinlich einer der nervigsten Vertrauten in der Geschichte der Hexerei. Der Vogel war ein geborener Performer und der beste Imitator, den ich je gehört habe. Im Augenblick imitierte er ganz fantastisch meine Mutter, Jessie Rae. Sie bemerkte es nicht.

Jessie Rae, ist ein schottisches Medium und stammt aus einer langen Reihe von Medien. Sie schien sich gerade mit der Luft zu unterhalten. Ich weiß, es klingt sonderbar, aber das war nichts Ungewöhnliches für meine Mutter. Ätherisch ist das perfekte Wort, um sie zu beschreiben. Sie ist so zart wie eine Elfe mit langem rotem Haar und anstatt zu gehen, schwebt sie praktisch. Sie kommuniziert mit Geistern und man kann sagen, dass sie »im Wolkenkuckucksheim lebt«. Natürlich sprach sie nicht mit der Luft, sondern mit einem Geist. Sicherlich würde sie bald auf die Erde zurückkehren und uns wissen lassen, welche Brocken Weisheit sie aus dem Jenseits erhalten hatte. Manchmal ergaben diese Botschaften einen Sinn, andere Male ... weniger. Ihre Gabe machte meine Mutter einzigartig und das sind wir alle bei mir Zuhause.

Meine Vertraute Blue – eine schnuckelige orange-rote Katze – machte in der Sonne ihr Nickerchen, in der Nähe, wo ich versuchte, ein wenig Unkraut zu jäten. Ich jätete nur halbherzig, weil ich viel lieber mit den gerade aufgeblühten Kamelien plauderte, denen ich sagte, wie sehr sie mir gefielen und wie schön sie waren. Ihr wisst schon, nichts Schräges.

Während ich das murmelte und ein lästiges Kleeblatt ausrupfte, hatte ich für einen Augenblick das Gefühl, die Temperatur sei um einen Grad gesunken, als hätte eine Wolke die Sonne kurz verdunkelt. Dann lief mir ein Schauer den Nacken hinunter und ich wusste, dass es nichts mit dem Wetter zu tun hatte. Langsam stand ich auf, beschattete die Augen mit der Hand und blickte hinüber zur Einfahrt, die von der Hauptstraße zum alten Bauernhaus führte.

Wie erwartet stand dort eine einsame Gestalt und starrte zu uns herüber, dann schien er auf seinem Handy etwas zu suchen. Ich seufzte. Wahrscheinlich war es ein Tourist, der blind Google Maps gefolgt und hier gelandet war. Das passierte andauernd. Zu oft für meinen Geschmack, da ich eine Menge Dinge in meinem Zuhause geheim halten wollte. Ich hoffte, der Fremde hätte die Adresse falsch gelesen und würde gleich weiterfahren, aber leider hatte er mich jetzt bemerkt und kam auf mich zu.

Ich kniff die Augen gegen das Sonnenlicht zusammen. Der Mann war mir entschieden fremd. Er war groß, breitschultrig und muskulös, trug ein schwarzes T-Shirt mit abgeschnittenen Ärmeln, die seine muskulösen Arme zeigten, und Bluejeans mit einem Riss über dem linken Knie. Seine ganze Erscheinung sagte jung, tough, legt euch nicht mit mir an. Aber ich spürte auch Angst und eine tief in ihm verborgene Verletzlichkeit. Zwei Eigenschaften, die meiner Erfahrung nach gewöhnlich keine gute Kombination ergeben. Ein ängstlicher Mann verhält sich anders als ein selbstsicherer und selbstbewusster.

Er war wahrscheinlich Mitte oder Ende zwanzig und was

ich ursprünglich für einen Bart gehalten hatte, entpuppte sich als Tattoo, das seinen ganzen Hals überzog. Es sah aus wie eine mit Stacheldraht umwickelte Schlange. Es sollte nicht schön sein, das stand fest. Er ging entschlossen auf mich zu, leicht O-beinig, als hätte er sein Pferd um die Ecke angepflockt. In seinem Fall war es wohl ein Motorrad.

Ließ ich mich einschüchtern? Nein. Ich habe gelernt, dass der Schein trügen kann. Und keine Sorge – ich hatte schon einen Zauberspruch parat, um ihn notfalls auf der Stelle zu stoppen. Also rührte ich mich nicht vom Fleck und wartete. Meine Haut kribbelte vor Unbehagen. Schließlich blieb er einen Meter vor mir stehen und musterte mich mit schmalen Augen. Es war etwas in der Art, wie er mich anstarrte, das meinen ganzen Körper erschauern ließ.

Er öffnete den Mund, doch bevor er etwas sagen konnte, stieß Char einen wilden Schrei aus. »Mick?«

Beim Klang ihrer Stimme fuhr er herum. Ich ebenfalls.

Chars Gesichtsausdruck war eine seltsame Mischung aus erfreut und entsetzt. Sie wiederholte: »Mick? Was *machst* du hier?«

War das ihr ehemaliger Freund, von dem sie mir erzählt hatte? Der in schlechte Gesellschaft geraten war? Meine Nerven kribbelten. Ich, jetzt ganz Glucke, war bereit einzugreifen, wenn nötig.

Er sah sie mit zusammengekniffenen Augen an, lief nicht zu ihr, um sie in die Arme zu nehmen, wie es sich meinem Gefühl nach Char so halb erwartete. Ich vermutete, dass er nicht recht wusste, was tun.

Schließlich sagte er: »Babe.« Seine Stimme war höher, als ich erwartet hatte, mit einem kratzigen Klang, der sie unsicher klingen ließ.

Char, die es sich nicht erlaubte, sich Charity zu nennen, schien kein Problem mit Babe zu haben. Sie ging auf ihn zu, aber umarmte ihn auch nicht.

Er stand noch einen Moment da und sagte dann: »Ich musste dich sehen.«

Char schluckte und zog dann das Gummiband enger, das ihr Haar mit den rosa Spitzen zusammenhielt.

Ich bin nicht sicher, ob einer von uns bewusst war, was wir taten, aber Jessie Rae brach ihr Gespräch mit dem Nichts ab und kam langsam auf uns zu. Hilary legte die Schere weg, mit der sie Rosmarin für das heutige Abendessen geschnitten hatte und Norman verließ seinen Ast auf einem Apfelbaum und stieß herab, um sich auf Chars Schulter zu setzen. Ich hatte den Vogel noch nie so schnell fliegen sehen. Normalerweise würde Char ihn wegschieben, aber dieses Mal unterließ sie es. Still stellten wir uns alle hinter der jungen Hexe auf.

Mit seiner starken Kieferpartie und seinem ungehobelten Auftreten hätte ich Mick für einen Grobian gehalten, wären da nicht seine wachsamen, argwöhnischen braunen Augen gewesen. Er stand seinen Mann, als wäre er es gewohnt, kritisch beurteilt zu werden.

Norman unterbrach die Stille. »Wer ist dieser Klugscheißer?«, fragte er.

Die meisten Menschen reagieren, wenn sie Norman zum ersten Mal begegnen. Heute war keine Ausnahme.

Mick hustete vor Überraschung und sah dann den Papagei böse an. »Pass nur auf, wen du Klugscheißer nennst. Du bist vielleicht nicht fett genug, um gegessen zu werden, aber gut genug, um auf einem Spieß zu rösten.«

Jetzt war ich gereizt. Ich hatte den Mann nicht sympathisch gefunden, der ohne zu fragen, in mein Haus hereinplatzte. Jetzt konnte ich ihn entschieden nicht leiden.

Etwas erreichte er allerdings mit seiner Grobheit, er schuf einen Augenblick der Verbundenheit zwischen Char und ihrem Vertrauten. Mit der Hand bedeckte sie Normans Krallen, die sich sanft über ihre Schulter bogen.

»Er gehört zu mir. Was machst du hier Mick?«

Ich fragte mich, woher er wusste, dass Char hier war. Waren sie in Verbindung geblieben oder hatte er sie gesucht? Sogar Blue wachte auf und kam herüber, um um meine Beine zu streichen. Meine magischen Kräfte waren immer stärker, wenn meine Vertraute bei mir war. Deshalb war ich froh, sie hochheben und an meine Brust drücken zu können. Ihre grünen Augen blinzelten Mick an. Er starrte jetzt auf diese Reihe von Frauen und Vertrauten und schüttelte den Kopf. Ich vermute, wir boten einen seltsamen Anblick, aber Mick musste wissen, mit wem er es zu tun hatte. Verärgere eine von meiner kunterbunten Truppe und du verärgerst uns alle.

»Dich besuchen, oder?«

Aber Char gab sich nicht zufrieden. »Wozu?«

Er schniefte und fuhr sich mit der Hand über die Nase. »Hast mir gefehlt.«

Char sah ihn spöttisch an. »Aber du hast mich sitzengelassen.«

»Man kann doch einen Fehler machen, oder?«

Char schwieg. Sie schien seine Worte abzuwägen oder plante einen Anschiss epischen Ausmaßes. Ich konnte ihre Gedanken nicht recht lesen und machte mir sofort Sorgen. Aber eines spürte ich mit Sicherheit, nämlich dass der

Grund, der diesen offensichtlich problembeladenen Kerl an meine Türschwelle geführt hatte, nicht wahre Liebe war.

»Können wir irgendwo unter vier Augen reden?« Mick warf uns einen Blick zu.

Doch Char schüttelte den Kopf. »Alles, was du mir sagen willst, kannst du vor meinen Freundinnen sagen.«

Mick trat von einem Fuß auf den anderen. Ich konnte nicht erkennen, ob es ihn verlegen machte zu versuchen, Char vor einem Publikum zurückzugewinnen oder ob noch etwas anderes im Spiel war.

»Ich will noch eine Chance«, sagte er leise.

»Na dann, Mahlzeit«, schnappte Norman.

Chars trotzige Miene wurde etwas sanfter. Fühlte sie sich geschmeichelt? War sie versucht? Ihre Augen füllten sich mit einer Wärme, die mich überraschte. Es war schon lange her, seit ich das erste Glück der Liebes empfunden hatte, aber ich konnte die Anzeichen noch erkennen. Char hatte einmal sehr tiefe Gefühle für diesen Mann empfunden. Aber er hatte sie verletzt.

Ich konnte sehen, was Char an Mick anzog. Er war der klassische Bad Boy und sie war eine Möchtegern-Rebellin. Aber gab es zwischen ihnen eine echte Verbundenheit?

Dann schüttelte Char den Kopf. »Red keinen Unsinn Mick. Ich kenne dich.«

»Wirklich, Babe. Gib mir nur noch eine Chance. Du hast mir gefehlt.«

»Hängst du noch mit deiner alten Gang rum?«, fragte Char.

»Komm schon, das sind meine Freunde.«

»Dann geh lieber«, sagte sie.

Wenn es Mick peinlich war, zeigte er es nicht. Er schob

das Kinn vor und ließ fast unbewusst die Muskeln seines linken Arms spielen. Er hörte zu, als Char ihn daran erinnerte, dass er im Gefängnis gewesen war und ihr nach seiner Entlassung versprochen hatte, sich von seiner alten Gang zu trennen. »Wolltest du nicht eine neue Seite aufschlagen? Was ist damit?«, fragte sie und hob beschwörend die Hände.

»Deshalb bin ich ja da, oder?«, sagte er.

Während ich ihnen zuhörte, wurde mir bewusst, dass ich stolz auf Char war. In der kurzen Zeit, die sie in Willow Waters verbracht hatte, war sie reifer geworden. Sie fiel nicht zurück in die muskulösen Arme ihres Ex. Sie hörte auf ihren Instinkt.

Er musterte das Farmhaus und den Garten und sagte: »Du bist hier klar auf die Butterseite gefallen. Hier müsste doch Platz für noch jemanden sein?«

Bei diesen Worten räusperte ich mich. »Das solltest du mich fragen und nicht Char.«

Mick entschuldigte sich, stellte sich vor und streckte endlich die Hand aus.

Ich schüttelte sie. Seine Haut war warm und unter der Oberfläche pulsierte die Verwundbarkeit, die ich schon zuvor wahrgenommen hatte. Er war eindeutig ein etwas fauler Apfel, aber ich glaubte auch an eine zweite Chance. Ich wollte Mick nicht nur aufgrund vergangener Fehler beurteilen.

Mein Blick kehrte zurück zu Char und diesmal konnte ich ihre Gefühle klar erkennen.

»Es tut mir leid, aber du kannst nicht hierbleiben«, sagte ich, »aber wenn du in der Nähe eine Absteige findest, könnte ich dir hier gelegentlich Arbeit geben, damit du etwas Geld verdienen kannst.«

Mick war offensichtlich stark und vielleicht würde es ihm guttun, ein wenig ehrliche Arbeit auf meinem Anwesen zu leisten. Und wenn er keine körperliche Arbeit mochte, dann würde ihn das schneller aus unserem Ort und von Char vertreiben als alles andere.

Mick stimmte zu und Char entspannte sich sichtlich. Nicht nur sie. Hilary und Jessie Rae seufzten gleichzeitig erleichtert auf.

»Ich bin bald wieder da, Char«, sagte Mick und drückte ihren Arm.

»Ohne Eile«, sagte Norman.

Aber bevor Mick loszog, tauchte eine andere männliche Gestalt an der Seite des Hauses auf.

»Owen«, sagte Char und es klang wärmer als zuvor bei ihrem Ex.

Ich fühlte, dass es jetzt kompliziert werden würde.

KAPITEL 2

»O wen«, rief ich und winkte.

Zwei Wochen waren vergangen, seit man Owen Jones wegen seiner Vorstrafe des Mordes an Alistair Fairfax verdächtigt hatte. In dieser so kurzen Zeit hatte sich aber alles wieder normalisiert. Er hatte seinen Job als Gärtner in Lemmington House, dem denkmalgeschützten Herrenhaus aus dem siebzehnten Jahrhundert, behalten und schaute öfters bei meinem Bauernhaus vorbei, um mir Ratschläge zu geben oder seine Hilfe anzubieten. Owen war ein begabter Gärtner und ich hatte Respekt vor seinem Können. Und er hatte ein persönliches Interesse entwickelt, wie sich mein Garten machte.

Allerdings fragte ich mich auch, ob nicht eine gewisse Char seine Aufmerksamkeit geweckt hatte.

Owen schwenkte ein enormes Büschel blauen Rittersporns, das, wie er in seinem Yorkshire-Akzent erklärte, ein Ableger einer riesigen Pflanze auf Lemmington Manor war. »Man muss sie alle paar Jahre teilen. Ich glaube, das Blau würde gut zu den Pfingstrosen passen.« Die ständige Arbeit in der Sonne hatte seine Haut tief gebräunt. Erst jetzt schien er Mick wahrzunehmen. Er legte die Rittersporne weg.

»Vielen Dank«, sagte ich. Ich freute mich immer über neue Blumen in meinem Garten, besonders, wenn sie von jemandem kamen, der am besten wusste, wie man sie züchtete.

Doch Owens ganze Aufmerksamkeit galt Mick. Er zog die Augenbrauen zusammen.

»Das ist ein alter Freund von mir«, erklärte Char.

Interessant, dass sie es für nötig hielt, Micks Anwesenheit zu erklären.

Ich beobachtete, wie die beiden Männer sich gegenseitig maßen. Owen war kräftig, muskulös und sah sehr gut aus. Mick war ebenfalls kräftig, aber hatte etwas Fahriges an sich, dagegen war Owen ruhig und selbstsicher. Beide hatten Tattoos und waren ähnlich in Jeans und T-Shirt gekleidet. Und doch war alles an Owen natürlicher, entspannter, wogegen Mick den Bad Boy gab. Vielleicht lag es am Altersunterschied. Owen war um ein Jahrzehnt älter und vielleicht war er vor zehn Jahren wie Mick gewesen – in schlechter Gesellschaft und in Schwierigkeiten mit dem Gesetz.

Es war vor kurzem im ganzen Dorf bekannt geworden, dass Owen direkt aus dem Gefängnis eingestellt worden war, aber bisher waren die Dorfbewohner überraschend gelassen geblieben. Sie kannten Owen als den Mann, der er war, und nicht als »Ex-Häftling«.

Die beiden Männer nickten sich zu und dann sah ich, wie Owen auf eines von Micks Tattoos starrte. Fünf einfache Punkte auf der Innenseite seines Handgelenks. Identisch mit jenen von Owen.

»Wo hast du gesessen?«, fragte er.

»Penny thwart«, antwortete Mick. »Und du?«

»Hounds, oben im Norden.«

Hilary trat vor. Sie hatte nach ihrer Karriere als Anwältin als Friedensrichterin gearbeitet. »Nur aus Neugierde, könnte mir einer der beiden Herren erklären, was diese Punkte bedeuten?«

Ich lächelte. Hilary war wissbegierig und fürchtete sich vor nichts.

Mick zuckte mit den Schultern. »Die fünf Punkte bedeuten, dass du im Gefängnis sitzt. Ein Freund dort hat mir das Stick and Poke-Tattoo gestochen.« Er zeigte auf die vier äußeren Punkte. »Diese stehen für die vier Gefängnismauern. Der mittlere Punkt ist für uns, für den Häftling.«

»So einfach, aber voller Bedeutung«, überlegte Hilary.

Meine Mom hatte trotz ihrer Vorliebe für die Gesellschaft junger Männer das Interesse am Gespräch verloren und sich auf eine Liege zurückgezogen. Blue hatte es ihr gleichgetan und lag zusammengerollt zu ihren Füßen, was wohl bedeutete, dass die Gefahr vorüber war.

Vielleicht war ich zu hart gewesen, als ich Mick kein Zimmer im Bauernhaus angeboten hatte. Natürlich gab es noch ein paar leerstehende Zimmer, aber mein Instinkt sagte mir, dass ich bei diesem jungen Mann vorsichtig sein musste. Ich traute ihm nicht – und das hatte nichts mit seiner Vergangenheit zu tun. Fehler sind menschlich, wie ich schon sagte, und ich glaubte an eine zweite Chance. Es war eher die Art, wie er Char behandelte. Trotz ihres kämpferischen Tons konnte ich sehen, dass Mick sie verletzt hatte. Und wer auch immer Char verletzte, musste sich jetzt vor mir verantworten.

Ohne dazu aufgefordert worden zu sein, begann Owen seine eigene Geschichte einer verfehlten Jugend zu erzählen.

Er erzählte Mick, dass er als Junge in schlechte Gesellschaft geraten war und mit ihnen Einbrüche begangen hatte. Keine Gewalt, nie war jemand bei den Einbrüchen in den Häusern anwesend, aber er bereute es jeden Tag. Drei lange Jahre hatte er im Gefängnis gesessen.

»Ich wusste es damals nicht«, sagte er, »aber es war das Beste, was mir passieren konnte. Dort habe ich das Gärtnern gelernt. Als ich rauskam, gab mir mein Aufseher ein gutes Zeugnis und so habe ich den Job hier bekommen. Das hat alles verändert.«

Ich lächelte. Owen war sofort in die Rolle des großen Bruders geschlüpft. Offensichtlich hatte er auch die verletzliche Seite Micks erkannt und wollte ihn von der gefährlichen schiefen Bahn, auf der er sich befand, wegbringen.

Nachdem er seine Geschichte erzählt hatte, musterte er Mick erwartungsvoll. Ich glaube, wir alle warteten darauf, dass auch Mick von seiner Vergangenheit berichten würde, ausgenommen vielleicht Char, die sie wahrscheinlich schon kannte.

Ich dachte, er würde vielleicht eine coole Antwort geben und sich weigern, über seine Vergangenheit zu sprechen. Aber nach einigen Sekunden sagte er: »Sie haben mich bei einem Kreditkartenbetrug erwischt. In Wirklichkeit war ich nur ein Mitläufer. Ein bisschen Muskelkraft. Aber ich bin mit den anderen aufgeflogen, als sie erwischt wurden. Wenn man sich das überlegt, dann war es eine blöde Idee. Sie gingen in die Häuser und nahmen Umschlägen mit Kredit- und Debitkarten von Banken. Der Boss war um die siebzig, weißhaarig und der eleganteste Typ, den du je gesehen hast. Ich meine, er kaufte teure Anzüge in den großen Kaufhäusern in London – Harrods, Selfridges und so weiter. Er war echt charmant – die Ladys liebten ihn. Er hat Tausende und Abertausende gemacht, indem er kontaktlos einkaufte oder Zeugs online bestellte und es später wieder verhökerte. Er scheffelte tüchtig bis bumm – Spiel aus. Hat zehn Jahre gekriegt. Wer weiß, ob er wieder rauskommt? Obwohl er von da drinnen immer noch die Fäden zieht. Manche Gewohnheiten wird man nicht los. Aber er hat uns alle mitgerissen.«

Vielleicht fragt ihr euch dasselbe wie ich. Warum erzählte Mick all dies so bereitwillig? Fast so, als hätte er nur darauf gewartet, seine Geschichte erzählen zu können. Sogar vor ein paar Fremden. War Mick einsam? War es die Verletzlichkeit, die ich an ihm wahrnahm? Oder suchte er Mitgefühl? Ich hatte einige Männer in meinem Leben getroffen, die eine ungeschminkte Geschichte erzählten und hofften, damit sofort Vertrauen aufzubauen, nur um sich als völlig unzuverlässig zu entpuppen, wenn es hart auf hart kam.

Owen nickte nachdenklich. »Na, wenn du deine Lektion gelernt hast, werde ich dir keine Schwierigkeiten machen.«

Mick entspannte sich sichtlich. Die Anspannung wich aus seinen Schultern und er ließ die Arme sinken, die er bis jetzt vor der Brust verschränkt hatte. »Und jetzt will ich von vorn anfangen, versteht ihr?« Er hielt inne. »Char hat mir immer gesagt, dass ich mich von meinen Kumpeln trennen muss. Ich sehe ein, dass sie recht hat. Ich suche eine billige Bleibe hier in der Nähe.«

Ich erwähnte, dass ich Mick ein bisschen Arbeit beim Bauernhaus angeboten hatte, wenn er eine Unterkunft fand.

Owen fuhr sich mit der Hand durch seine dichten Locken. Er schien zu zögern, dann sagte er: »Ich habe ein Cottage mit zwei Schlafzimmern. Du kannst bei mir wohnen. So kann ich dich auch im Auge behalten. Damit du nicht wieder in Schwierigkeiten kommst.« Owens Cottage lag von Lemmington House verborgen, damit die Besitzer ihre Arbeiter nie zu Gesicht bekommen mussten. Owen würde dafür sorgen, dass Gillian Fairfax, die derzeitige Besitzerin, nicht mitbekommen würde, dass Mick bei ihm wohnte.

Erleichterung verwandelte Micks Züge und jeder Anschein von Härte schmolz dahin. Er war besorgt, sogar verängstigt, aber jetzt hatte er einen sicheren Ort, wo er seine Probleme, was immer sie waren, aussitzen konnte. Ich konnte mich nicht entscheiden, ob ich mich für Mick freute oder nicht. Micks innerer Konflikt zwischen Verletzlichkeit und Angeberei war ein Rezept für Chaos.

Und vor allem wollte ich Char von dieser Art Energie fernhalten. Erst seit kurzem setzte sie sich mit ihren übernatürlichen Fähigkeiten als Hexe auseinander und war selbst in einer empfindlichen, vulnerablen Phase –, auch wenn sie es nie eingestehen würde. Char brauchte Zeit, um ihren Platz in der Welt zu finden, und musste lernen, wie wichtig das war. Sie hatte eine große Verantwortung, ihre Fähigkeiten richtig und für das Gute einzusetzen und ich wollte nicht, dass die Vergangenheit sie davon ablenkte.

»Du kannst gleich mit der Arbeit beginnen«, sagte Owen und nahm diese seltsame Situation auf eine Art in die Hand, die ich sehr begrüßte. »Komm und hilf mir, diese Rittersporne einzusetzen.« Er wandte sich zu mir. »Peony, wo sollen wir sie hinsetzen? Ich dachte, sie würden neben den Pfingstrosen hübsch aussehen.«

Ich war gerührt, dass Owen mich nach meiner Meinung fragte, nach meinem Schlamassel mit den Pfingstrosen. Ich betrachtete den Busch blauer Spitzen dieser prächtigen Blumen, jede mit einem langen Sporn hinter den Blütenblättern. Aus Erfahrung wusste ich, dass sie nicht leicht zu züchten waren, aber sie waren so schön, dass sich die Mühe lohnte. Natürlich stimmte ich Owens Vorschlag zu. Sobald ich das gesagt hatte, wies Owen Mick an, eine Schaufel zu holen, die an meinem Geräteschuppen lehnte. Er zeigte auf die Stelle, wo er zu graben beginnen sollte.

Mick schien schockiert, dass er so schnell arbeiten sollte. Chars Gesichtsausdruck dagegen war belustigt. Ich stellte mir vor, dass meiner ihrem ähnlich war.

Manchmal ist ein bisschen harte Arbeit von großem Nutzen. Und die Erde mit den Händen zu bearbeiten war ein ausgezeichneter Anfang. Ich fühlte mich immer am meisten mit der Erde verbunden und friedvoll, wenn ich mich um den Garten kümmerte – vielleicht noch mehr, als wenn ich mit den Blumen in meinem Blumenladen arbeitete, weil dort das Geschäftliche störend sein konnte. Nichts war befriedigender, als einen kleinen Samen in die Erde zu stecken und zuzusehen, wie daraus eine Pflanze, ein Busch oder ein Baum oder eine Blume wurde.

Ich überlegte, wie sehr wir uns alle verändern könnten, wenn wir eine neue Umgebung und die richtige Nahrung bekämen. Veränderung und Wachstum hatten beide die richtigen Zutaten – ob es nun Stiele und Stämme oder Arme und Beine waren. Ich dachte, die Erde umzugraben, war der perfekte neue Job für Mick. Was gab es Besseres, um einer Vergangenheit voller Fehlentscheidungen und schlechter Gesellschaft zu entkommen? Es hatte bereits bei Owen Jones Wunder gewirkt.

Meine Mom hatte einmal erwähnt, dass Owens Aura orange sei, was unter anderem hieß, dass er kreativ, unabhängig, abenteuerlustig, einfallsreich und ein Mann war, der

Herausforderungen meisterte. Es wäre interessant zu hören, was sie bei Mick sah. Ich konnte wohl kaum die Einzige sein, die etwas Gerissenes in Chars Ex-Freund sah? Sobald Mick weg war, würde ich sie fragen. Es war eine Erleichterung, dass Owen ihn unter seine breitschultrigen Flügel genommen hatte.

Norman flog zu seinem Sitz auf einem Apfelbaum zurück und Char stellte sich neben mich. »Danke, Peony«, sagte sie leise.

Ich spürte, dass sie noch etwas sagen wollte, also schwieg ich. Doch Char sah mich nur an und lächelte. Einer ihrer Schneidezähne überkreuzte den anderen um eine winzige Spur, als würde er einen Knicks machen.

Ich sagte, keine Ursache. Dass wir Schwestern zusammenhielten.

Owen hatte inzwischen begonnen, Mick zu zeigen, wie er am besten die Erde umgrub, ohne die anderen Pflanzen zu beschädigen. Der Spott auf Micks Gesicht vertiefte sich. Aber was konnte er tun? Er brauchte ein Versteck. Er hatte eines bekommen. Er brauchte Geld. Dafür musste er eben arbeiten.

»Rittersporne brauchen einen sonnigen Platz, um zu wachsen«, erklärte Owen, »und sie wollen feuchten aber gut durchlässigen Boden. Gute Drainage ist ein Muss, denn ein zu nasser Boden kann die Wurzeln verrotten lassen. In den ersten Wochen, während sie sich an ihr neues Zuhause gewöhnen, müssen wir sie düngen.«

Mick knurrte. Er schwitzte bereits und krümmte sich. Ich nahm an, dass seine engen Jeans es ihm nicht leichter machten.

»Ein bisschen tiefer«, fuhr Owen fort und sah auf den schaufelnden Mick hinunter. »Ich hole ein Handtuch.«

Owen kam herüber, wo Char und ich standen und den Männern bei der Arbeit zusahen. Als er Char zunickte, tauschten sie einen Blick aus.

Machte Owen das alles für Char? Als er neulich bei uns übernachtete, bemerkte ich zu meiner Freude, wie zwanglos sich die beiden miteinander unterhielten. Sie schienen viel gemeinsam zu haben und etwas in Owens stabiler Persönlichkeit glättete Chars scharfe Kanten. Oder vielleicht hatte Owen dieselben Vorbehalte gegenüber Mick wie ich. Ich hatte ihm etwas Arbeit angeboten, als Gefallen für Char, aber auch weil ich ihn im Auge behalten konnte, wenn er hier auf dem Bauernhof arbeitete. Vielleicht galt das auch für Owen – wenn Mick das andere Zimmer in seinem Cottage mietete, dann würde Owen leichter herausfinden, was Mick vorhatte. Und ob er eine Gefahr für Chars Zuneigung bedeutete. Ich hoffte inständig, dass das nicht der Fall war.

Mick sah zu uns herüber und Char entschuldigte sich und ging hinüber, um mit ihrem Ex zu reden. Owen sah ihr nach.

Sobald sie außer Hörweite war, sagte Owen: »Was hältst du von ihm? Du hast einen guten Instinkt für Menschen. Und ich? Ich traue ihm nicht.«

»Ich versuche, noch nicht zu urteilen, und glaube, dass er einen Neuanfang will«, antwortete ich. »Aber ehrlich gesagt, ich traue ihm auch nicht.«

»Ich kenne solche Typen. Die dir gleich erzählen, was du hören willst. Verdächtig.«

»Genau.«

»Ich werde ihm das Gärtnern beibringen, aber ich will

nicht, dass er mit mir in Lemmington House arbeitet, da jetzt nur Gillian Fairfax dort lebt. Ich habe mit Ach und Krach den Job behalten können. Und außerdem ...« Er verstummte und sah ärgerlich zu Mick hinüber.

Ich sah seine Muskeln zucken und mir wurde klar, dass Owen glaubte, Gillian könnte versuchen, Mick zu verführen. Ich erinnerte mich deutlich, wie sie sich mit ihrem gut aussehenden Tennislehrer benommen hatte. Wer konnte sagen, ob sie sich mit einem noch jüngeren Mann anders verhalten würde?

»Gibt es etwas Konkretes, das er hier tun könnte?«, fragte Owen. »Etwas, wofür er eine Weile brauchen würde?«

Ich grinste. Mir schwebte der perfekte Job vor. »Nicht konkret, aber steinhart? Ich wollte schon lange einen zweiten Steinweg durch den Garten hinauf zur Wiese legen.«

»Perfekt«, sagte er. »Der Kerl hat Muskeln, mit denen er alte Steine verlegen kann. Ich würde sagen, das wird ihm guttun. Ich werde ein Auge auf Mick haben. Ich kenne übrigens die Leute vom Steinbruch und kann dir die Steine zu einem guten Preis besorgen.«

Da meine Finanzen auf der knappen Seite waren, war das eine sehr erfreuliche Nachricht.

Ich bedankte mich bei Owen und er ging zu Mick, um ihm von unserem Plan zu berichten. Ich weiß nicht, wie ihr das seht, ich jedenfalls war mir nicht sicher, wohin diese seltsame Partnerschaft führen würde. Ich hatte aber das sichere Gefühl, dass sich in Willow Waters etwas verändern würde. Ich konnte aber nicht sagen, ob zum Guten oder zum Schlechten.

KAPITEL 3

*J*ch weiß, dass der Montagmorgen für die meisten Menschen eine mühsame Sache ist. Wenn der Wecker klingelt, wird meist gestöhnt, mit verschlafenen Augen wird Kaffee gekocht, dann löffelt man automatisch die Cornflakes oder kaut den Toast, bevor die Fahrt zur Arbeit beginnt. Aber – ich möchte jetzt wirklich nicht überheblich klingen – ich liebte die Montage. An diesem Tag stand ich ganz früh auf und fuhr zum Großhändler, um Vorrat für Blumenzauber einzukaufen. Von allen Aufgaben, die ein Geschäft zu führen mit sich bringt, war diese wohl meine liebste.

Nun lasst euch sagen, dass nicht jeder Blumenladen so sorgfältig (oder kontrollsüchtig, wie Imogen mich gerne neckt) geführt wird wie meiner. Die meisten unabhängigen Blumengeschäfte bestellen ihre Blumen einfach im Internet. Ein paar Fotos der Pflanzen und wenige Klicks später -- schwupps ist der Laden voll. Aber das ist nicht mein Stil. Mitnichten. Dafür ist mir mein Geschäft zu wichtig.

Der beste Vergleich, der mir dazu einfällt, ist, ob man

selbst zum Gemüsehändler geht und sich eine reife Zuckermelone aussucht oder ob man sich eine alte Melone nach
Hause liefern lässt, die man im Internet bestellt hat. Natürlich kann man Glück haben und die beste, saftigste und
duftendste Zuckermelone bekommen. Aber meistens nimmt
der Verpacker einfach irgendeine – reif oder grün, wie sie
gerade kommt, wenn er sie nicht durch irgendetwas
Verrücktes ersetzt, weil gerade keine Zuckermelonen auf
Lager sind. Bedenkt nur wie viele Bestellungen an einem Tag
abgefertigt werden müssen. Für Zuckermelonen oder
Blumen ist absolute Frische wichtig. Deshalb zog ich es vor,
selbst anzupacken. Dasselbe galt für mein Obst und Gemüse.

Ich bin von Natur Frühaufsteherin und es gab nichts
Besseres als früh am Montagmorgen durch die riesige Gärtnerei zu gehen und das Beste vom Besten für meine Kunden
auszusuchen. Ich glaube, dass mich diese persönliche Note
von meinen Konkurrenten unterschied.

Ich hatte das Glück, in der Nähe eines kleinen Großhan-
dels zu wohnen, der es den Leuten ermöglichte, die Blumen
in seinen Beeten, den Gewächshäusern sowie seinen
Importen aus der ganzen Welt zu besichtigen und zu kaufen.
Der Typ, den ich am meisten mochte, hieß Frankie. Es
machte immer Spaß, mit ihm Geschäfte zu machen. Er
scherzte gern und ahmte zum Spaß meinen Akzent nach, in
der Hoffnung, ich würde einen höheren Preis zahlen.

Das ist ihm natürlich nie gelungen.

Im Gegenteil, ich handelte ihn herunter und organisierte
dann mit ihm den Transport zu meinem Laden, indem ich
den Kühltransporter der Gärtnerei nutzte – ganz zu
schweigen von der Muskelkraft der Zusteller. Ein voller
Eimer Blumen kann bis zu zwanzig Kilos wiegen und man ist

natürlich froh, die Last teilen zu können. Manchmal begleitete mich Imogen, meine Assistentin, eine brillante Floristin.
Gewöhnlich zog sie es aber vor, ihre vollen acht Stunden
Schlaf zu genießen. Das störte mich nicht. Die Blumen für
den Lagerbestand auszuwählen, war eher ein Privileg als eine
Strafe, außerdem nutzte ich die Zeit, um über eine Erweite-
rung meines Geschäfts nachzudenken und mein Fachwissen
zu vertiefen.

An diesem spezifischen Montag war ich überwältigt von
der Schönheit der holländischen Pfingstrosen-Tulpen mit
ihren gefiederten Blütenblättern mit fast gekräuselten
Rändern in einer Palette von zarten Farben – helles Orange,
Rosa und Creme. Ich kaufte fünfzig Stück lokal gezüchtete
lila und leuchtend orangefarbene Inkalilien, weitere fünfzig
cremeweiße American Beauty Chrysanthemen, weiße Freesien und Rosen sowie eine größere Auswahl der prächtigen
rosafarbenen Sarah Bernhardt Pfingstrosen. Ich kaufte auch
die gemischten Duftblumen *Celosia Reprise Rose* (bekannt
auch als Hahnenkamm) in Lachsrosa und samtigem Rot, die
meiner Meinung nach ein herrliches Muster wie Hirnwin-
dungen bilden.

Ich ging weiter zu den hellgelben *Eremurus* (auch Step-
penkerzen genannt) mit ihren langen, spitz angeordneten
Blüten. Die zahlreichen kleinen Blüten zogen sich von ganz
unten bis über die obere Hälfte der kräftigen Stängel hinauf.
Sie waren auffallend und ungewöhnlich und wurden oft bei
Hochzeiten auf großen Pflanzenständern arrangiert. Bald war
Hochsaison für Hochzeiten.

Beim Gedanken an Hochzeiten fügte ich zu meiner
Bestellung *Eryngium* (auch unter dem Namen Mannstreu
bekannt) hinzu. Von meiner Mutter wusste ich, dass diese

kobaltblauen Zierdisteln bei Schotten als Hochzeitsblumen beliebt waren. In den Nachbardörfern hatte sich eine große schottische Gemeinde angesiedelt, die aus dem Norden hierher gezogen war. Ich konnte nicht widerstehen und fügte noch eine meiner Lieblingsblumen hinzu – *Carthamus* (auch Färberdistel genannt), eine orange-gelbe Distelblume.

Natürlich brauchte ich auch Bindegrün: Zierspargel, Fruchtpalme und die breiteren, fächerartigen Chamaerops-Palmenblätter. Eine größere Anzahl der leicht spitz zulaufenden Blätter der Schusterpalme Milky Way, die ihren Namen ihrer einer Galaxie ähnlichen, grün-weiß gesprenkelten Färbung verdankte. Dazu kamen noch hundert Blätter der Francee Hosta in sattem Grün. All dies fügte ich unserer üblichen Bestellung für The Tudor Rose Inn hinzu.

Hatte ich übertrieben? Vielleicht. Aber mein Instinkt sagte mir, dass uns eine arbeitsreiche Woche bevorstand. Seit ich auf der Welt war, hatte ich gelernt, immer auf meinen Instinkt zu hören. Er war mein größtes Plus. Zusammen mit meinem gewinnenden Lächeln.

Ich bin es gewohnt, sparsam zu sein – ich habe euch schon zuvor gesagt, dass man mit einem Blumenladen nicht schnell reich wird. Da ich schon so jung Witwe wurde, musste ich allein die Finanzen schultern. Somit achtete ich darauf, dass meine Ausgaben im Rahmen meines vorgesehenen Budgets blieben. Imogen machte mir deshalb ein Kompliment, als ich im Blumenzauber eintraf, wo sie bereits mit den Vorbereitungen für den Vormittag beschäftigt war.

»Ich weiß nicht, wie du das schaffst«, sagte Imogen achselzuckend und zupfte ein Blatt von ihrem Ärmel. Unter der jadefarbenen Arbeitsschürze trug sie einen pistaziengrünen Cardigan mit kleinen Perlenknöpfen und dazu eine cremefarbene Hose mit hoher Taille. Ich war beeindruckt, wie sie den ganzen Tag hindurch so adrett blieb. Sie bewunderte meinen Einkauf mit vielen Ohhhs und Ahhhs.

»Ich glaube, es waren die vielen Stunden, in denen wir unser Budget für das Bauernhaus berechnet hatten«, antwortete ich, »und mit Schreinern, Bauarbeitern und Elektrikern um die Preise feilschten.« Als ich bemerkte, dass mein Mann sich weigerte zu verhandeln, musste ich diese Aufgabe übernehmen. »Jeremy war schrecklich – er akzeptierte einfach den ersten Preis. So britisch! Ich musste einspringen und deutlicher werden, sonst wären wir bankrott gegangen.« Ich musste bei diesen Erinnerungen lachen. Es war schön, wenn mir alltägliche Dinge über Jeremy wieder einfielen. Seine kleinen Marotten und worüber er sich ärgerte. Es gab mir das Gefühl, ihm nahe zu sein, auch wenn er tot war.

Imogen lächelte mich gequält an. Mir war klar, dass sie es nicht gerne hörte, wenn ich Jeremy erwähnte, für mich war es aber wichtig, sein Andenken lebendig zu halten.

Ich wollte mich gerade den wöchentlichen Bestellungen widmen, als Char hereinstürmte, Norman flatterte hinterher. Sie sah wütend aus, ihre sonst blassen Wangen waren gerötet. Heute Morgen hatte sie ihr Haar mit den rosa Spitzen zu zwei straffen Knoten über den Ohren gebunden. Von ihren Ohrläppchen baumelten silberne Papierklammern. Sie trug ihre übliche Uniform bestehend aus schwarzem T-Shirt und engen Jeans und sah aus wie eine Punkrock-Prinzessin Leia.

»Was ist passiert?«, fragte ich. Mein erster Gedanke war, dass mit Mick bereits etwas schiefgelaufen war. War er nachts bei ihr aufgetaucht oder hatte er sie irgendwie bedroht? Mein Herz begann wie wild zu schlagen. Aber zu meiner Erleichterung zeigte Char auf Norman.

»Es ist dieser blöde Vogel!« Sie drehte sich zu Norman um, der sich auf die Kante meiner Arbeitsplatte gesetzt hatte und sich wie ein Ara, der mit sich und der Welt im Reinen ist, mit dem Schnabel eine Feder seiner Flügel zurechtrückte.

Keine Sekunde glaubte ich seinem unschuldigen Gehabe.

»Er hat auf die Terrasse des Cafés gekackt«, fuhr Char fort. »Es hat Beschwerden gegeben. Roberto ist wütend und du weißt, wie er ist, wenn er auf jemanden losgeht. Man kann kein Wort vorbringen.«

»Normie«, tadelte ich, »das ist sehr rücksichtslos.«

Norman flatterte mit seinen schönen Flügeln. »Mir ist langweilig. Ich übe Zielen.«

»Deinetwegen werde ich noch gefeuert!«, explodierte Char. »Kapierst du nicht? So machst du alles kaputt. Ich brauche diesen Job.«

Ich war überrascht, wie wütend Char war. Konnte es sein, dass Char in ihrem neuen Leben glücklicher war, als sie es zeigen wollte? Zum ersten Mal hatte sie am Ende des Satzes nicht hinzugefügt: *für mein neues Leben in London.*

Ich vergewisserte mich, dass Imogen nicht in Hörweite war. Zum Glück verpackte sie gerade die Aufträge im Hinterzimmer. »Norman, du weißt, dass sich das für einen Vertrauten nicht gehört. Ihr seid ein Team und das heißt, dass du Char unterstützt und nicht ihre Arbeit gefährdest. Im Gegenteil, du solltest ihre Fähigkeiten sogar stärken.«

»Wie denn? Wenn ich nicht einmal in das Lokal darf, wo sie arbeitet?«, sagte er in einem trotzigen New Yorker Akzent. »Ich sitze draußen auf einem Baum fest. Probier das einmal. Langweilig.«

Der farbige Vertraute tat mir leid, aber auch Char. Ich sah ihn streng an und er willigte ein, sich eine Weile nicht blicken zu lassen. »Warum erkundest du nicht die Gegend?«, schlug ich vor. »Schau dir die Sehenswürdigkeiten an. Sieh nur zu, dass du immer in der Nähe des Cafés Roberto bleibst, falls Char dich braucht.«

»In Ordnung«, sagte Norman, und Char und ich ließen ihn hinaus.

»Du wirst lernen müssen, mit ihm auszukommen«, sagte ich, während wir zusahen, wie Normans bunte Federn sich beeindruckend weit ausbreiteten.

Char bedankte sich, versprach, sich in Zukunft besser zu beherrschen, und kehrte ein wenig besser gelaunt zur Arbeit zurück. Gut gemacht, dachte ich.

Ich bemerkte, dass die Blumenampeln draußen gegossen werden mussten, also nahm ich meine Lieblingsgießkanne (ja, Mädchen können eine Lieblingsgießkanne haben) und machte mich an die Arbeit. Es war Imogens Idee, Blumenampeln neben dem Eingang des Geschäfts aufzuhängen, um sowohl Kunden als auch Bienen anzulocken. Ich mochte sie farbenfroh und voller glänzender Efeublätter, die bis zum Bürgersteig herabhingen. Imogen hatte recht gehabt – Passanten sagten immer, wie hübsch sie seien, und manchmal kamen sie herein, um zu sehen, was wir noch zu bieten hatten.

Aus einem unerfindlichen Grund hatte eine der Ampeln immer Probleme und ich flüsterte ihr gerade einen süßen Zauberspruch zur Aufmunterung zu, als der Pfarrer um die Ecke kam. Reverend William Wadlow war ein freundlich aussehender Mann in den Fünfzigern mit tiefblauen Augen und kurz geschnittenem, grau meliertem Haar. Er war im Ort sehr beliebt und eine Gruppe von Dorfbewohnerinnen tat alles für ihn, das reichte von den Scones, die sie für ihn backten bis zu seinen Ornaten, die sie für ihn bestickten. Es war eine jener dörflichen Gepflogenheiten (oder Eigentümlichkeiten), die ich zu schätzen gelernt hatte. Es war herzerwärmend zu sehen, wie sehr sie seine Führungsrolle verehrten.

»Guten Morgen, Peony!« Er hatte eine joviale Stimme. »Üben Sie wieder Ihren Zauber aus, wie ich sehe?«

Ich blinzelte zweimal. Meinen Zauber? Wusste er, dass ich eine Hexe war? Konnte er ...?

»Auf die Blumenampeln«, sagte er schnell, als er meine Verwirrung bemerkte. »Sie sehen bei Ihnen immer so hübsch aus. Ich weiß nicht, wie Sie das machen. Meine scheinen nie so zu blühen wie Ihre. Wohl, weil Ihnen der Blumenladen gehört.« Er lächelte, um mir zu bedeuten, dass er mich neckte.

Ich atmete aus. »Ach ja, Insidertricks, Reverend. Ich sehe mir gerne Ihre Ampeln an, wenn Sie wollen. Manchmal brauchen sie nur ein bisschen Ermutigung.«

»Wie liebenswürdig«, sagte er. »Ist das nicht ein herrlicher Morgen heute? Ich kann mich an keinen so schönen Maimorgen erinnern.«

Wir blickten beide zum Himmel und ich stellte fest, dass der Pfarrer recht hatte. Keine einzige Wolke störte das Blau. Wie gesagt, auch Montage können schön sein!

So standen wir einen Augenblick da und ließen die Ruhe dieses Frühlingsmorgens in Willow Waters auf uns wirken, bis das Geräusch schneller Schritte auf den Pflastersteinen der High Street erklang.

»Oh, William!«, rief eine Frauenstimme, »Ich freue mich so, Sie zu sehen.«

Wir drehten uns zugleich um und sahen Dolores Prescott,

die mit einer Keksdose in der Hand aus ihrem Cottage gegenüber meinem Geschäft gestürzt kam. Sie hatte eine Schicht pinken Lippenstift mit Perlmutteffekt aufgetragen und das graue frisch gekämmte Haar war statisch aufgeladen. Ich musste mir das Lachen verkneifen. War Dolores in den Pfarrer verknallt? Sie sah aus, als hätte sie sich für ein Date herausgeputzt.

Er schüttelte ihr zur Begrüßung freundlich die Hand, und als sich ihre Hände berührten, nahmen ihre Wangen dieselbe Farbe des Lippenstifts an.

Dolores trat einen Schritt zurück und tippte auf die Keksdose. »Ich habe sie heute Morgen gebacken. Ich weiß, Sie mögen frisch gebackene Kekse zu Ihrem Tee. Also dachte ich, Sie würden sich gewiss über frische Shortbreads freuen.«

»Meine Lieblingskekse, wie Sie ja wissen, Dolores. Vielen herzlichen Dank. Sie geben mir das Gefühl, sehr gut versorgt zu sein.«

Er nahm die Dose entgegen, als eine andere Dame im Schnellschritt herbeieilte. Es war Elizabeth Sanderson, die Vorsitzende der Ortsgruppe des Women's Institutes, des Vereins zur Förderung der Rechte der Frauen. Trotz der frühen Stunde sah auch sie aus, als hätte sie einige Zeit vor dem Spiegel verbracht, bevor sie das Haus verließ. Elizabeth war eine korpulente Frau mit einem süßen, freundlichen Gesicht und so blondem Haar, dass sie wohl jede zweite Woche zum Friseur gehen musste. Sie drückte etwas, das in ein Tuch eingewickelt war, an die Knöpfe ihres korallenfarbigen Twinsets, das farblich genau zu ihrem Lippenstift passte.

Ich blickte mit einem Lächeln von Dolores zu Elizabeth. Es sah so aus, als hätte der Pfarrer tatsächlich zwei Verehrerinnen. Rivalinnen sogar. Wer würde den Kampf um die Zuneigung des Pfarrers gewinnen? William Wadlow schien keine Favoritin zu haben. Ich hatte den Eindruck, dass er ihre Gaben eher als ihr Pfarrer denn als Mann entgegennahm. Er war schon eine Weile Witwer, wie ich gehört hatte, und schien mit keiner der Frauen mit der Absicht zu sprechen, sein Single-Dasein beenden zu wollen.

»Elizabeth«, sagte William mit einem warmen Lächeln und, wie mir schien, einem schelmischen Funkeln in den Augen. »Wie geht es Ihnen an diesem schönen Morgen?«

»Sehr gut.« Sie ließ eine Reihe perlweißer Zähne aufblitzen, die vielleicht ihre eigenen waren oder auch nicht, und öffnete das Geschirrtuch. Darunter befand sich ein herrlich aussehender, offensichtlich selbst gebackener Laib Brot. »Frisches Brot. Ein Laib schwarzes Mehrkornbrot, genau so, wie Sie es mögen.« Sie hielt ihm das Brot wie eine Opfergabe hin.

William schmunzelte. »Du meine Güte, heute werde ich verwöhnt. Das ist sehr liebenswürdig, Elizabeth.«

Elizabeth starrte unverwandt auf die Keksdose in seiner Hand. Dann hob sie den Blick zu Dolores' vage finsterem Gesicht. »Ich hoffe sehr, das sind keine Kekse«, sagte Elizabeth im Ton einer Schulmeisterin. »Zu viel Zucker ist nicht gut für Sie, William. Unsere liebe Hyacinth machte sich immer Sorgen.«

Hyacinth war seine verstorbene Frau, die allerdings schon vor meiner Ankunft in Willow Waters verstorben war. Sie waren über zwanzig Jahre verheiratet, als sie plötzlich von ihm ging. Auch wenn Elizabeth und Dolores ein bisschen heftig waren, so fand ich es doch süß, dass sie für ihn backten.

»Hin und wieder eine Nascherei schadet nicht«, sagte Dolores defensiv. »Ein Mann muss versorgt werden.«

Elizabeth rümpfte ihre gepuderte Nase und wandte sich wieder an den Pfarrer. »Eine wunderbare Predigt gestern. Ein wahrer Trost.«

»Ach ja, Jesaja 40 – Tröstet mein Volk. Eine meiner Lieblingsstellen. Ich kehre oft zu ihr zurück.«

»*Das Volk ist das Gras, aber das Wort unseres Gottes bleibt ewiglich*«, zitierte Dolores.

Der Sherry-Konsum hatte ihrem Gedächtnis offensichtlich nicht geschadet.

»In der Tat«, sagte Elizabeth feierlich und wechselte dann völlig den Ton. »William, ich habe das Altartuch fast fertig gestickt. Ich habe dafür ein Jahr gebraucht, aber jede Stunde hat sich gelohnt. Ich glaube, es ist etwas ganz Besonderes geworden.«

Der Pfarrer klatschte in die Hände. »Wunderbar. Ich kann es kaum erwarten, es zu sehen. Ich weiß, es wird beeindruckend sein.«

»Apropos«, sagte Dolores, »ich werde nicht mehr lange für Ihre Stola brauchen. Der Goldfaden ist sehr schön auf dem Grün.«

Der Pfarrer blinzelte, als verwirrte ihn all diese Aufmerksamkeit, bedankte sich aber liebenswürdig bei beiden Frauen für die Geschenke und versprochenen Stickereien und entschuldigte sich dann höflich, um seine Besorgungen fortzusetzen. Ich wünschte ihm einen guten Tag und beobachtete, wie die beiden Frauen seiner entschwindenden Gestalt nachsahen. Es war süß, ihre Verehrung zu sehen. Der Augenblick wurde aber getrübt, als Dolores murmelte, zu viel Brot sei nicht gut für einen Mann, worauf Elizabeth wegen des Zuckers zurückschnappte.

Ich versuchte, die Wogen zu glätten. »Sie sind beide so fürsorglich. Der Pfarrer hat Glück, so liebe Freundinnen zu haben. Wie Sie es sind.«

Daraufhin lächelten beide Frauen.

Dolores wandte sich an Elizabeth. »Hättest du Lust auf ein Glas Sherry in meinem Garten heute Nachmittag? Die Magnolie blüht gerade und da ist er besonders schön.«

»Sehr verlockend, meine Liebe, aber ich muss die letzten Stiche am Altartuch machen. Ich gehe später in die Kirche, und überprüfe nochmals, ob die Maße stimmen, bevor ich den Saum nähe. Ich möchte, dass das Tuch für den Abendgottesdienst am Mittwoch fertig ist.«

Dolores sah niedergeschlagen aus, nickte aber und Elizabeth verabschiedete sich von uns beiden.

Ich hob meine Gießkanne auf, aber gerade als ich mich wieder an die Arbeit machen wollte, tippte Dolores mir auf die Schulter.

»Eine Ihrer Geranien ist am Verwelken, meine Liebe.« Sie deutete auf die Blumenampel.

Hmm, das war genau der Grund, weshalb ich sie gerade ordentlich gießen wollte. »Danke, Dolores«, sagte ich höflich.

Ich erwartete, dass sie gehen würde, aber aus irgendeinem Grund blieb sie neben mir stehen. »Kann ich Ihnen irgendwie behilflich sein?«

»Eigentlich ist es Elizabeth, die Hilfe braucht. Ich weiß, was Sie denken und Sie haben recht. Es ist pathetisch, wie Elizabeth William hinterherläuft, wie ein liebeskranker junger Hund. Und wenn sie glaubt, dass ihr blond gefärbtes Haar irgendjemanden über ihr fortgeschrittenes Alters hinwegtäuschen kann, dann irrt sie sich gewaltig. Gut, ich könnte ihr das sagen, aber wir sind zu gut befreundet. Ich möchte sie nicht verletzen.«

Mit diesen Worten kehrte Dolores zu ihrem Cottage zurück und ließ mich mit offenem Mund zurück. Wow! Was war in sie gefahren? War Dolores nicht selbst ein bisschen zu alt, um eifersüchtig wie ein Schulmädchen zu sein?

KAPITEL 4

*A*ls ich den Laden betrat, hob Imogen hinter der Theke den Kopf. »Sei vorsichtig mit dieser Frau.«

»Dolores?«

»Genau. Sie hat eine Vorgeschichte. Keine schöne.«

»Sie scheint einsam zu sein.«

Imogen kürzte ein wenig eine weiße Rose und steckte sie in einen schönen rein weißen Strauß, an dem sie gerade arbeitete. »Ich würde sie nicht zu sehr bedauern. Sie hat eine gemeine Ader und trotz all der Kekse, die sie backt, hat sie ziemlich viel Unheil angerichtet. Ich muss dir die Sache von Dolores und dem neuen Kirchendiener erzählen.« Imogen konnte einen Strauß zusammenstellen und gleichzeitig eine gute Geschichte erzählen. Wir hatten im Augenblick nicht viel zu tun, also räumte ich auf, während ich zuhörte.

»Dolores war einmal Kirchendienerin. Lange vor deiner Zeit. Sie war gut darin. Gut organisiert, steckte immer die richtigen Liedernummern und sorgte dafür, dass alles glatt lief, aber sie war unbeliebt. Der Grund ist nicht schwer zu erraten.« Imogen blickte von ihrem Strauß auf und ich nickte, trotzdem zählte sie mehrere Gründe auf. »Sie hat eine scharfe Zunge, ist eine furchtbare Klatschbase und eine falsche Schlange.«

Okay, die Frau war mir nie sehr sympathisch und Norman hatte kein gutes Wort über sie verloren, aber auch Norman war nicht gerade der einfachste Zeitgenosse, um fair zu sein.

»Als Dolores das Amt abgab«, fuhr Imogen fort, »atmeten alle erleichtert auf und Bernard Drake übernahm das Amt. Er war gerade pensioniert worden und ein Freund meiner Eltern. Ein ehemaliger Musiklehrer. Er hat mir Klavierunterricht gegeben, als ich klein war. Ich spielte schrecklich schlecht, aber er war wirklich ein ausgezeichneter Kirchendiener – für die Gemeinde und die Musikschüler. Ruhig, gut organisiert. Alle mochten ihn.«

»Warte mal, ist jetzt nicht wieder eine Frau Kirchendienerin?« Ich versuchte, mich an ihren Namen zu erinnern, aber umsonst. Ich kannte die Frau, weil ich direkt mit ihr zu tun hatte, wenn Blumenzauber Aufträge für Beerdigungen oder Hochzeiten in der Kirche bekam. »Rebecca ... wie noch mal?«

»Rebecca Miller. Genau. Bernard Drake hielt nur ein Jahr durch. Er konnte es nicht ertragen, wie sich Dolores ständig einmischte. Sie machte ihn so verrückt, dass er das Amt aufgab, obwohl er es liebte. Er musste eine Therapie machen und alles Mögliche. Es war nicht alles negativ, weil er jetzt der Organist der Kirche ist. Aber nimm dich vor Dolores Prescott in Acht. Sie macht aus den Menschen Hackfleisch.« Imogen schnipselte mit ihrer Schere die Luft in Stücke.

Ich wusste zwar, dass sie scherzte, trotzdem lief mir ein kalter Schauer über den Rücken.

DER RESTLICHE VORMITTAG verlief ohne Zwischenfälle. Ich ging in Robertos Café für unseren üblichen Kaffee. Alex Stanford war nicht dort und zu meiner Überraschung war ich enttäuscht. Seit wir gemeinsam bei den Ermittlungen über Alistair Fairfax' Tod geholfen hatten, war mir Alex oft in den Sinn gekommen. Er war groß, dunkelhaarig, sah gut aus – und war adlig. Das volle Programm.

Er hatte aber auch etwas Mysteriöses an sich. Es war mehr als nur sein Ruf, sehr zurückgezogen zu leben. Es war auch mehr als mein Unverständnis, warum er den Titel Baron von Fitzlupin von dem alten Baronat Fitzlupin trug, während sein Nachname Stanford war. Die ganze Sache mit den britischen Titeln war mir ein völliges Rätsel, egal wie oft Imogen versuchte, mir alles zu erklären.

Aber niemand, ich eingeschlossen, konnte mir erklären, welche Gefühle seine durchdringenden graublauen Augen in mir weckten. Ich kehrte mit Kaffee für Imogen und mich zurück und fragte mich, ob er mir unter die Haut gegangen war.

So musste es wohl sein, denn in diesem Augenblick öffnete sich die Tür und hereinkam Lord Fitzlupin, alias Alex Stanford.

Okay, okay, ich weiß, was ihr denkt. Kein glaubwürdiger Zufall, nicht wahr? Aber schaut, ich bin schließlich die Tochter meiner Mutter. Und wahrscheinlich habe ich an Alex gedacht, weil er bereits auf dem Weg hierher war.

»Hello, Peony«, sagte er und schob seine Ray-Ban-Sonnenbrille in das dichte dunkle Haar. Die Sonne schien durch die Fenster und das Licht fiel auf einige Silberfäden im

Schwarz und ließ sie glänzen. Er hielt inne und schnupperte. »Sie waren heute Morgen beim Großhändler. Es ist noch früh für Dahlien.«

Wie immer ließ mich sein unglaublicher Geruchsinn vom Hocker fallen. Dahlien haben einen so zarten Duft. »Im Gewächshaus gezogen«, sagte ich, als Erklärung für diese seine Fähigkeit.

»Ach so.« Er sah sich um und ich fragte mich, ob er Blumen bestellen wollte. Dann sagte er: »Es tut mir leid, Sie bei der Arbeit zu stören, ich habe gehofft, Sie um einen Gefallen bitten zu dürfen.«

»Natürlich«, sagte ich. »Erlauben Sie mir nur, diese hier ins Wasser zu stellen.« Ich deutete auf die Anemone, mit der ich gerade einen Wildblumenstrauß zusammenstellte.

»Also, womit kann ich Ihnen behilflich sein?«, fragte ich, rückte Alex einen Hocker zurecht und setzte mich ebenfalls.

»Sie wissen, dass ich im Weinhandel tätig bin?«

»Ja.« Es war ungefähr alles, was ich über seine Freizeitbeschäftigungen wusste.

»Ich importiere Weine aus der ganzen Welt. Ich habe versucht, einen interessanten neuen oder potentiellen Kunden zu gewinnen. Ein französischer Weinproduzent, der sich bislang geweigert hatte, seine Weine nach Großbritannien zu exportieren, weil er der Meinung ist, dass Engländer die Finesse nicht zu schätzen wissen.«

Bei diesen letzten Worten brach ich in Lachen aus, aber Alex teilte meine Heiterkeit offensichtlich nicht. Sein Gesicht war todernst. Ich ärgerte mich über meine Reaktion und entschuldigte mich schnell. »Es klingt nur ein bisschen ...«

»Versnobt?« Jetzt lächelte Alex. »Ich weiß. Aber seine Weine sind so fantastisch, dass ich ihm das fast verzeihe. Das ist auch gut so, weil es mir irgendwie gelungen ist, ihn zu beeindrucken.«

»Das lag wohl an Ihrem berühmten Geruchsinn?«

Alex tippte sich mit dem Finger auf die Nasenspitze und nickte.

»Es überrascht mich immer wieder, dass Sie den Duft einer gewissen Blume schneller herausfinden als ich.«

Alex neigte bescheiden den Kopf. Der Mann hatte aber tatsächlich einen unheimlichen Riecher.

»Ich kann die Blumen erkennen, aber ich kann sie nicht arrangieren. Deshalb bin ich hier. Der Winzer, Louis Gagneux, besteht darauf, mich hier zu besuchen.«

Alex schien sich nicht darüber zu freuen. Unser Lord war berühmt für sein Einsiedlerdasein. Niemand hatte je sein Schloss betreten. Er hielt sich von den lokalen Angelegenheiten fern. Ein Willow-Waters-Rätsel. Dieser Besuch musste für ihn einer der schlimmsten Albträume sein.

»Gagneux will meine Weinkeller besichtigen und mein Zuhause. Er ist, sagen wir, ein wenig exzentrisch. Das ist seine Art zu entscheiden, mit wem er zusammenarbeitet.«

»Tja, das ist auch eine Art, Entscheidungen zu treffen.« Ich hob die Augenbrauen. Wollte dieser Gagneux nur versuchen, einen Blick hinter die berühmten verschlossenen Steinmauern zu werfen? Alex' Schloss fehlte nur mehr die Zugbrücke. Hätte es eine, wäre sie sicher ständig hochgezogen.

»Das führt mich jetzt zu Ihnen, Peony.«

Ich hielt den Atem an, erwartungsvoll und zugleich besorgt.

»Ich habe ihn in seinem Chateau im Burgund besucht – das kann man nicht vergleichen. Sein Anwesen ähnelt

Versailles und meines einem ausgetrockneten Burggraben. Können Sie sich das vielleicht ansehen? Ich dachte, wenn wir überall Blumen aufstellen, sieht es vielleicht besser aus. Das ganze Anwesen müsste ein wenig auf Vordermann gebracht werden.«

Ich holte tief Luft. »Blumen sind magisch, aber Sie wissen …«

»Ja.« Er veränderte seine Position, als wäre es ihm unangenehm »Ich ahne, dass mein Zuhause … die Hand einer Frau braucht.«

Heilige Strohsack! War Lord Fitzlupin errötet?

Nun, ich wollte es dem Mann nicht noch schwerer machen. »Es wäre mir eine Ehre, Alex. Wäre Ihnen morgen recht?«

Er seufzte erleichtert und bedankte sich. Am liebsten hätte ich gesagt, dass es mir ein Vergnügen war. Eine solche Ehre war noch niemandem in Willow Waters zuteilgeworden. Hilary und Jessie Rae würden vor Überraschung aufschreien – so wie ich auch.

Dazu hatte ich aber keine Chance. Alex war gerade gegangen, als Gillian Fairfax hereinspaziert kam. Ich war überrascht, sie zu sehen, denn seit sie vor kurzem Witwe geworden war, mied sie die Gesellschaft anderer. Außerdem war sie nicht gerade die beliebteste Frau im Dorf. Gillian lebte jetzt ganz allein in dem riesigen, viel bewunderten Lemmington House nur mit dem Gärtner Owen Jones und einem Dienstmädchen als Gesellschaft.

»Gillian«, sagte ich kühl und professionell, »was kann ich für Sie tun?«

Gillian strich leicht über den glänzend blonden Chignon im Nacken. Sie war eine sehr attraktive Frau in den Vierzigen, die ihren Reichtum gerne zur Schau stellte. Heute trug Gillian eine unglaublich schicke weiße Seidenbluse mit Perlenknöpfen und eine marineblaue Hose. Sie seufzte und es klang wie echter Schmerz. »Ich bin dem Women's Institute, dem Verein zur Förderung der Rechte der Frauen beigetreten und diesen Sonntag muss ich mich um die Blumen für die Kirche kümmern.«

Gillian Fairfax schien nicht der Typ für das Women's Instiute zu sein. Sie musste mir die Überraschung vom Gesicht abgelesen haben, denn sie senkte die Stimme: »Offen gesagt ich tue Buße.«

Sofort verspürte ich Mitgefühl für Gillian. In den letzten Wochen war sie wegen des Todes ihres Mannes und dem folgenden Skandal gedemütigt worden und ihr früherer Snobismus war dahingeschmolzen. Zumindest teilweise. Tatsächlich wirkte sie beinahe menschlich.

»Können Sie mir etwas Hübsches machen?«, fragte sie sanft. »Es ist mir ehrlich gesagt egal, was sie zusammenstellen. Ich wüsste nicht, was ich bestellen könnte. Aber ich zahle jeden Betrag, den Sie nennen.«

Das war natürlich ein Traumauftrag für Blumenzauber, es war aber nicht der einzige Grund, weshalb ich helfen wollte. Es war mir ziemlich klar, dass Gillian versuchte, sich bei der Clique der Frauen des Women's Institute beliebt zu machen, um jetzt nach dem Tod ihres Mannes in ein etwas freundschaftlicheres Verhältnis zu den Dorfbewohnern zu kommen.

Das war etwas, womit ich mich identifizieren konnte. Nachdem ich Witwe geworden war, stach ich in diesem ruhigen und von Cliquen geprägten englischen Cotswold-Dorf heraus wie ein wunder amerikanischer Daumen.

Gillian zuckte die Achseln. »Es war natürlich ein gefundenes Fressen für die Klatschmäuler, als meine Geschichte publik wurde. Wenn ich in Willow Waters bleiben will, muss ich einen Weg finden, um mich einzufügen. Das Women's Institute scheint die besten Chancen zu bieten.«

Ich sagte, dass ich verstehe und versprach, für das Bouquet mein Bestes zu geben. Außerdem hatte ich Insiderwissen. »Etwas Traditionelles und Großzügiges, nicht zu protzig, ist Ihre beste Wahl. Die Frauen des Women's Institute haben eine Vorliebe für weiße Freesien. Also sollten sie ein paar davon nehmen.« Ich begann, um die ausgestellten Blumen herumzugehen, und zeigte ihr jene, die aussahen, als wären sie gerade von einem impulsiven Gärtner gepflückt worden. Ich schlug Tulpen, Lisianthus, Veronica, Margeriten und Löwenmaul in Rosa und Weiß mit einem Hauch Violett vor.

Ich brauchte nur ein paar Augenblicke, bis ich Ideen für einen beeindruckenden, aber natürlich aussehenden Strauß beisammen hatte, aber Gillians Aufmerksamkeit war zu irgendetwas auf ihrem Handy gewandert.

Ich räusperte mich und Gillian blickte entschuldigend von ihrem Display auf.

»Ich mache den Strauß am Samstag«, sagte ich, »damit er am Sonntag noch frisch ist. Sie können ihn jederzeit am Nachmittag abholen.« Ich schlug auch vor, den Strauß mit einer rosa Schleife zu binden.

Sie nickte und bedankte sich, schien aber zu zögern. »Glauben Sie, das reicht? Brauchen wir noch mehr?«

Ich sagte, dass der Strauß bereits die einhundertfünfzig Pfund-Marke erreicht hatte, aber sie bat mich, auf zweihundert zu erhöhen, und reichte mir ihre Kreditkarte. Sie wollte die Frauen echt beeindrucken.

Gillian bezahlte gerade, als Dolores hereinkam. Ich musste einen Seufzer unterdrücken. Mein Blick schweifte zu Norman, der bis jetzt friedlich und zum Glück still auf einem Deckenbalken gehockt hatte. Ich hätte schwören können, dass der Vogel seine Flügel eng an den Körper presste, um sich kleiner zu machen. Nicht einmal Dolores' ehemaliges Haustier wollte mit ihr plaudern.

Gillian drehte sich um und wünschte Dolores einen schönen Nachmittag. Aber Dolores brachte es nicht über sich, die freundlichen Worte zu erwidern. Stattdessen kniff sie die Augen zusammen, als sie sah, wie ich Gillian die Kreditkarte zurückgab. »Bestellen Sie Blumen für die Kirche?«, fragte sie.

»Ja«, antwortete Gillian.

»Wenn ich an der Reihe bin«, lächelte Dolores affektiert, »binde ich einen Strauß mit Blumen, die ich eigens dafür züchte.«

Gillians Züge verhärteten sich. Aber Dolores sah sie unbeirrt an. Ihr Blick war eisig und sandte einen Schauer über mein Rückgrat.

»Ich komme später wieder, Peony«, sagte Dolores, »wenn Sie nicht so beschäftigt sind.« Und damit verschwand sie durch die Tür.

Zwei Begegnungen mit Dolores an einem Tag? Ich musste wohl ein schlechtes Karma haben.

»Sie ist die Schlimmste aller Klatschtanten«, murmelte Gillian, sobald sie sicher war, dass Dolores außer Hörweite war. »Wenn sie könnte, würde sie mich geteert und gefedert aus dem Ort jagen. Ich bezweifle, dass ich mich hier einpassen kann, solange sie hier ist.«

Ich versicherte Gillian, dass die meisten Menschen in Willow Waters unvoreingenommen waren. Dabei beschloss ich, beim Binden des riesigen Straußes eine Extradosis magischen Wohlwollens in die Blumen zu träufeln.

Sobald Gillian gegangen war, kam Dolores zurück. Sie musste draußen herumgehangen haben.

»Was kann ich für Sie tun?«, fragte ich höflich und wünschte, dass sie sich kurz fassen würde.

»Glaubt *diese Frau*«, spie Dolores, »dass sie sich Beliebtheit erkaufen kann? Nach dem Skandal, den sie verursacht hat? Ich weiß nicht, wie sie es wagt, sich noch zu zeigen.«

»Verdient nicht jeder eine zweite Chance?«, fragte ich.

Sie rümpfte die Nase. »Gillian Fairfax macht nicht einmal selbst ihren Blumenstrauß. Die Leute hier respektieren Selbstgemachtes. Zeit und Energie in das Zusammenstellen des eigenen Blumenstraußes zu stecken, und nicht einfach alles mit der Kreditkarte abzutun.«

»Was kann ich für Sie tun, Dolores?«, wiederholte ich und versuchte, herzlich zu klingen – und sie mit diesem Gefühl zu inspirieren.

Dabei scheiterte ich deutlich, denn ein geziertes Lächeln spielte um Dolores' perfiden Mund. »Ich dachte, Sie sollten wissen, dass ich mehrere Schuljungen beobachtet habe, wie sie Ihre Blumen stahlen. Fiese kleine Rowdys.«

»Ach, Dolores«, sagte ich so süßlich, wie ich nur konnte, »meinen Sie, von dem Eimer draußen? Da stelle ich immer die Blumen hinein, die nicht mehr lange halten, aber noch in voller Blüte sind, um sie nicht schon wegwerfen zu müssen. Auf dem Eimer hängt ein Schild mit der Aufschrift GRATIS.«

Dolores war verblüfft.

»Ich finde es besonders schön, wenn die Kinder die Blumen nehmen – oft geben sie sie ihren Müttern oder den Lehrerinnen und Lehrern. Es ist wirklich süß.«

»Es wäre für sie eine bessere Lektion, wenn sie ihr Taschengeld dafür sparen würden. Sie müssen lernen, dass es in diesem Leben nichts wirklich umsonst gibt.«

Ich zählte im Stillen bis zehn.

Dolores ging ohne ein weiteres Wort und gleich darauf sah ich, wie sie in dem Gratis-Eimer herumwühlte und dann die Straße mit mehr Blumen, als ihr zustanden, überquerte.

»Char kann eine Nervensäge sein«, murmelte Norman, während er von seinem Platz herunterflog und sich auf meine Schulter setzte. »Aber das ist nichts im Vergleich zu *dieser* Frau.«

»Richtig, mein Freund. Absolut richtig.« Ich seufzte. »Apropos Nervensägen, ich muss nachsehen, wie Mick mit der Arbeit in meinem Garten vorankommt.«

KAPITEL 5

*A*ls ich nach Hause kam, begrüßte mich Blue an der Tür, miaute und rieb sich an meinen Knöcheln. Ich bückte mich und hob sie auf. »Ich bin nur gekommen, um nach den Jungs zu sehen«, sagte ich in ihr Fell.

Ich wollte sehen, ob Mick und Owen mit dem Steinweg vorangekommen waren. Ich will ganz offen sein: Ich fühlte mich nicht wirklich wohl, wenn Mick beim Bauernhaus rumhing, auch nicht unter Owens wachsamem Blick. Irgend-etwas stimmte nicht mit Chars Ex. Den ganzen Morgen konnte ich dieses Gefühl nicht loswerden.

Ich ging in die Küche. Der Duft von Porridge mit Zimt und Ahornsirup, das Hilary morgens so liebte, hing noch in der Luft. Durch die Hintertür ging ich hinaus in den Garten.

Dort fand ich den etwas verdrießlichen Mick, der unter Owens Aufsicht langsam die Steine verlegte. Ungeachtet der Umstände, unter denen der Weg entstand, war ich begeistert, dass er begann, Form anzunehmen.

Ich rief Hallo und fragte, ob sie Kaffee wollten. Owen bedankte sich und ich ging und setzte die Kaffeemaschine in

Gang. Blue blieb dicht an meiner Seite, das bedeutete, dass sie meine Bedenken spürte.

»Du bist ein braves Mädchen«, sagte ich zärtlich. »Ich weiß, dass du lieber ein Nickerchen halten würdest, als mir zu folgen.«

Als Antwort miaute Blue. Ich nahm an, dass das *Danke. Ich erwarte später ein Leckerli,* bedeutete.

Ich trug den Kaffee zu den Männern hinaus und fragte, ob Gillian nichts dagegen hatte, dass Owen den Montag freigenommen hatte, um mir hier zu helfen.

»Dass ich den Tag freigenommen habe?«, sagte er verächtlich. »Gillian hat Glück, dass ich überhaupt noch für sie arbeite. Ich kümmere mich sieben Tage die Woche um die Außenanlagen von Lemmington House. Nur aus Loyalität gegenüber Mr. Fairfax.«

Ich wusste, dass Owen Gillian nicht besonders mochte, nachdem die junge Witwe ihn rausgeworfen und ohne sich groß zu entschuldigen wieder eingestellt hatte.

Ich erzählte ihm, dass sie heute in mein Geschäft gekommen war. »Sie wirkte anders als sonst. Bescheidener.«

»Tatsächlich? Ich kann nicht sagen, dass mir das aufgefallen wäre. Aber ich gehe ihr natürlich, so gut ich kann, aus dem Weg. Sie machte ja nicht gerade ein Geheimnis daraus, dass Mr. Fairfax mich aus dem Gefängnis heraus eingestellt hatte.«

Ich runzelte die Stirn. Hatte sich Gillian nicht gerade bei mir über die Tücken des Dorfklatsches beschwert?

»Hattest du irgendwelche Probleme? Ich meine sarkastische Bemerkungen. Nichts Schlimmeres, aber trotzdem.«

Owen schüttelte den Kopf und nahm einen Schluck Kaffee. »Ehrlich gesagt stelle ich fest, dass mich die meisten

Leute genauso behandeln wie vorher. Ich war so paranoid, dass man mich aus dem Ort vertreiben würde, es scheint aber, dass ich mich umsonst gefürchtet hatte.«

Ich war froh, dass die Leute verstanden, dass er ein guter Mensch war, der einen Fehler begangen hatte. Unwillkürlich verglich ich ihn mit Mick, der schnaufte und keuchte und alles andere als dankbar für Owens Hilfe zu sein schien. War er ein guter Mensch, der einen Fehler gemacht hatte?

Mick setzte sich auf eine hübsche Bank, um seinen Kaffee zu trinken.

»Ist bei dir alles okay?«, fragte ich ihn.

Er verzog das Gesicht in der Sonne. »Ich bin fertig. Die Arbeit bringt mich um.«

»Kumpel«, antwortete Owen, »wir haben gerade erst begonnen. Leg dich ordentlich ins Zeug, dann spendiere ich dir heute Abend im Pub ein Bier.«

»Prost!« Mein unwilliger Arbeiter lebte bei diesen Worten auf.

Ich verabschiedete mich zufrieden, dass alles in Ordnung war, machte mir schnell ein Sandwich, das ich an der Spüle aß, und fuhr zu meinem Blumenladen zurück.

Ich bemühte mich, Mitgefühl für Mick aufzubringen, aber diese Tür schien verschlossen und verriegelt. Hinter all den Tattoos lauerte etwas, das die Tinte nicht verbergen konnte. Ich vermutete, dass nur die Zeit uns sagen würde, was es war.

～

ZURÜCK IM LADEN vertiefte ich mich mit Imogen in die Daueraufträge für diese Woche. Das Radio lief, die Sonne schien durchs Fenster und ich tauchte ein in den Rhythmus der Arbeit mit den Blumen. Ein so einfaches Glück konnte natürlich nicht lange anhalten, jedenfalls nicht mit Norman in der Nähe.

Er unterbrach unsere Konzentration mit einem ungewöhnlichen Kreischen, während er zum Schaufenster flog. »Nur noch ein Schlückchen Sherry.« Seine Imitation war perfekt.

Was machte Dolores jetzt? Ich ging zu der Stelle, wo Norman am Fenster noch mit den Flügeln flatterte.

Über die ausgestellten Pfingstrosen spähte ich hinaus und sah Elizabeth Sanderson und Dolores auf dem Weg zur Kirche. Elizabeth trug eine Tasche aus Sackleinen so vorsichtig, als enthielte sie kostbare Kristalle, die sie um keinen Preis fallen lassen durfte. Ich vermutete, dass sie ihre endlose Stickerei für die Kirche beendet hatte und sie jetzt ein letztes Mal abmessen würde.

»Nur noch ein Schlückchen Sherry«, wiederholte Norman.

Und da fiel mir auf, dass Dolores sehr vorsichtig zu gehen schien. Hatte sie ein paar Sherrys zu viel gehabt?

»Ist es nicht ein wenig früh für ... ein Schlückchen?«

»Irgendwo ist es fünf Uhr, Püppchen«, antwortete Norman.

»Es ist fünf Uhr *hier*«, sagte Imogen. Zu meiner Überraschung hatte sie recht. Der Tag war wie im Flug vergangen. »Ist es in Ordnung, wenn ich jetzt gehe? Ich habe heute Abend ein Date.«

»Natürlich. Viel Spaß. Morgen will ich alle Details hören. Geh nur, ich schließe dann ab.«

»Danke.« Imogen legte die Schürze ab und ging zur Tür.

Die Klingel bimmelte hinter ihr, dann wurde die Tür fast sofort wieder geöffnet.

»Char!«, rief Norman erfreut. »Ich habe dir gefehlt.« Er flog zu ihr und setzte sich auf ihre Schulter.

»Das träumst du«, sagte sie, aber mit einem Finger streichelte sie seinen Schwanz, während sie sprach. Sie begann eine Beziehung zu ihrem Vertrauten aufzubauen, ob sie wollte oder nicht. Doch dann wandte sie sich an mich. »Ich will nach Mick sehen, nachschauen, ob er ordentlich arbeitet. Du und Owen helft ihm nur meinetwegen. Ich will sichergehen, dass er euch nicht enttäuscht.«

Ich schätzte es, dass sie sich ebenso um Mick sorgte wie ich. »Fahr doch mit meinem Range Rover nach Hause. Der Spaziergang wird mir guttun.« Ich warf ihr meine Autoschlüssel zu und sperrte hinter ihr und Norman die Tür zu.

Ich habe euch ja schon gesagt, dass Hexen ein großartiges Einfühlungsvermögen haben, worin sie aber nicht großartig sind, ist Putzen. Gut, vielleicht gilt das nur für diese Hexe. Das war eine Eigenschaft, zusammen mit meinen übersinnlichen Fähigkeiten, die ich von meiner Mutter Jessie Rae geerbt hatte.

Als ich aufwuchs, hatte Jessie Rae nie einen ordentlichen Haushalt geführt. Natürlich verbrannte sie Weihrauch, so dass unser Haus immer nach Kräutern und Patschuli duftete. Die Beleuchtung mit vielen farbigen Papierlaternen war warm, aber fegen, wischen und abstauben – nun, das hatte ich nie gesehen. Natürlich musste es gemacht worden sein. Wir lebten nicht im Dreck, aber ich hegte immer den Verdacht, dass meine Mom eine ihrer Freundinnen einspannte, damit sie einen starken Putzzauber über unser

Heim wirkte, sobald sich Staub an den Kanten der gerahmten Bilder ansammelte.

Ich hatte im College lernen müssen, meine Sachen sauber zu halten und zu organisieren – sehr zum Leidwesen meiner Zimmergenossin. Sie hieß Essi und hatte mir geduldig gezeigt, wie man Kleider richtig faltete und die wenigen Möbel, die wir hatten, polierte. Aber ich fand nie Gefallen daran. Ich wollte lieber die Dinge schön machen.

Wenn ihr euch jetzt fragt, warum ich nicht selbst ein kleinwenig zauberte, tja, sagen wir, dass meine Skrupel tiefer sitzen als bei Jessie Rae. Ich zog es vor, mich an die Regeln des Hexenzirkels zu halten und keine Zauber zu meinem persönlichen Vorteil zu wirken. Es war eine Frage des Karmas. Und eine Frage der Ehre.

Ich fegte die letzten Blätter in den Abfalleimer und entleerte ihn auf den Kompost. Für mich war damit die Arbeit des Tages getan. Ich machte die Kasse, rechnete das Kartenlesegerät ab, fuhr den Computer herunter und schloss das Geschäft ab.

Die Luft draußen war sogar um sechs Uhr noch wunderbar mild und ich war froh, dass Char meinen Wagen genommen hatte. Trotz des gemächlichen Rhythmus des Lebens in Willow Waters hatte ich immer das Gefühl, von einer Sache zur nächsten zu hetzen. Bestellungen, Lieferungen, ein Dorftreffen, Lebensmittel einkaufen, Jessie Rae von einer Abendséance abholen, Kräuter von Amanda einsammeln, um Elixiere zu brauen. Immer gab es etwas zu erledigen! Das bedeutete leider, dass ich oft mit dem Auto fuhr, obwohl ich so gerne zu Fuß ging.

Ich liebte die Natur. Vielleicht wart ihr selbst schon einmal in Maine, trotzdem will ich euch sagen, dass es dort

Wanderwege gibt, die Weltklasse sind – zerklüftete Küsten-
striche, prachtvolles Blattwerk und eine Vielfalt von Berggip-
feln. Früher war ich oft mit meinen Freunden im Acadio
National Park gewandert, wo wir den gewaltigen Cadillac
Mountain hinauf (und herunter) gestiegen sind. Sein Gipfel
leuchtet in den ersten Sonnenstrahlen, die die USA erreichen. Es ist das ganze Jahr über der perfekte Ort, um den
Sonnenaufgang zu erleben. Kein Wunder, dass ich in dieser
hügeligen Landschaft Englands gelandet war.

Ich würde ungefähr vierzig Minuten brauchen, um mein
Bauernhaus zu erreichen. Um diese Tageszeit ebbte das
geschäftige Treiben auf der High Street allmählich ab und
zog für den Abend in die Pubs und Restaurants. Wir waren
zwar ein kleiner Ort, trotzdem gab es in Willow Waters einige
hervorragende Restaurants, die während der Hochsaison
trotz der überhöhten Preise immer ausgebucht waren. Mein
Lieblingslokal für ein Abendessen war das *Luce e Limoni*, das
köstliche sizilianischer Küche anbot und deren hausge-
machte Pasta ich am liebsten jeden Abend gegessen hätte.
Besonders die Bucatini mit würzigem Ragout vom Schweine-
bauch. Ich habe sogar von diesem zarten Fleisch geträumt.
Ich sabberte schon beim bloßen Gedanken daran und
beschloss, heute Abend selbst Ragout für Char und Hilary zu
kochen. Vielleicht würde Owen mit uns essen und ja, auch
Mick.

Ich hatte Schweinefleisch im Gefrierfach und brauchte
nur noch gute Tomaten. Ich bog links ab und ging zum
Gemüsehändler. Obwohl ich wusste, dass bereits Laden-
schluss war, hatte ich das Gefühl, dass er noch offen hatte.
Fragt mich nicht warum – meine Gabe reicht bis zu Tomaten
und ernsteren Angelegenheiten.

Liza, die Besitzerin, trug gerade die Körbe mit der Frischware von draußen in das Geschäft. Ich winkte ihr zu, sie verlagerte einen Bund Spargel auf ihre linke Hüfte und winkte zurück.

»Auch du hast heute spät Schluss gemacht?«, fragte sie, als ich auf sie zueilte.

Ich nickte. »Es war viel zu tun für einen Montag.«

»Bei mir auch, aber ich jammere nicht. Ich habe schon alle Pfifferlinge verkauft, die ich für diese Woche bestellt hatte. Edle Leute mit ihren edlen Pilzen.« Liza war Mitte vierzig und ihr dunkles schulterlanges Haar war von schönen grauen Strähnen durchzogen. Der Gemüseladen war seit Generationen im Familienbesitz. Sie führte das Geschäft zusammen mit ihrem Mann Don, der aus einer Bauernfamilie stammte.

Ich erzählte ihr von meiner plötzlichen Lust auf Ragout.

Und sie sagte, sie habe dafür eine perfekte alte Tomatensorte. »Sie sind süß und zugleich saftig und werden gekocht zu einer Delikatesse.«

Sie ging in den Laden und ich schnupperte an einer Zuckermelone, um zu prüfen, ob sie reif war. Wenn ich nur Alex' Geruchsinn hätte, dann könnte ich immer die süßeste auswählen. Ich nahm eine, hoffte das Beste und trug sie hinein, um sie zusammen mit den Tomaten zu kaufen. Eine schöne Scheibe frisches Obst nach einer schweren Pasta würde perfekt passen.

Ich bedankte mich bei Liza und machte mich mit meinen Einkäufen auf den Heimweg. Vor mir warf die untergehende Sonne warme orangefarbene Strahlen auf die alte Kirche. Eine leichte Brise ließ die Blätter der Bäume neben dem Gebäude tanzen. Gesang klang durch die Luft. Manchmal schien dieser Ort einen eigenen Zauber zu besitzen. Warme, hohe Stimmen ertönten zart und schwollen an und ich erkannte den Text von *Be Thou My Vision,* einem alten irischen Kirchenlied. Heute Abend war offenbar Chorprobe. Dorthin waren Dolores und Elizabeth zuvor unterwegs gewesen.

Ich blieb einen Augenblick in der Nähe der Kirchentür stehen und lauschte. Ich war nicht musikalisch und schätzte deshalb das Talent der anderen umso mehr. Der Klang des Chores, all die verschiedenen Menschen, die zusammen diese Harmonie schufen, überwältigte mich. Aber das Ragout würde sich nicht von selbst kochen und ich hatte noch ein Stück Heimweg vor mir.

Ich wandte mich von der Kirche ab und schlug die Richtung nach Hause ein, als plötzlich ein durchdringender Schrei die Chormusik übertönte.

Die Stimmen brachen ab und hörten ganz auf zu singen. Aber das Schreien hielt an. Ich ließ die Tasche mit den Tomaten und der Zuckermelone fallen und lief zur Kirchentür in der Hoffnung, dass jemand von erster Hilfe mehr verstand als ich.

KAPITEL 6

ie Zeit schien sich zu dehnen, als ich durch den dämmrigen Eingang der Kirche rannte. Die Schreie dauerten, schrill und durchdringend an. Ich wusste nicht, was ich dachte, als ich hineinstürmte. Es war, als hätten meine Füße die Kontrolle über mich übernommen. Jemand war in Not oder hatte Schmerzen und ich wollte helfen. Ich musste helfen.

Ich konnte kaum sehen, was geschah. Die Atmosphäre in der Kirche hatte sich verändert. Gewöhnlich, wenn ich die Kirche betrat, wurden meine Sinne von der Geschichte der Kirche überwältigt. Sie war 1300 erbaut worden und hatte im Laufe der Jahre viele Renovierungen erfahren. Ich konnte ihre Schwingungen über die Jahrhunderte fühlen. Jetzt waren diese Schwingungen verstummt. Ich spürte nur einen tiefen Schmerz und das Echo eines schrillen Schreis, der noch immer anhielt.

Zahllose Szenarien spielten sich vor meinem inneren Auge ab, trotzdem war ich überrascht, dass der Schrei von der immer so gelassenen Elizabeth Sanderson kam. Sie stand neben dem Altar – fast hysterisch. Der halbe Chor hatte sich um sie geschart, aber niemand unternahm etwas. Keiner tröstete sie, alle waren sprachlos. Was um Himmels willen ging hier vor?

Eine Seitentür der Kirche wurde geöffnet und Reverend William Wadlow eilte herein. Wir trafen gleichzeitig beim Altar ein und blieben bei der klagenden Elizabeth stehen. Die dunkelblauen Augen des Pfarrers waren voller Sorge.

»Elizabeth«, fragte ich, »was ist passiert?«

Der Organist Bernard Drake und die übrigen Frauen von der Chorprobe kamen jetzt auf Elizabeth zu, die hemmungslos weinte. Sie rang die Hände wieder und wieder. Kein Wort kam über ihre Lippen. Nur Schluchzer.

Ich hatte immer noch keinen blassen Schimmer, was hier los war. Es konnte doch nichts so Schreckliches bei einer erbaulichen Chorprobe geschehen. Ich blickte von Gesicht zu Gesicht. Alle waren blass. Und immer noch sprachlos. Einige wichen meinem Blick aus und starrten auf ihre Füße.

Dann sah ich Dolores. Ihr Gesicht war rot, die Augen weit aufgerissen und alarmiert. Schien sie vorhin, als ich sie und Elizabeth auf dem Weg zur Kirche gesehen hatte, beschwipst, dann war sie jetzt stocknüchtern. Und betreten. Sie begann zu stammeln. »Es war ein Versehen. Ich wollte mehr Licht machen. Ja, mehr Licht. Damit du besser sehen konntest. Es war ein Versehen.«

Aber Elizabeth schrie sie an. »Nein! Du böser Mensch! Du hast mein Altartuch absichtlich ruiniert.«

Ich folgte Elizabeths Blick und sah, dass ein kunstvoll verzierter Kelch mit Abendmahlwein umgeworfen worden war und sich über das schöne weiße Altartuch ergossen hatte, an dem sie ein Jahr gestickt hatte.

»Du liebe Güte«, flüsterte ich.

Arme Elizabeth. Das Tuch sah aus, als wäre es tödlich verwundet worden – der Wein hatte die Farbe von Blut. Es war irgendwie besonders schlimm, dass etwas Neues in dieser alten Kirche ruiniert worden war. Überall umgaben uns Artefakte und Monumente der Vergangenheit. Über uns hing ein Tudor-Altartuch, das aus mehreren Ornaten aus dem vierzehnten Jahrhundert in einem Fischgrätenmuster zusammengenäht worden war. Über dem Altar prangte ein schönes Gemälde der Geburt Christi. Neben dem Altar ein gemeißelter Steinsitz aus dem vierzehnten Jahrhundert mit dem Wappen der umliegenden Cotswold-Dörfer. Sogar die Orgel war von mittelalterlichen Fliesen umrahmt, die aus der nahegelegenen Abtei gerettet worden waren.

Elizabeth hatte all diese historischen Schätze gesehen und ihren Beitrag erbracht. Sie hatte etwas gegeben, das sie mit Liebe und Hingabe geschaffen hatte, eine Gabe aus dem einundzwanzigsten Jahrhundert, die zeigte, dass die Zeiten sich zwar änderten, aber einige Dinge gleich blieben.

Dolores schüttelte verneinend den Kopf. Eine schrecklich Stille herrschte weiterhin in der Kirche, unterbrochen nur von Elizabeths Klagen. Ich begegnete wieder dem Blick des Pfarrers, der entgeistert dastand. Wahrscheinlich wird man in der Priesterausbildung nicht auf eine Stickereikatastrophe vorbereitet. Er würde doch wohl ein paar kluge Worte bereit haben? Ein wenig Trost?

Dann kam Rebecca Miller, die Kirchendienerin herein. »Salz und kaltes Wasser«, sagte sie. »Das könnte verhindern, dass der Fleck sich verfestigt. Es hat bei mir funktioniert. Wir müssen es versuchen.«

»Ganz richtig, Rebecca«, sagte der Pfarrer. »Ganz richtig.«

Bewegung kam in die Gruppe, offenbar suchten alle nach Salz. Gab es in einer Kirche Salz? Ich hatte keine Ahnung. Aber offensichtlich wollten alle helfen. Sogar Dolores, die aufrichtig von den Geschehnissen betroffen schien. Sie trippelte ziemlich nutzlos herum – eher wie ein kopfloses Huhn als eine Freundin im Einsatz. Aber ich konnte sehen, dass sie sich bemühte.

Elizabeth war jedoch untröstlich, während wir uns um sie herum zu schaffen machten. Sie sank neben dem Altar auf die Knie. »Es hat keinen Sinn«, sagte sie. »Es ist ruiniert.«

»Ich habe eine Packung Salz im Büro gefunden«, rief der Organist Bernard Drake.

»Geben Sie her«, sagte Rebecca. »Mal sehen, ob ich den Fleck wegzaubern kann.«

Zauber. Natürlich. Ich hatte selbst ein wenig Erfahrung mit Rotweinschäden und hatte helfen müssen, einige Teppiche und Sofas davon zu säubern.

Ich trat näher, entschlossen, das Tuch mit Heilkräften zu durchtränken, ohne den Zauber aussprechen zu müssen.

»Es war ein Versehen«, wiederholte Dolores wieder, ihre Stimme jetzt schrill. »Ich schwöre es. Ein Missgeschick. Ich würde niemals ...«

Verflixt, diese Frau unterbrach meine Konzentration.

»Das hätte jedem passieren können«, fuhr sie fort. »Ich wollte nur helfen.«

Ich schloss die Augen und verschloss auch die Ohren, so gut ich konnte. Ich brauchte Stille, um diese Art Zauber zu kommunizieren. Ich fühlte das vertraute warme Summen und ließ die Worte vor meinem inneren Auge vorüberziehen.

Lass dieses Tuch, so wünsche ich, gesunden,

Von ihrem Leid sei Elizabeth entbunden.
Alles Rot werde weiß mit diesem Zauber,
um den Schaden zu löschen und zu beenden den Schauder.

Auch wenn ich die Worte nicht laut aussprechen konnten, so würden doch meine Konzentration und Absicht den Fleck reinigen helfen.

Ich öffnete die Augen und sah Bernard Drakes verdutzten Gesichtsausdruck. Mein Herz sank. Ich hatte mir alle Mühe gegeben, die Lippen zu den Worten nicht zu bewegen. Hatte er mich dabei ertappt, wie ich mir selbst etwas vorflüsterte?

Aber nein. Bernard sah nicht zu mir herüber. Er starrte auf den umgestürzten Weinkelch. Er kratzte sich am Kopf und räusperte sich. »Der Abendmahlwein ist immer in der Sakristei eingeschlossen. Wie kommt er hierher?« Er sah sich um und sein Blick fiel auf Rebecca, die immer noch über das Tuch gebeugt mit Salz und kaltem Wasser schrubbte. »Rebecca, weißt du es?«

Sie blickte auf und zuckte mit den Schultern. Sie öffnete gerade den Mund, um etwas zu sagen, aber da trat der Pfarrer vor und schlug leise vor, dass es wohl das Beste sei, wenn Dolores nach Hause ginge.

Dolores erstarrte, als wollte sie erneut ihre Unschuld beteuern, aber stattdessen begann sie zu weinen.

Es klang schrecklich. Jetzt weinten zwei Frauen – alte Freundinnen obendrein. Eine aus Verzweiflung, die andere aus Leid. Weinte Dolores Krokodilstränen? Um nach einer falschen Anschuldigung, Sympathien zu gewinnen? Oder waren es aufrichtige Tränen der Reue?

Stille herrschte in der ganzen Kirche, als wir Dolores nachsahen, wie sie schließlich ging. Es war eine klägliche

Szene. War sie wirklich derart im Wettstreit mit Elizabeth, dass sie etwas so Böses in der Kirche tun würde? Es schien mir abwegig, aber Eifersucht war hässlich und brachte Menschen dazu, etwas Hässliches zu tun. Dolores hatte bestenfalls eine messerscharfe Zunge. Wer wusste schon, wie weit sie unter Druck gehen würde?

Ich schaute über Rebeccas Schulter. »Geht der Fleck weg?«, fragte ich.

»Ein bisschen«, sagte sie und rieb weiter das Salzwasser auf den dunklen Fleck. »Es könnte noch eine Weile dauern.«

Etwas mehr Zeit und Magie: die beste Heilungsmethode.

Der Pfarrer versuchte, Elizabeth zu beruhigen, die zwischen ihren verzweifelten Wehklagen weiterhin darauf bestand, Dolores habe ihr Altartuch absichtlich ruiniert.

»Dolores ist gegangen«, sagte er mit sanfter Stimme. »Ich werde später mit ihr sprechen und der Sache auf den Grund gehen. Aber kommen Sie jetzt mit.« Er streckte ihr die Hand entgegen und Elizabeth ergriff sie. Er half ihr auf die Beine und reichte ihr ein besticktes Taschentuch.

»Oh, eines von mir«, murmelte sie. »Wie nett.«

Der Pfarrer lächelte. »Ich begleite Sie nach Hause.«

Arm in Arm verließen die beiden die Kirche. Es war eine berührende Szene. Der Pfarrer wusste offensichtlich, wie man in einer solchen Situation die Ruhe bewahrt und jenen Trost spendet, die ihn am meisten brauchen.

Ich vermutete, dass ich nichts mehr tun konnte, und schlüpfte leise hinaus, um meine arme fallengelassene Tasche mit den Tomaten und der Zuckermelone zu holen.

Draußen bogen Elizabeth und der Pfarrer in die Straße ein. Ich suchte meine Einkäufe. Die Papiertüte mit den Tomaten war zum Glück noch da. Ich kontrollierte den

Inhalt: Nur eine war zerquetscht. Die Zuckermelone hatte sich verselbständigt. Da die Kirche auf einem leichten Abhang stand (wie fast das ganze Dorf), ging ich den Abhang hinunter, bis ich die Zuckermelone unter einer Eiche entdeckte. Ich hob sie auf und machte mich auf den Heimweg zu meinem Bauernhof.

Als ich bemerkte, dass der Pfarrer und Elizabeth vor mir gingen, verlangsamte ich den Gang. Ich war überrascht zu sehen, dass der Pfarrer noch den Arm um ihre Schultern gelegt hielt, bemerkte aber gleich, dass sich diese Schultern zitternd hoben. Elizabeth weinte. Sie reagierte wirklich heftig.

Da ich denselben Weg hatte, konnte ich gerade noch ihr Gespräch mithören.

»Ein Jahr Arbeit habe ich in das Altartuch gesteckt«, sagte Elizabeth, »obwohl meine Augen schlechter geworden sind und meine armen Hände vor Arthritis steif. Sie ist eifersüchtig auf mich. Das war sie schon immer. Gut, damit wird sie nicht ungestraft davonkommen. Dafür werde ich sorgen.«

Der Pfarrer beschwichtigte sie und versicherte ihr, dass Gott darüber zu richten hatte, was Dolores getan oder nicht getan hatte, und nicht sie. »Denken Sie an die Worte der Bibel, Elizabeth«, sagte er, »*Wenn ihr aber den Menschen ihre Fehler nicht vergebt, so wird euch euer Vater eure Fehler auch nicht vergeben.* Matthäus 6.15.«

»Ja, William, ich frage mich aber, ob Matthäus jemals einer Frau wie Dolores begegnet war.«

KAPITEL 7

*A*m nächsten Morgen hatte ich kaum die Rollläden von Blumenzauber hochgezogen, als das Telefon klingelte. Ich war spät dran, mein Kopf war benebelt und machte mich langsam. Euch – aber vielleicht nicht meinen Kunden – werde ich gestehen, dass ich gestern Abend beim Zubereiten des Ragouts ein bisschen zu viel Rotwein getrunken hatte. Nach dem Wirbel in der Kirche, war ich später als geplant nach Hause gekommen.

Wie ich vermutet hatte, hatte Char Owen und Mick auf einen Drink eingeladen, nachdem sie mit ihrer Arbeit im Garten fertig waren. Hilary hatte sich mit ihren Büchern in ihrem Zimmer eingeschlossen. Das Ragout war fantastisch, und während es köchelte und blubberte, war die gemeinsame Flasche Rotwein bald geleert und eine zweite wurde geöffnet. Hilary tauchte rechtzeitig für die Pasta auf und zu fünft setzten wir uns zum Essen.

Trotz meiner Vorbehalte gegenüber Mick und seiner offensichtlichen Abneigung gegen harte Arbeit, war er ein höflicher Gast und schien aufrichtig dankbar für die Mahlzeit. Dem Himmel sei Dank für den Geschirrspüler. Gegen elf Uhr fuhr Owen schließlich beide zu seinem Cottage zurück und ich wollte gerade ins Bett fallen, als Char an meine Schlafzimmertür klopfte.

Seit Char bei mir wohnte, hatte sie noch kein einziges Mal an meine Tür geklopft. Beunruhigt öffnete ich mit einer Handbewegung, war aber zu müde, um meine bequeme Position im Bett aufzugeben und selbst die Türklinke zu drücken. Sie kam ziemlich verlegen in mein Zimmer und entschuldigte sich für die Störung. Sie wollte mir etwas zeigen.

Sofort war ich munter. Die nächste Stufe ihrer Fähigkeiten begann sich zu zeigen – ich konnte es fühlen.

»Peony, sieh dir das an«, sagte sie und mit einer Drehung ihrer Handgelenke löschte sie auf einen Streich alle Lichter.

Ich lachte in die Dunkelheit hinein. »Bravo!«

»Was soll das bedeuten?«, fragte Char, eindeutig nicht ganz so glücklich wie ich. Sie musste ihre Handgelenke wieder gedreht haben, denn die Lichter schalteten sich wieder ein. Sie sah immer jünger aus, wenn sie ihr Make-up abgewaschen hatte, und jetzt glich sie einem verängstigten Kind. »Ich dachte, meine Fähigkeiten wären Licht zu bringen. Und Wärme. Warum sonst habe ich letzthin Flammen aus meinen Fingerspitzen geschossen?«

»Es ist ein Kreis, erinnerst du dich? Die Welt funktioniert in Kreisen. Wenn du Licht und Wärme geben kannst, dann kannst du sie auch wieder wegnehmen.«

Char runzelte verwirrt die Stirn. »Aber als ich neulich eine Fähigkeit entdeckt habe, hatten wir Blumenmond. Du hast mir gesagt, dass dies die Zeit ist, in der ich aufblühen soll, meine Fähigkeiten akzeptieren und das Unkraut ausreißen, das sich in meinem Leben ausbreitet. Jetzt ist kein Vollmond, warum passiert mir das? Ich fühle mich außer Kontrolle.«

Ich lächelte und war berührt, dass Char nicht nur auf meine Worte gehört hatte, sondern sich auch an meinen Rat erinnerte. Ich sagte ihr, dass sie weit davon entfernt war, die Kontrolle verloren zu haben, sondern im Gegenteil gerade dabei sei, weiter zu wachsen. Ich wiederholte, was man ihr beim letzten Vollmond-Hexenzirkel gesagt hatte. Hexen folgen den Jahreszeiten der Natur, den Mondzyklen und verpflichten sich, mit den Elementen der Erde zu arbeiten – Erde, Luft, Feuer, Wasser –, aber auch mit sich selbst, um ihr Leben zu gestalten. Wenn sie sich fortan öffnete, würden ihre Fähigkeiten weiter wachsen.

Also, wie ich schon sagte, öffnete ich meinen Blumenladen spat und kaum war ich durch die Tür, klingelte das Telefon.

Norman war bei mir und kreischte: »Der frühe Vogel fängt den Wurm«, während ich nach dem Telefon tastete.

Ich murmelte etwas verärgert vor mich hin und schoss dann zurück: »Den Wurm kannst du behalten. Ist das nicht einer deiner Lieblingsleckerbissen?«

»Puppe, lass gut sein«, antwortete Norman mit seiner charmantesten Stimme. »Du weißt, dass ich ein strikter Vegetarier bin.«

Er flatterte durch das Geschäft und flog dann hinaus, weil ich die Tür offengelassen hatte.

Und endlich hob ich den Hörer ab. Es war Dolores. Sie klang schrecklich.

»Ich habe den ganzen Morgen versucht, Sie zu erreichen«, sagte sie mit einer vor Emotionen belegten Stimme.

Ich sah hinauf zu Norman, der jetzt auf einer meiner

Blumenampeln saß. Ich hoffte, dass seine Mätzchen nicht die Kunden verscheuchen würden. Ich stellte mir vor, wie er alle möglichen groben Kommentare über die Frisuren oder Kleider meiner Kundinnen ausspuckte, noch bevor sie den Laden betreten hatten.

»Ich habe heute ein bisschen später aufgemacht«, sagte ich und gähnte. »Es tut mir leid.«

»Ich muss Elizabeth Blumen schicken. Jetzt sofort.«

Es klang, als wäre Dolores den Tränen nahe. Ich konnte mich nicht erinnern, sie jemals so emotional erlebt zu haben – ausgenommen gestern in der Kirche. Ich war viel mehr an ihren abfälligen Ton gewöhnt und es bestürzte mich, sie so vulnerabel zu erleben. Ob Dolores nun das Missgeschick mit dem verschütteten Wein verursacht hatte oder nicht, öffentlich beschuldigt und bloßgestellt zu werden wie gestern in der Kirche, musste seinen Tribut fordern. Dolores war eine alte Frau und ich wünschte ihr kein Leid.

»Ich verstehe«, sagte ich sanft. »Wissen Sie, welche Blumen sie liebt?«

»Natürlich«, sagte Dolores schnell. »Wir sind seit Jahren befreundet. Elizabeth liebt die Callas. Weiße Callas. Und sie sollten besser frisch sein.«

Hmm. Gerade hatte ich noch Mitleid mit Dolores gehabt und schon war ihr Ton wieder herablassend. Jetzt war ich doch überzeugter, dass der verschüttete Wein kein Versehen war.

Ich sagte, dass wir reichlich Callas hatten, und nannte ihr den Preis pro Blume.

Dolores schwieg. Ich wartete. Nichts.

Ich seufzte und sagte: »Ich habe auch Fertigsträuße mit

zwei weißen Callas, mehreren Rosen und Schleierkraut. Möchten Sie einen solchen Strauß? Das wäre viel günstiger.«

Dolores lebte schließlich von ihrer Pension. Ich konnte ihre bescheideneren Mittel nicht belasten.

Ich sagte ihr den Preis und sie erwiderte: »In Ordnung. Bringen Sie ihn zu Elizabeth. Ich habe sie noch nie so wütend gesehen. Sie antwortete nicht einmal auf meine Anrufe, damit ich ihr erklären konnte, was passiert war. Die Blumen müssen für mich sprechen.«

Dolores tat mir doch leid. Sie war in einem erbärmlichen Zustand. Natürlich hatte sie das verdient, wenn sie Elizabeths Arbeit absichtlich ruiniert hatte. Aber vielleicht war es doch ein Unfall oder sie bereute es tatsächlich. Wie auch immer – es wäre nett, diesen zwei alten Freundinnen zu helfen, sich wieder zu versöhnen.

Also sagte ich: »Ja. Ich werde Elizabeth den Strauß persönlich bringen, ohne zusätzliche Kosten. Es ist nicht weit.« Ich konnte nicht glauben, dass ich Dolores die Kosten für die Zustellung erlassen hatte, aber so war es. Es sollte nie heißen, dass ich keine großzügige Seele sei.

Ich musste ihr zugutehalten, dass sie dankbar war und mich bat, eine Nachricht auf eine Karte zu schreiben.

»Natürlich. Einen Augenblick bitte.« Ich kramte nach einem Stift. Imogen steckte sich die Stifte immer hinter das Ohr und legte sie dann an einen unbekannten Ort. Nie konnte ich einen finden, wenn ich ihn wirklich brauchte. Ich öffnete jede Schublade des Schreibtisches, bis sich ein einsamer grüner Kuli zeigte. »Okay, hier bin ich wieder. Welche Nachricht hätten sie gerne auf der Karte?«

Es entstand eine Pause, während der Dolores so angestrengt nachdachte, dass ich es sogar durch das Telefon hören konnte. »Meine liebe Elizabeth! Es tut mir sehr leid, dass der Wein über deine schöne Stickerei vergossen wurde. Es war die Schuld der neuen Kirchendienerin. Ich hätte in meiner Zeit als Kirchendienerin nie Wein im Kelch gelassen. Deine Freundin seit vielen Jahren, Dolores.«

Ich zog die Augenbrauen zusammen, während ich diese Worte notierte. Wenn es eine Definition von »leidtun/nicht leidtun« im Wörterbuch gäbe, müsste man Dolores' Versuch einer Entschuldigung dort finden.

»Ich verstehe«, murmelte ich. Aber es lag nicht an mir, ein Urteil zu fällen.

Wenn Dolores weiterhin ihre Unschuld beteuern wollte, war das ihre Sache. Ich schrieb die Nachricht gemäß ihren Anweisungen und versprach, den Strauß zu überbringen, sobald Imogen eintraf. Ohne ein Wort des Dankes verabschiedete sich Dolores und legte auf.

Ich starrte das Telefon an und fragte mich, warum ich dieser Frau einen Gefallen erwiesen hatte. Sie war wirklich nicht sehr nett. Ich hoffte nur, dass die Geste die Freundschaft retten würde, denn die zuerst klagende und dann geifernde Elizabeth von gestern Abend war nicht in einer versöhnlichen Stimmung.

Ich sah auf die Uhr und zählte die Minuten, bis Imogen eintreffen würde. Wir teilten unsere Arbeitszeiten so auf, dass sie an einigen Morgen den Laden öffnete, an anderen ich. Wir testeten gerade einen späten Einkaufsabend an Donnerstagen und heute würde sie die Abendschicht übernehmen.

Bis jetzt waren diese späten Einkaufsabende ziemlich ruhig verlaufen, aber kurz vor sieben kamen dann plötzlich die Kunden. Und zu meinem Leidwesen muss ich sagen, dass es meist Männer waren, die auf den letzten Drücker verzweifelt etwas für einen Geburtstag oder einen Jahrestag brauchten. Oder die üblichen »Es tut mir so leid«-Blumen. Aber das Schuldgefühl, beinahe etwas vergessen zu haben oder zu spät dran zu sein, konnte zu großzügigen Einkäufen führen und das war super fürs Geschäft. Alles war gut, wenn es gut für das Geschäft war.

Als Imogen um zehn Uhr eintraf und sich weigerte, etwas anderes als »enttäuschend«, über ihr Date zu sagen, erzählte ich ihr von dem Skandal wegen des Altartuches und von Dolores' heutiger Blumenbestellung. Imogen hörte interessiert zu und war entsetzt. Sie kannte alle und fast jeden Klatsch und Tratsch im Dorf. Sie war schließlich eine geborene Willowerin.

»Dolores Prescott kann hinter dem Rücken der Leute ganz schön gemein sein, aber nicht einmal ich hätte gedacht, dass sie zu so etwas Abscheulichem fähig wäre«, sagte sie mit großen Augen. »Elizabeth Sanderson ist ein Schatz. Ein bisschen anstrengend, aber sie meint es gut. Sie sind seit Ewigkeiten befreundet und ich möchte fast glauben, dass es ein Unfall war. Vielleicht hatte die Kirchendienerin wirklich vergessen, den Wein in die Sakristei zurückzubringen.« Sie hob eine ihrer perfekt geformten Augenbrauen.

Wie sehr wünschte ich mir, Imogens Talent für stillschweigende Skepsis und gleichzeitiger Missbilligung zu besitzen.

»Ich glaube, Dolores hat es getan«, sagte ich. »Erst letzte Woche habe ich gehört, wie sie, ohne mit der Wimper zu zucken, alle möglichen Gehässigkeiten von sich gegeben hat. Aber findest du es nicht seltsam, so etwas in der Öffentlichkeit zu tun? Noch dazu in einer Kirche? Alle vom Chor waren als Zeugen dabei. Und alle wussten, mit wie viel Mühe sich

Elizabeth dem Altartuch gewidmet hatte. Es war ihr Stolz und ihre Freude.«

Imogen schien einen Moment hierüber nachzudenken und sagte dann: »Ich frage mich, ob es ein Anfall von wahnsinniger Eifersucht war. Sie wären beide glücklicher, wenn sie ihre Schwärmerei für den Pfarrer beiseitelassen würden. Natürlich sind sie nicht die Einzigen im Ort, die glauben, er käme ohne ihre Kuchen und Kekse und Einladungen zum Abendessen nicht zurecht. Aber Eifersucht ist etwas Grässliches.«

Aber jetzt musste ich Elizabeth die Blumen bringen. Und Dolores' nicht sehr überzeugende Entschuldigungskarte. Sie hatte nicht gesagt, welche Art Karte sie wollte, also tat ich mein Bestes und wählte eine mit dem Aufdruck *Es tut mir leid*. Wenn die Nachricht nicht das richtige Gefühl vermittelte, würde es vielleicht die Karte bewerkstelligen.

Ich erzählte Imogen, dass ich einen der weißen Fertigsträuße für Elizabeth vorgeschlagen hatte.

»Hier«, sagte Imogen, nachdem sie den frischesten ausgesucht hatte. »Das sollte die arme Elizabeth aufmuntern. Ich weiß, dass sie eine blaue Vase hat, in die der Strauß schön passen würde.«

»Gibt es irgendetwas, das du über unsere Nachbarn nicht weißt?«

»Nein«, sagte Imogen mit einem frechen Grinsen.

Imogen hatte aber recht. Der Kontrast zwischen Blau und Weiß würde aufmunternd wirken. Ich hoffte, dies und die Blumen würden Elizabeths Morgen aufhellen, nachdem sie gestern Abend so untröstlich war. Und vielleicht hatte Rebecca Miller das Tuch mit kaltem Wasser und Salz doch noch retten können. Zusammen mit der zusätzlichen Hilfe meines Zaubers. Wenn ja, dann würde eine Tragödie zu einem unglücklichen Missgeschick werden.

Ich sagte zu Imogen, dass ich bald zurück sein würde, und machte mich auf den Weg zu Elizabeths Haus. Sie lebte in der Nähe des Ladens meiner Mutter, also wollte ich auch kurz bei Jessie Rae vorbeischauen und Hallo sagen.

KAPITEL 8

*E*s war später Vormittag und das Wetter war warm.
Schon bald bedauerte ich, dass ich einen langärme-
ligen Pulli angezogen hatte. Ich hatte ihn wegen seiner Farbe
gewählt: ein kräftiges Grün, das mein verschlafenes
Aussehen aufhellen und gut zum Blattwerk im Laden passen
würde. (Ja, ich versuchte, etwas zu meinen Blumen Passendes
zu tragen – na und?) Er war etwas überdimensioniert und
bequem, selbst wenn ich ihn in meinen schwarzen Jeans-
Bleistiftrock steckte. Aber jetzt wünschte ich mir ein kurzär-
meliges T-Shirt.

Ich ging den gewundenen Weg hinauf zu Elizabeths
Haus, als ich aber im Schaufenster von Moms Laden eine
Kerze brennen sah, wollte ich erst einmal ihr Hallo sagen.
Vielleicht findet ihr mich sentimental, aber nach meinen
Überlegungen, wie wichtig die Schwesternschaft ist, wollte
ich meine Mom in die Arme nehmen.

Auch an sonnigen Tagen zündete meine Mom Aromatherapie-Kerzen an. Durch das Fenster sah ich die Flamme
flackern. Jessie Rae liebte eine sinnliche Atmosphäre in

ihrem Geschäft und zündete oft eine, manchmal auch zwei Kerzen an. Als ich durch die Tür trat, erklang das Glockenspiel und der berauschende Duft von Sandelholz und Jasmin umgab mich.

Drinnen sah es vollkommen anders aus, als bei meinem letzten Besuch. Jessie Rae stellte den Laden ständig um – je nachdem, was ihr die Geister rieten. Und die Geister schienen ziemlich eigenwillig zu sein.

Heute hatten die Kristalle den Platz mit den Orakel- und Tarotkarten getauscht. Der Bereich für Windspiele war erneuert worden und befand sich jetzt neben den Aromatherapie-Kerzen und dem Weihrauch. Mir fiel auch auf, dass sie das Bücherregal je nach Farbe und nicht nach Genre und Interessengebiet geordnet hatte. Jetzt lehnten ähnlich gefärbte Buchrücken ordentlich aneinander. Ich vermutete, dass sich hier ein Geist besonders kreativ gefühlt haben musste.

Niemand war im Laden.

»Mom?«, rief ich.

»Ich lege gerade Karten, Liebling«, antwortete Jessie Rae von hinter dem roten Samtvorhang, den sie aufgehangen hatte, um einen prächtigen georgianischen Toilettentisch zu verbergen, den sie poliert und für Astrologie und das Legen von Tarotkarten zweckverändert hatte.

Gewöhnlich sperrte sie während des Kartenlegens die Ladentür ab, um nicht gestört zu werden. Es sah ihr nicht ähnlich, das zu vergessen. Oder nein, wartet, das stimmt nicht. Es sah meiner Mutter sehr ähnlich, es zu vergessen.

Durch einen Spalt im Vorhang erblickte ich zu meiner Verwunderung Elizabeth Sanderson, die bei Jessie Rae saß. Soviel ich wusste, hatte Elizabeth noch nie einen Fuß in den

Laden meiner Mutter gesetzt. Das Okkulte war nicht wirklich Sache des Women's Institute. Elizabeth trug ein cremefarbenes Twinset, um den Hals Perlen mit einem blauen Verschluss. Ihre Wangen waren von lebhaftem Rosa – es schien eher Verlegenheit als zu viel Rouge. Was war hier los?

»Es tut mir leid zu stören«, sagte ich, und bemühte mich, über die Überraschung hinwegzukommen. »Wie seltsam, Elizabeth, ich war gerade zu Ihnen unterwegs, um Ihnen das hier zu bringen.« Ich deutete auf den Strauß auf meinem Arm.

Die Verlegenheit, die Elizabeth vielleicht empfunden hatte, im Laden für Esoterisches ertappt worden zu sein, schmolz beim Anblick meiner Blumen dahin. Funktionierte mein Wohlwollen-Zauber bereits?

»Blumen?«, fragte sie. »Für mich?« Elizabeth strahlte. »Von wem wohl? Ach wartet, sind sie von William? Der Pfarrer ist wirklich zu liebenswürdig. Er findet immer die richtigen Worte und Gesten.«

Aber bevor ich antworten konnte, dass diese Blumen von der Person kamen, die Elizabeth zurzeit am wenigsten mochte, sagte Jessie Rae: »Wie schön, Kleines. Vielleicht können diese fröhlichen Blumen Elizabeth von ihrem gegenwärtigen Weg abbringen.«

Jetzt sah ich, dass meine Mom besorgt schien.

Das Strahlen auf Elizabeths Wangen erlosch. »Gibt es hier keinen vertraulichen Umgang mit Kunden?«

»Meine Liebe, die Geister hören alles. Wir brauchen keine Geheimhaltung. Das ist nur ein Konstrukt. Außerdem schaden Geheimnisse mehr, als sie nützen.«

Ich spürte Elizabeths inneren Aufruhr und dachte daran, wie vollkommen aufgelöst sie war, als ihr Altartuch beschädigt worden war. »Es tut mir so schrecklich leid, was gestern geschehen ist. Konnte die Kirchendienerin den Fleck entfernen?«

Elizabeth schüttelte den Kopf. Heute war ihr blondes Haar kraus und wild und ich fragte mich, ob sie sich wohl die ganze Nacht auf ihrem Kissen hin und her gedreht hatte. »Natürlich nicht. Meine ganze Arbeit ist ruiniert«, sagte sie finster.

»Ich war gerade dabei, Elizabeth hier zu erklären«, sagte Jessie Rae, »dass wir uns nicht mit Verwünschungen befassen.«

Mein Herz raste. Das klang nicht gut. »Verwünschungen?«

Kein Wunder, dass Jessie Rae besorgt aussah. Erste Regel, niemanden verletzen und so weiter. »Ja, ich glaube, meine reizende Nachbarin hat sich ein wenig geirrt, was wir hier machen. Ich habe ihr gesagt, dass wir nichts dergleichen zu bieten haben – und gar nichts zu tun haben mit ...« Sie hielt inne und schüttelte traurig den Kopf, so dass ihre langen Silberohrringe ihre Schultern streiften. »Rache.«

»Ach Elizabeth«, sagte ich sanft, »damit werden Sie sich nicht besser fühlen.«

Elizabeths Gesicht wechselte von Rosa zu Rot. Sie schien beschämt, aber in ihrem Ausdruck lag auch Härte. Entschlossenheit. »Diese Frau hat meine Arbeit ruiniert, die Arbeit eines Jahres. Mein schönes Tuch. Vielleicht finden Sie das dumm, aber sie wusste, wie viel es mir bedeutet. Ich weiß, dass Ihre Mutter übernatürliche Kräfte hat. Ich habe es gesehen. Ich will, dass diese Frau genauso leidet wie ich, und ich bin entschlossen, einen Weg zu finden.«

Jessie Rae legte die Hände flach auf den Tisch und

ich sah, dass sie zahlreiche Kristalle ausgebreitet hatte. »Ich glaube, meine Liebe, dass Ihnen vielleicht stattdessen ein beruhigender Kristall gefallen würde.« Sie hob einen Amethyst auf. »Wir nennen ihn *das intuitive Auge.* Er ist perfekt für Ihr Dilemma, weil er eine starke entspannende Energie besitzt. Wenn Sie ihn bei sich tragen, wird er Ihnen helfen, Ihre negative Energie loszulassen. Nicht nur das, er sendet auch angenehme und friedvolle pulsierende Energie-Vibes durch Ihren Körper. So können Sie Klarheit finden. Wenn wir die Dinge verstehen, können wir das Dunkle loslassen und das Licht hereinlassen. Und dann fühlen Sie sich viel, viel besser.«

Jessie Rae lächelte, sichtlich zufrieden mit ihrer durchweg positiven Rede. Wie ihr euch denken könnt, war sie eine ausgezeichnete Verkäuferin, weil sie ein überzeugendes Mundwerk hatte. Sie war unübertroffen darin, Kunden Artikel anzubieten, die sie gar nicht kaufen wollten und sie dann zu überreden, gleich drei davon zu nehmen.

Elizabeth räusperte sich. Das war eindeutig nicht das, was sie hier suchte. Sie hatte allerdings nicht mit Jessie Raes Hartnäckigkeit gerechnet. Ich hielt immer noch Elizabeths Blumen in der Hand, als ich einen Hocker herauszog und es mir für die Show bequem machte.

Natürlich ließ sich meine Mom nicht so leicht ausbremsen.

»Oder wie wäre es mit Zölestin?«, sagte sie und lächelte. »Sehen Sie, wie beruhigend das Blau ist? Der Stein hat starke Schwingungen, die das Chaos auslöschen und Ihnen ein Gefühl der Gelassenheit schenken. Wer würde wohl ein wenig Gelassenheit verschmähen, nicht wahr?

»Ich bin nicht sicher, dass ...«, begann Elizabeth, aber Jessie Rae unterbrach sie.

»Zölestin verbindet Sie mit Ihrem dritten Auge, dem Herzen und dem Kronenchakra und schenkt Ihnen ein Gefühl der Sicherheit und Ruhe. Damit können Sie sich von Ihren Ängsten befreien und loslassen. Loslassen ist ein wunderbares Gefühl. Niemand will bedrückt rumlaufen.«

»Ich bin nicht bedrückt«, sagte Elizabeth, schon mehr als nur ein wenig genervt. »Ich bin wütend.«

»Dann ist das geklärt«, sagte Jessie Rae und rieb sich die Hände. »Sie nehmen einen Fluorit für Ausgeglichenheit und Klarheit. Er ersetzt Negativität durch Rationalität und Klarheit. Der Stein trägt Ihren Namen, meine Liebe.«

Elizabeth seufzte und hob den violetten und grünblauen Stein auf. Sie zuckte mit den Schultern und murmelte: »Ja, ich nehme ihn.«

Ich schwöre, meine Mom verdankt neunzig Prozent ihrer Verkäufe ihrer Willensstärke und der Fähigkeit, den Widerstand der Kunden völlig zu ignorieren.

»Sehr gute Wahl«, sagte Jessie Rae. Als sie aufstand, zeigte sich die volle Wirkung ihres Kleides in Schwarz und Silber. »Ich packe Ihnen den Stein ein. Vielleicht möchten Sie auch ein halbes Kilo meiner köstlichen Toffees?«

Elizabeth nickte, getrieben von dem Wunsch hier rauszukommen.

»Hast du je eine solche Aura gesehen?«, flüsterte Jessie Rae, als sie an mir vorüberging. »Rot und schwarz. Schreckliche Energie. Ich werde den Laden sofort reinigen müssen, sobald sie weg ist.«

Ich konnte Auren nicht wie meine Mutter sehen, fühlte aber die um Elizabeth pulsierende negative Energie.

Während meine Mom den Kristall und die Süßigkeiten einpackte, konnte ich Elizabeth endlich den Strauß überreichen. Nachdem ich die Szene mit angesehen hatte, war ich jetzt sehr besorgt, wie Elizabeth diese Geste der Versöhnung aufnehmen würde. Die Mischung aus Wut und Traurigkeit brach in Wellen aus ihr heraus. Ich hoffte, die Blumen würden ihren Zorn auf Dolores mildern.

Wir mussten schließlich alle in diesem kleinen Dorf zusammen leben.

Elizabeth öffnete hastig den Umschlag mit der Karte und mir wurde bewusst, dass ich ihr noch nicht gesagt hatte, dass die Blumen nicht vom Pfarrer kamen. Sie war einem Schock nahe.

Während ihre Augen die Karte überflogen und die Nachricht von Dolores lasen, verfinsterte sich ihre Miene völlig.

Ihre Wangen färbten sich tiefrot vor Zorn und zu meinem Entsetzen zerriss sie die Entschuldigungs-/Nicht-Entschuldigungskarte in winzige Stücke und ließ sie zu Boden segeln. Sie sahen aus wie zackige Konfetti, aber hier gab es nichts zu feiern, im Gegenteil.

Meine Mutter sah besorgt von der Theke zu uns herüber. Elizabeth war so weit von Gelassenheit entfernt wie nur möglich. Jessie Rae fehlten jetzt die Worte – glaubt mir, das ist eine echte Seltenheit. In ihrem Laden gab es nie so schlechte Schwingungen wie diese und jetzt war sie der Situation eindeutig nicht gewachsen. Hoffentlich hatte sie reichlich Salbei zum Verbrennen, wenn Elizabeth weg sein würde.

»Und was diese betrifft«, sagte Elizabeth und hielt die Blumen von sich weg, als wären sie benutzte Windeln, »so hübsch sie sind, diese Blumen sind eine einzige Lüge.« Sie warf den Strauß zu Boden und trat hart darauf.

Ich schnappte nach Luft. Meine süßen Blumen! Wie konnte sie nur? »Elizabeth«, flüsterte ich. »Es ist wirklich nicht nötig, Ihren Ärger an unschuldigen Blumen auszulassen.« Ich war gereizt und richtete mich zu meiner vollen Größe auf. Leg dich nicht mit meinen Blumen an, sonst legst du dich auch mit mir an.

Aber Elizabeth ignorierte mich völlig. Die Blumen hatten sie nicht beruhigt, sondern entflammt. »Sie können Ihre Kristalle und Süßigkeiten behalten, Jessie Rae«, sagte Elizabeth und erhob sich ebenfalls zu ihrer vollen Größe. »Wenn Sie mir nicht geben wollen, was ich will, dann werde ich im Internet einen Rachezauber finden.«

»Das dürfen Sie nicht!«, rief Jessie Rae, als Elizabeth sich anschickte zu gehen. »Schwarze Magie fällt dreimal stärker auf jene zurück, die sie anwenden. Sie könnten verletzt werden.«

»Ich nehme das Risiko auf mich«, sagte Elizabeth hochmütig und zu meinem Entsetzen stapfte sie über den Blumenstrauß und aus dem Geschäft, wobei sie meine Blumen noch mehr zertrampelte. Die Ladentür bimmelte und dann herrschte Stille.

»Um Himmels willen, um Himmels willen«, sagte Jessie Rae und begann die zertretenen Blumen vom Boden aufzuheben. »Was für ein Benehmen! So etwas habe ich von ihr noch nie gesehen. Sie benimmt sich wie ein pampiger Teenager.«

»Nur wegen einer Stickerei«, sagte ich kopfschüttelnd.

Meine Mutter schnalzte mit der Zunge. »Weltliche Dinge. Nichts Wichtiges.«

Vielleicht ging es hier nicht nur um weltliche Dinge. War diese Feindschaft zwischen Freundinnen so aufgeheizt, weil sie sich beide zum Pfarrer hingezogen fühlten? Hatte Dolores deshalb das Altartuch ruiniert? Weil sie es nicht ertragen konnte, dass der Pfarrer Elizabeth in so hohen Tönen lobte?

Meine Mom schloss die Augen und begann, sich hin- und herzuwiegen. Ich hielt den Atem an. Ich wusste, dass eine Nachricht aus dem Jenseits unterwegs war.

»Jessie Rae hört etwas. Die Geister. Sie sind in Aufruhr. Alles ist aufgewühlt. Aufgewühlt wie der Ozean. Wellen krachen, fallen. Etwas fällt ins Wasser wie eine Stecknadel, aber es kräuselt sich ... alles kräuselt sich.« »Sie öffnete wieder die Augen und blinzelte dreimal. »Ach, etwas ist nicht in Ordnung.«

Ich versuchte, einen Sinn in ihrer Vision zu erkennen. Die Geister würden sich doch gewiss nicht um ein ruiniertes Altartuch kümmern, so traurig die Angelegenheit auch war. Sie hatten Wichtigeres zu tun. »War das eine Vorahnung von Rache? Vielleicht ist Elizabeth wirklich entschlossen, einen Fluch über Dolores auszusprechen und es wird böse enden?«

»Ich weiß es nicht, Kleines. Nur dass die Geister wütend sind. Die Geister wissen immer alles.«

Ich verdrehte die Augen. Ihre Rätsel gingen mehr ordentlich auf den Keks. »Aber was genau wissen sie, Mom?«

Jessie Rae warf ihr flammendes Haar zurück, ihre Miene unaufgeregt. »Sie arbeiten auf geheimnisvolle Art, Liebling, das weißt du doch.«

»Nun, ich wünschte, sie wären etwas deutlicher in ihrer Kommunikation.« Ich hob den zurückgelassenen Fluoritkristall auf und rollte ihn zwischen meinen Handflächen.

Der Stein war glatt, die Farbe wechselte im Licht von

Violett zu Grün zu Blau. Wenn sich Elizabeth einem beruhigenden Kristall verschloss, mussten wir einen anderen Weg finden, um sie davon abzuhalten, schwarze Magie gegen ihre Freundin anzuwenden. »Sie weiß nicht, worauf sie sich einlässt«, sagte ich, während Jessie Rae Salbei und Salz holte.

Offensichtlich plante sie einen gründlichen Reinigungszauber und wer konnte ihr das verübeln?

Ich reinigte die armen zertretenen Blumen und hoffte, dass Elizabeths brutaler Ausbruch sie davon abhalten würde, noch Schlimmeres auszuführen.

Mit einem Rachezauber durfte man nicht leichtsinnig umgehen.

KAPITEL 9

*N*ach meiner katastrophalen Blumenzustellung kehrte ich verstört in meinen Laden zurück und warf die zertrampelten Blumen traurig auf den Kompost. Ich zog nicht einmal die wenigen noch heilen heraus, um sie in meinen Eimer mit Gratisblumen zu stellen. Ich wollte nicht, dass ein unschuldiges Kind eine Blume mit nach Hause nahm, die so wütende Energie in sich trug. Es war das Beste, die Blumen der Erde zurückzugeben, damit sie sich regenerieren konnten.

Meine Mom hatte recht. Elizabeth ahnte nicht, welch dunkle Mächte sie heraufbeschwören konnte. Das Internet war kein guter Ort, um zaubern zu lernen. Ganz besonders keine Rachezauber. Vielleicht würde ich sie heute Abend aufsuchen und ihr diesen Unfug ausreden, wenn sie sich inzwischen beruhigt hatte.

Bis dahin konnte ich über einige wichtige und aufregende Aufträge nachdenken. Natürlich spreche ich von Alex. Es war an der Zeit, meine Energie für die Planung einiger beeindruckender Blumensträuße einzusetzen, um Alex' potentiellen französischen Kunden zu bezaubern.

Ich freute mich auf meinen Besuch im Schloss. Ich gestehe, ich war neugierig. Okay, ihr werdet es mir doch bestimmt nicht verübeln, dass ich einen Blick in das Schloss eines bekanntermaßen reservierten Mannes werfen wollte? Es war nicht nur das. Es war die Art von Herausforderung, die ich in meinem Beruf liebte.

Am liebsten arbeitete ich in meinem Geschäft Blumenzauber mit Menschen zusammen, um etwas zu kreieren, das genau zu ihren jeweiligen Anlässen passte. Je ausgefallener ihr Wunsch, desto mehr Spaß machte es mir, ihn zu erfüllen. Ein Strauß zum ersten wackelnden Zahn eines Kindes? Kein Problem. Etwas zum Geburtstag der Katze? Natürlich. Da jede Blume eine Bedeutung hatte – Gelassenheit oder Leidenschaft oder Wohlwollen zum Beispiel – war es nicht allzu schwer, Blumen miteinander zu kombinieren, die sozusagen eine persönliche Botschaft ausstrahlten. So war es nicht verwunderlich, dass ich mich freute, Ideen für Alex und sein Schloss zu entwerfen. Natürlich konnte ich kein Gesamtkonzept ausarbeiten, bevor ich nicht das Schloss gesehen hatte. Ich konnte aber eine Recherche über Versailles machen und welche Blumensorten in seinem Garten wuchsen. Wenn Alex dachte, dass das Haus seines Kunden Versailles ähnelte, dann konnte ich meinen Blumenarrangements auch eine königliche Note verleihen.

Ich googlete also drauflos und fand heraus, dass Versailles vor über dreihundert Jahren von den Königen von Frankreich als Monument ihrer Reichsherrschaft erbaut worden war. Der prachtvolle Palast und die weitläufigen Gärten zusammen nahmen eine größere Fläche als Paris ein. Ich hatte noch nie Versailles gesehen und setzte es auf meine sehr lange Wunschliste der Orte, die ich besuchen wollte. Vor allem wollte ich mehr über die Gärten erfahren.

Nach ein paar Minuten im Internet war ich bereit, eine Besichtigung von Versailles zu buchen. Die weitläufigen Gärten waren voller Springbrunnen, Teiche und landschaftlich gestalteter Hecken, die sich zu einem auf Wasser, Erde, Bäume und natürlich Blumen beruhendem Design zusammenfügten. Zusammen bildeten sie Panoramen, die sich über jeden Horizont erstreckten. Jenseits der prächtigen Alleen, teilte sich der Garten in Haine. Er war in »Freiluftsalons« unterteilt, die eingezäunt und von Blattwerk oder Spalieren umgeben waren und dem Hof als Festräume für musikalische Unterhaltung und Tanzveranstaltungen dienten.

Ich musste an den einzigen Weg denken, den Mick und Owen im Garten meines Bauernhauses verlegten. Okay. Ich war kein Sonnenkönig, gab aber mein Bestes für meinen unendlich kleineren Garten. Ich hatte sogar einen Teich. Einen einzigen Teich, aber immerhin. Er lockte Frösche und Vögel an und das Wasser war ein hübsches Element in meinem Garten.

Natürlich konnte ich, was eingezäunte Gartenbereiche und Statuen anging, nicht viel für Alex tun, aber ich konnte ihm vorschlagen, sein Grundstück zu unterteilen. In Versailles hieß bei den Pflanzen die Devise Farben – Farben und Überfluss. Die Pflege der Palastgärten war ein Wahnsinn. Jedes Jahr wurden 50.000 Blumen gepflanzt, um all diese Hektar mit leuchtenden, prächtigen Farben zu füllen.

Unter den gepflanzten Arten fielen mir Tuberosen, Jasmin und rosa Nelken auf. Tuberosen und Jasmin hatten beide weiße, wachsartige Blüten und dufteten herrlich. Man fand sie meist in warmen und milden Klimazonen. Ein Hauch ihres starken Duftes genügte, um auch die hartgesottenste Seele mit einem Gefühl von Luxus und Genuss zu erfüllen und sie in fröhliche Urlaubsstimmung zu versetzen. Wenn Alex' französischer Kunde der Snob war, wie Alex angedeutet hatte, würde er gewiss diese eleganten Pflanzen lieben. Für den Tischstrauß würde ich die rosa Nelken, die nicht meine Lieblingsblumen waren, durch Pfingstrosen, meine Namensvettern, ersetzen, die diese Woche frisch geliefert worden waren. Wer würde sich nicht von den Duftwolken dieses Publikumslieblings aufheitern lassen? Und einige leuchtend rosa Kamelien würden perfekt zu den Pfingstrosen passen. Wenn Alex eine weibliche Note wünschte, um sein dunkles Schloss aufzuhellen, dann wäre diese Kombination ein guter Start.

Ich war allerdings wegen Alex' empfindlicher Nase besorgt. Zu meiner Verwunderung konnte Alex jede einzelne Blume in meinem duftenden Verkaufsraum riechen. Würde er in einem Schloss voller starker Düfte zurechtzukommen? Waren die Räume groß genug, um den Duft zu einem Hauch abzuschwächen? Ich würde mehr wissen, wenn ich einmal dort war.

Bewaffnet mit meinem Skizzenblock machte ich mich in meinem Range Rover auf den Weg zum Schloss. In meinem Bauch blubberte es vor Aufregung. Nicht nur ein bisschen.

Fitzlupin Castle war seit Generationen im Besitz der Familie Stanford und unbestritten ein architektonisches Meisterwerk in Willow Waters. In einem schönen Cotswold-Dorf, wo Busladungen von Touristen den ganzen Sommer über Fotos schossen und vor Bewunderung Ahhh und Ohhh säuselten, hatte das etwas zu bedeuten. Das Anwesen war von der Landstraße durch eine Sackgasse zurückgesetzt und umfasste ein Haus, einen Turm und weitläufige Nebenge- bäude sowie Ställe. Das Ganze war von einem jetzt ausge- trockneten Burggraben und von Toren, Hecken und Zäunen umgeben, die Lord Fitzlupins Privatsphäre sicherten. Ich bog in die Einfahrt ein und drückte auf die Gegensprechanlage.

»Guten Tag, Madam. Wie kann ich Ihnen behilflich sein?«, fragte eine ernste, formelle Stimme.

Madam? Ich sah mich nach einer Überwachungskamera um, die zeigte, wer hier auf Einlass wartete. Anstelle des traditionellen Löwen auf dem Torpfosten sah ich einen Wolf, in einem Auge glitzerte eine Linse, die auf mich herunter starrte.

»Peony Bellefleur«, antwortete ich. »Ich habe eine Verab- redung mit Alex Stanford.«

»Lord Fitzlupin erwartet Sie, Miss Bellefleur.«

Ich schluckte. Wie doof von mir, dass ich nicht Alex' rich- tigen Titel benutzt hatte! Es war aber schwer für ein amerika- nisches Mädchen, bei der britischen Aristokratie den Durchblick zu bewahren.

Ich hatte keine Zeit, über meinen Fauxpas lange nachzu- denken, denn die unbeirrt formelle Stimme hielt nur einen Wimpernschlag inne, bevor sie sagte: »Sie können neben dem Nebengebäude links vom Haus parken.« Die eisernen Tore öffneten sich langsam und gaben den Blick auf eine prächtige Auffahrt frei, die zum Schlossgelände führte.

Ich fuhr langsam und ließ die Umgebung auf mich wirken. Soviel ich wusste, war noch niemand im Dorf so nah an Alex' Familiensitz gekommen. Es gab reichlich Gerüchte – Geister und Spuk, Türme, die bald einstürzen würden. Geheimnisvolle Diener, die sich nie mit den Dorfbewohnern trafen. Als ich aber vor dem Nebengebäude parkte, fiel mir sofort auf, wie *solide* das Schloss war und wie perfekt es sich in seine Umgebung einfügte. Natürlich wirkte es auch einschüchternd. Es war ja schließlich ein Schloss. Aber es strahlte Sicherheit aus, ein Gefühl der Zugehörigkeit. Es machte eher einen beruhigenden als imposanten Eindruck. Ich war angenehm überrascht.

Mit meinem Skizzenblock unter dem Arm und der Tragetasche über der Schulter näherte ich mich dem antiken Eingangstor. Ich übertreibe nicht, wenn ich sage, dass es ungefähr so hoch und so breit war wie meine ganze Garage und bestimmt war das Holz dreißig Zentimeter oder mehr dick. Ich drückte den modernen Summer und mein Blick wanderte nach oben, wo eine weitere Überwachungskamera angebracht war. Ich schluckte wieder. Aber dann gab ich mir innerlich einen Ruck.

Ich war Peony Bellefleur und hatte viel Schrecklicheres erlebt als den Besuch in einem eleganten Haus.

Nach einem Augenblick öffnete sich die Tür ebenso langsam wie das eiserne Tor. Ein älterer Mann stand vor mir. Seine vornehme Erscheinung passte zu der Stimme in der Gegensprechanlage, als er sagte: »Willkommen Miss Bellefleur.« Er war so gekleidet, wie ich es nur aus der Fernsehserie Downton Abbey kannte. Trotz des warmen Wetters trug er ein gestärktes weißes Hemd, eine weiße Fliege und einen maßgeschneiderten Frack. Seine Schuhe glänzten so strahlend wie ein Vollmond, die Haltung war aufrecht und würdevoll. Er war der Inbegriff von würdig.

»Bitte, treten Sie ein«, sagte er und machte einen Schritt zur Seite, um mich einzulassen. Wenn er überrascht war, dass Alex jemanden ins Schloss geladen hatte, dann war es ihm nicht anzusehen. Trotz der vielen Falten waren seine grauen Augen scharf wie die einer Elster.

Ich bemühte mich, entspannt zu wirken, aber in Wirklichkeit war das Innere des Schlosses sogar noch riesiger, als ich es mir vorgestellt hatte. Gewiss wirkte es so, weil eine große Leere herrschte. Es fehlte *alles* vom üblichen Komfort. Als mein Blick über die zahlreichen Türen der riesigen Eingangshalle schweifte, bemerkte ich, dass der Holzboden abgetreten und zerkratzt war, als hätte eine Horde Hunde durch das Haus getobt. Es gab keinen Polsterstuhl, keine Kommode, keine Lampen – nur einen antiken Kronleuchter, der dringend abgestaubt werden musste. Sein schwaches Licht erhellte zum Teil die grauen Steinwände.

Ich verstand, warum Alex über den Besuch eines kultivierten Franzosen besorgt war. Hier konnte man sich nicht zuhause fühlen.

Eine der Türen öffnete sich knarrend und Alex erschien. Wie immer trug er ein frisch gebügeltes Hemd und blaue Jeans. Ich gebe gerne zu, dass sie ihm super standen. Sein dunkles Haar war ein wenig feucht, als hätte er gerade geduscht, und als er näher kam, roch ich einen Hauch seines nach Kräutern duftenden Parfums. Meine Nase ist nicht so fein wie die von Alex, aber sie ist nicht übel.

»Ah, Peony«, sagte er und lächelte mich an, »Sie haben bereits George, meinen Hausmanager kennengelernt.«

Hinter mir hüstelte George und bevor ich antworten konnte, sagte er: »Ich war der Butler Ihres Vaters und Ihr Butler und werde bis zu meinem Tod ein Butler bleiben.«

Alex lachte leise. »Hausmanager ist moderner, glauben Sie nicht auch, Peony? Butler klingt irgendwie ...«

»Traditionell, Sir?«, antwortete George. »Mit gutem Grund.«

Alex lächelte locker und ich vermutete, dass das ein eingeübtes Geplänkel zwischen den beiden Männern war. »Danke George. Ich zeige Peony jetzt das Haus.«

Georges Schritte verhallten auf der riesigen Treppe am anderen Ende der Eingangshalle. Ich fühlte mich wie auf einer Zeitreise in die Vergangenheit. Seit dem Mittelalter schien sich hier nicht viel verändert zu haben.

Alex sah mich mit hochgezogenen Augenbrauen an, als wollte er sagen: *Sehen Sie, ich habe es Ihnen gesagt. Ich bin ratlos.*

»Seien Sie unbesorgt«, beruhigte ich ihn, konnte aber ein nervöses Lachen nicht unterdrücken. »Es wird etwas Arbeit brauchen, aber ich bin sicher, dass wir Ihr Schloss verwandeln können. Wie viel Zeit haben wir?«

Alex bedankte sich nochmals, dass ich so kurzfristig kommen konnte und bestätigte, dass wir nur ein paar Tage hatten. Ehrlich gesagt gab es in ganz Versailles nicht genug Blumen, um diesen öden Raum wie ein Zuhause aussehen zu lassen.

Ich bat um Erlaubnis, Fotos machen zu dürfen. Als er zustimmte, steckte ich den Skizzenblock in meine Tasche, zog mein Handy heraus und begann zu fotografieren. Ich schwieg, während er mich durch einen riesigen Salon führte, ließ alles auf mich wirken und hörte zu, als er die unglaubliche Geschichte des Raumes erzählte. Hier feierten seine Vorfahren große Bälle, die manchmal ein ganzes Wochenende dauerten. Er unterhielt mich mit Geschichten von prunkvollen Diners, bei denen gebratene Milchferkel, Enten und Nierenfettkuchen – was immer das sein mochte –

serviert wurden. Ich sah mehrere entzückende antike Büffets, aber die Stühle und Sofas waren abgenutzt und nirgends gab es Teppiche oder Vorhänge. Der Raum war von seiner prunkvollen Vergangenheit so weit entfernt wie ich von Maine!

Ganz anders dagegen die Küche. Gepflegt, modern und voller edler Geräte. Sie war das absolute Herz des Hauses. Schöne Marmorarbeitsflächen hoben sich vom grauen Steinboden ab. Es gab massenweise Stauraum: Einbauschränke, in sattem Dunkelgrau gestrichen, passend zum Boden und der in hellerem Grau gefliesten Küchenrückwand. Rührgerät, Standmixer, Stößel und Mörser, ein riesiger Messerblock und eine gewerbliche Kaffeemaschine standen an einer Wand.

Ich betrachtete kurz die Kaffeemaschine und bemerkte, dass sie dem Modell in Robertos Café sehr ähnlich war. Eigentlich hätte Alex nicht jeden Morgen für seinen Kaffee ins Café Roberto gehen müssen. Er hatte die Möglichkeit, hier eine perfekte Tasse Kaffee zu bekommen. Vielleicht kam er wegen des menschlichen Kontakts. Der Einsiedler war möglicherweise nicht so einsiedlerisch, wie er die Leute glauben machen wollte.

»Das ist ja ein Ding«, war mein Kommentar, während ich durch die Küche schlenderte. Ich wollte es nicht erwähnen, aber sogar die Bleiglasfenster glänzten hier sauberer als andernorts.

Alex lachte. »Puh«, sagte er und wischte sich spaßhalber den Schweiß von der Stirn. »Sie haben endlich gelächelt.«

Du lieber Himmel. Ich musste echt an meinem Pokerface arbeiten. »Die Küche ist schön«, sagte ich und betrachtete den edlen Gasherd und die darüber hängenden liebevoll gepflegten Töpfe und Pfannen, das Doppelbackrohr, den riesigen Kühlschrank aus Edelstahl und die große Keramikspüle.

Das war keine Show-Küche. Jemand im Schloss kochte hier aufwändige Mahlzeiten. Ich hatte keinen Koch gesehen, aber ganz gewiss gab es eine Mrs. Patmore wie in Downton Abbey, die sich irgendwo versteckte. Durch eine riesige Hintertür sah ich einen Garten mit einem üppigen Rasen. Alex öffnete die Tür, damit ich den Garten besser sehen konnte, und fast unbewusst brach er einen Zweig Rosmarin ab und reichte ihn mir. Die dunkelgrünen Nadeln waren warm von der Sonne und rochen würzig und scharf. Bienen flogen emsig zwischen Lavendel, Minze und Salbei umher.

Er brach von allen Pflanzen kleine Zweige ab und hielt sie sich unter die Nase. »Während Sie die Blumen planen, plane ich das Essen.«

Und da begriff ich. Es gab keine Mrs. Patmore. Ich wandte mich ihm zu und lächelte breit. »Verbringen Sie damit Ihre ganze Zeit, wenn Sie zu Hause sind?«

Alex schien eine Spur verlegen, als hätte ich ein Geheimnis aufgedeckt. »Ich koche liebend gern. Es macht aber nicht immer Spaß, nur für eine Person zu kochen. Oder für zwei, wenn George einverstanden ist, mit mir zu essen.«

»Ich kenne das Gefühl. Als mein Mann starb, hatte ich nie Lust, eine richtige Mahlzeit für mich allein zu kochen. Mit Hilary und Char im Haus ist das Abendessen viel erfreulicher geworden.«

Alex lächelte irgendwie traurig, fand ich und gab mir innerlich einen Tritt, weil ich ihn an mein volles Haus erinnert hatte. Fühlte er sich jetzt meinetwegen einsam? Aber sein Junggesellendasein war von ihm entschieden gewollt. Ich hatte bemerkt, wie die Frauen ihn ansahen, und ich war mir ziemlich sicher, dass sie auch bemerkt hatten, dass ich ihn genauso ansah.

Er führte mich in ein angrenzendes Esszimmer. Es roch nach Moder und Feuchtigkeit. Meine Begeisterung für die Küche kippte. Leider erstreckte sich seine Liebe zum Kochen nicht auf das Esszimmer. Er musste wohl in der Küche essen oder in einem bisher verborgenen Raum, in dem er einen Fernseher stehen hatte. Hier waren die Antiquitäten mit Tüchern abgedeckt. Die Wände schmückten Ölgemälde, sie waren aber alle matt und staubig. Wer wollte schon unter den Blicken von so düster aussehenden Vorfahren zu Abend essen?

Je länger mich Alex durch das Schloss führte, desto tiefer sank mein Herz bei dem Gedanken, dieses Haus in ein warmes und gastfreundliches Zuhause zu verwandeln. Die Bibliothek war weitläufig und beeindruckend – die Regale bedeckten die Wände vom Boden bis zur Decke und waren gefüllt mit in Leder gebundenen Büchern. In einer getrennten Reihe standen die Taschenbücher. Aber es gab hier nur einen alten Ledersessel und eine nichtssagende Tischlampe als Leselicht.

Wir kehrten in die Küche zurück. Es war bis jetzt der erfreulichste Raum. Wir setzten uns auf die Hocker am Tresen. »Es ist echt traumhaft hier.«

»Ich koche wirklich leidenschaftlich gern«, sagte er, »deshalb werde ich das Abendessen selbst zubereiten. Die persönliche Note. Ich habe einmal einen Sommerkochkurs in der Toskana gemacht und plane ein Festessen. Aber nichts Italienisches.« Er hielt inne und ich war nicht sicher, ob er die einzelnen Gänge noch nicht beschlossen hatte oder das Essen als Überraschung plante.

Ich war fasziniert. »Was immer Sie zubereiten, es wird sicher köstlich sein. Sie haben ganz entschieden die richtige Küche dafür.«

Alex dankte mir und sagte, ohne seine Bangigkeit zu verbergen: »Wir haben drei Tage, bis der Winzer am Freitag zum Dinner kommt. Glauben Sie, dass wir in dieser Zeit etwas auf die Beine stellen können?«

»Drei Tage«, wiederholte ich und versuchte, eine halbwegs beruhigende Miene aufzusetzen. »Ich arrangiere die Blumen, viele Blumen, Sie aber werden einen Putztrupp und einen Innenarchitekten brauchen, um die Tücher zu entfernen, Staub zu wischen und die Räume mit Teppichen, Vorhängen und was auch immer freundlicher zu gestalten.«

Alex nickte.

Ich kramte in meiner Tragetasche nach meinem Skizzenblock. »Ich habe schon über die Blumen nachgedacht. Und jetzt, nachdem ich das Haus gesehen habe, weiß ich, dass ich auf der richtigen Linie bin.« Ich zeigte ihm meine Ideen. Ich hatte jede Blume und jeden Strauß aufgezeichnet und mit einer Beschreibung versehen.

Er nickte, während ich meinen Bezug zu Versailles erläuterte. Wir saßen Seite an Seite und nach einer Weile spürte ich, dass sein Blick mehr auf mir als auf meinem Skizzenblock ruhte.

»Wahre Perfektion«, sagte er leise und ich strahlte unwillkürlich über sein Kompliment. »Ich vertraue Ihnen vollständig, Peony. Was immer Sie für das Beste halten.«

Sein Duft kitzelte angenehm meine Nase. Als ich den Kopf wandte, begegneten sich unsere Blicke. Mein Magen flippte.

Ich wandte den Blick ab und sagte: »Jedes Detail könnte

wichtig sein, nach dem, was Sie mir über diesen französischen Winzer erzählt haben. Das Silber muss auf Hochglanz poliert werden und der Tisch mit ihrem besten Porzellan gedeckt. Platzteller, Vorspeisenteller und so weiter.«

»Oh«, sagte Alex, »ich hatte vor, alles auf gewöhnlichen Tellern zu servieren, aber wir haben noch das Familienporzellan mit dem Wappen und reichlich Tischwäsche.« Wir standen auf und er führte mich zurück ins Esszimmer zu einer antiken Anrichte neben dem offenen Kamin.

Auch dieser musste gereinigt werden. Es war zwar zu warm für ein Feuer, aber vielleicht könnte ein weiteres Bouquet den Kamin etwas aufhellen. Ich machte eine hastige Notiz in meinen Skizzenblock und schoss noch ein paar Fotos.

Das Kinn fiel mir herunter, als er das Büffet öffnete und ich jede Sorte von herrlichem Porzellan entdeckte.

»Nach dem, was Sie gesagt haben, bin ich jetzt sicher, dass ich das alles nicht allein bewältigen kann.« Er zog sein Telefon heraus und tippte und wischte, dann seufzte er enttäuscht, als suchte er nach Nachrichten, die nicht gekommen waren. »Ich versuche, eine Londoner Firma zu engagieren, die Häuser zum Verkauf ausgestaltet. Sie bringen alles mit. Aber das Timing ist das Thema. Die Dame sagte, sie würde mich heute zurückrufen.«

»Super Idee«, sagte ich, aber konzentrierte mich mehr auf die in der Anrichte zu entdeckenden Schätze. Ich schätzte, dass das Porzellan von Wedgwood speziell für die Familie angefertigt worden war, handbemalt mit dem kunstvollen Wappen, das er so nebenbei erwähnt hatte.

»Sie haben hier einige wunderschöne Stücke, Alex. Ihre Familie hat eine unglaubliche Geschichte.« Im Stillen dachte ich, dass er diese kostbaren und unersetzlichen Stücke, die von dieser Geschichte zeugten, besser pflegen sollte.

»Hätte ich nur ihren Geschmack für Prunk und Pracht geerbt«, sagte er. »Ich ziehe einfachere Dinge vor.«

Ich zog eine massive und wunderschöne Kristallvase hinten aus der Anrichte hervor. »Ich werde diese mit Blumen füllen«, sagte ich. »Gibt es noch mehrere davon?«

»Dutzende, glaube ich. Ich werde George sagen, er soll sie holen.«

Ich überlegte, welche Möglichkeiten ich hatte. »Wenn ich sechs bis Freitag gereinigt bekommen könnte, dann werde ich sie weniger formell gestalten. Wir können mit ihnen überall, wo es nötig ist, ein freundlicheres Ambiente schaffen.« Ich bemühte mich, gutgelaunt zu klingen, aber in den Räumen, die ich gesehen hatte, gab es viele Stellen, die eine freundlichere Gestaltung nötig hatten. Es war aber nur ein Abendessen für einen Kunden und keine königliche Hochzeit. Ich zog den Reißverschluss der Behälter mit dem Porzellan wieder zu und öffnete eine tiefer gelegene Doppeltür. Dahinter befanden sich in dickes Plastik gewickelte Stapel von Silber. Ich trat zurück und bewunderte die Beute.

Nicht so Alex. Er runzelte sogar die Stirn über einen hübschen Stuhl, der an einer Seite der Anrichte stand.

»Der sieht aus, als wäre sein Platz am Tischende.« Ich zog den Stuhl ans Licht. »Oh«, sagte ich und betrachtete die Beine, die Rillen aufwiesen. »Was ist hier passiert? Hat jemand daran ... genagt?«

»Das muss der Hund aus dem Tierheim gewesen sein«, sagte Alex. »Er ist ziemlich reizbar.«

Ich hatte den Welpen von Alex vollkommen vergessen. »Ja, natürlich. Wo ist er denn? Ich liebe Hunde.«

»Draußen«, sagte Alex schnell. Als sein Telefon klingelte, wandte er diesem sofort seine Aufmerksamkeit zu. »Schade, dass Sie ihn nicht sehen können. Aber wir haben gute Nachrichten. Eine Antwort von der Londoner Firma. Wenn ich einen Sonderpreis bezahle, können sie den Job bis Freitag erledigen.«

Ich lächelte. »Sehen Sie, sie hätten mich fast gar nicht gebraucht.«

Alex erwiderte mein Lächeln. »Im Gegenteil. Ich wäre ohne Sie nicht zurechtgekommen. Und die Krönung werden natürlich die Blumen sein.«

Unwillkürlich errötete ich. Schüttelt nicht den Kopf – Alex ist umwerfend, besonders, wenn er lächelt. Mich anlächelt.

KAPITEL 10

*A*ls wir die letzten Details besprochen hatten, fragte mich Alex, ob ich zurück ins Dorf fahren würde, und als ich bejahte, fragte er, ob ich ihn mitnehmen könnte.

»Ich muss ein paar Sachen aus dem Delikatessen-Laden abholen und ich sagte Roberto, dass ich eine weitere Ladung Kaffee, die er importiert hat, testen werde«, erklärte Alex. »Mit all den Scherereien wegen Louis Gagneux hatte ich mein Versprechen total vergessen. Es ist besser, wir nehmen nicht zwei Autos, wenn wir es vermeiden können – wegen der Umwelt, wissen Sie. Ich versuche, meinen Teil zu tun.«

»Natürlich«, sagte ich und nickte. Ich war überrascht, wie erfreut ich war, dass unser Treffen noch nicht zu Ende war.

Wir gingen hinaus zu meinem Range Rover und fuhren direkt zur High Street, um das Café noch vor Feierabend zu erreichen.

Während ich ihn fuhr, erzählte mir Alex mehr über Monsieur Gagneux, den Winzer. Das Weingut war seit drei Generationen im Besitz der Familie und erstreckte sich über vierzig Hektar in der Region Languedoc. »Er liebt gutes

95

Essen, seine Weine und eine spritzige Unterhaltung. Und hasst Bewegung, also können Sie sich denken, dass er ziemlich rundlich ist.«

Ich musste über diese Beschreibung lachen und sagte Alex, dass er ein Talent dafür hatte, Charaktere kurz zu skizzieren.

»Louis macht die ganze Arbeit für mich«, sagte Alex schmunzelnd. »Er ist wirklich eine Persönlichkeit. Ich hoffe, dass er einer Zusammenarbeit mit mir zustimmen wird. Seine Weine wären eine hervorragende Ergänzung meiner Produktpalette. Außerdem mache ich lieber Geschäfte mit Leuten, die ich mag.« Er sah mich an und ich fühlte mich in die Kategorie der Menschen, die er mochte, aufgenommen. Das freute mich.

Es war wunderbar, Alex so offen und entspannt zu sehen.

»Gagneux ist auch unglaublich gesprächig, das kommt allerdings erst an zweiter Stelle nach dem beeindruckenden Konsum seines eigenen Weins. Ich verstehe weshalb. Er produziert die fabelhaftesten Weine. Er hat einen Verschnitt von Carignan, Grenache, Merlot und Cinsault, der fantastisch ist. Brombeeren und Gewürze und weiche Tannine im Mund. Sie müssen ihn kosten.«

Ich fuhr in die High Street und bremste ab, als ich meinen Parkplatz vor meinem Geschäft erreichte. »Ich muss gestehen, dass mir keiner dieser Namen irgendetwas sagt.«

»Wir können am Wochenende eine Flasche trinken, wenn Sie wollen. Hoffentlich feiern wir dann meinen neuen Kunden.«

»Das klingt gut.« Ein warmes Gefühl durchströmte mich bei dem Gedanken, mit Alex ein Glas Wein zu trinken, egal welcher Jahrgang oder Winzer oder welche Rebsorte.

Ich parkte und Alex schlug vor, die Pläne für Freitag bei einer Tasse Kaffee weiter zu besprechen. Ich sah, dass in meinem Geschäft alles glatt lief, also stimmte ich zu. Wir machten uns auf den Weg zum Café Roberto und unterhielten uns über den intensiven Duft der Tuberosen. Alex beteuerte, dass ihm die üppig duftenden Blumen keinerlei Probleme verursachten.

Wir waren so sehr in unser Gespräch vertieft, dass ich mich beinahe zu Tode erschrak, als wir an Dolores' Cottage vorüberkamen. Jemand rannte so schnell auf uns zu, dass er oder sie mich umgerannt hätte, wenn ich nicht zur Seite gesprungen wäre.

»Was zum ...?« Ich blieb stehen und erkannte Mick, der bei mir zu Hause hätte arbeiten sollen und nicht auf der High Street sprinten trainieren.

»Mick?«, rief ich. »Was um Himmels willen ist los?«

Er verlangsamte sein Tempo kaum. Offensichtlich plante er, weiter zu rennen, aber Alex packte seinen Arm und brachte ihn mit einem Ruck zum Stehen. »Was hast du in Dolores Prescotts Haus gemacht?«

Micks Muskeln schwollen unter seinem abgeschnittenen T-Shirt an, als er sich losreißen wollte, aber Alex hielt ihn fest. Er war ungewöhnlich stark für jemanden, der sich mit Weinimporten befasste.

Micks Gesicht rötete sich vor Anstrengung, als er versuchte loszukommen. Er schwitzte, die Augen weit aufgerissen. »Ihr versteht nicht. Ich hab's nicht getan.«

»Was getan?«, fragte ich und mein ungutes Gefühl verstärkte sich Sekunde um Sekunde.

»Lass mich los. Ich hab's nicht getan«, wiederholte Mick. »Ich schwöre es. Ich hab sie so gefunden.«

Ohne ein weiteres Wort zu verlieren, marschierte Alex mit Mick zurück in Dolores' Cottage. Die Seitentür schwang im Wind.

Ein eisiges Gefühl überkam mich und ließ mich schaudern. Etwas Schreckliches war geschehen. Jessie Raes Vorahnungen schossen mir in den Sinn. *Die Geister. Sie sind in Aufruhr. Alles ist aufgewühlt. Aufgewühlt wie der Ozean. Wellen krachen, fallen. Etwas fällt ins Wasser wie eine Stecknadel, aber es kräuselt sich ... alles kräuselt sich.*«

Alex schob den widerstrebenden Mick zurück in das Cottage und ich folgte ihnen. Wir betraten den schwach erleuchteten Vorraum, die orangefarbenen Vorhänge waren zum Schutz gegen das Sonnenlicht zugezogen. Ich kniff die Augen zusammen.

Es war schlimmer, als ich befürchtet hatte.

Auf dem mit Blumen gemusterten Teppich des Vorraums lag Dolores, das Gesicht nach unten, ein Messer ragte aus ihrem Rücken.

»Ich hab sie so gefunden«, flüsterte Mick, seine Stimme so gedämpft, als würde ihr Geist zuhören.

»Ist sie ...?«, fragte ich Alex.

Ohne Mick loszulassen, kniete er neben Dolores ausgestrecktem Körper nieder und drückte zwei Finger an ihren Hals. Er sah düster zu mir auf. »Ja«, sagte er. »Sie ist tot.«

Ich starrte wieder auf das grauenhafte schimmernde Messer, dann stürzte ich aus dem Haus, unfähig zu atmen. Ich stand auf der Straße und atmete tief die frische Luft ein. Dolores war tot. Ich konnte es nicht fassen.

Kurz darauf hörte ich Alex und Mick streiten. Ich drehte mich um und sah die beiden Männer wild gestikulierend vor der Haustür stehen. Alex hielt noch mit einer Hand Micks

Arm fest. Sein Griff schien wie der eines Schraubstocks zu sein.

»Du verstehst nicht, Kumpel«, sagte Mick. »Ich hab's nicht getan. Und du kannst da drinnen nicht herumsuchen. Wir dürfen nichts angreifen. Es ist der Tatort. Du wirst schon sehen – von mir gibt's nirgends Fingerabdrücke.«

»Wie konntest du nur?«, fauchte Alex. »Sie war eine hilflose Rentnerin.«

»Ich war's nicht!«, schrie Mick. »Wie oft muss einer das noch sagen, bevor es Klick macht? Ich bin kein Mörder.«

»Was hast du dann in ihrem Haus gemacht?«, fragte Alex und klang wie ein furchterregender Schuldirektor.

Ich hörte ihr Gespräch durch einen Nebel von Entsetzen. Es gab kein Leugnen – Mick schien eindeutig schuldig zu sein. Wir hatten ihn buchstäblich vom Tatort weglaufen sehen.

Ich fühlte mich selbst auch schuldig. Hatte nicht ich gesagt, dass Mick bleiben konnte? Hatte nicht ich ihm einen Job verschafft und ihn Owen anvertraut? Ein furchtbar nagendes Gefühl tobte in meinem Magen. War es meine Schuld, dass Dolores tot war? Hätte ich Mick nicht die Möglichkeit gegeben, in Willow Waters zu bleiben, wäre Dolores dann noch am Leben?

Mit einem Ruck kam ich wieder zu mir und rief die Polizei. Ich sagte, sie müssten sofort kommen – ein Zivilist halte einen Mann fest, den ich für den Mörder hielt. Noch während ich die Worte aussprach, fühlten sie sich in meinem Mund sonderbar an, wie unerwünschte Eindringlinge.

Die Wärme der letzten Stunde mit Alex wich einer Unruhe, die mein Innerstes erfasste. Zuerst die Sorge wegen Elizabeth Sanderson, die sich an Dolores rächen wollte, der aber ein ihr vollkommen Unbekannter zuvorgekommen war. Und dann erstarrte ich. Elizabeth hatte Jessie Rae und mir gesagt, dass sie im Internet einen Rachezauber kaufen wollte. Wir hatten sie davor gewarnt – Nichthexen, die mit Zauberei pfuschten, besonders mit übelwollender, verursachten oft ungeplante Folgen. Oder dieser Zauber fiel hinterher dreimal so stark auf sie zurück.

Ich hatte geglaubt, später für einen Besuch bei Elizabeth Zeit zu haben, um sie davon abzubringen, aber war das vielleicht eine dumme Entscheidung? Hatte Elizabeth einen Zauber gefunden und böse Schwingungen ins Universum gesandt? Hatte ihre fehlgeleitete Rache Mick dazu gebracht, eine Unbekannte zu ermorden? Hatte sie Dolores' Tod verursacht? Ich wollte dringend mit meiner Mutter sprechen und ihre Meinung zu der Katastrophe hören.

Mein Herz sank bei dem Gedanken, wie Char auf diese Ereignisse reagieren würde. Mick hatte sie irgendwie in der Hand –, auch wenn es nur ihre vergangene Liebesbeziehung war.

Chars muskulöser Ex diskutierte und kämpfte immer noch mit Alex. Man musste Alex zugutehalten, dass er ihn festhielt, ohne sich beirren zu lassen. Er musste irgendwo in seinem riesigen Schloss verborgen einen Fitnessraum haben.

Ich näherte mich den beiden Männern mit festem Schritt. Ich konzentrierte mich auf Mick, entschlossen, ihm die Wahrheit zu entlocken. Es musste schnell geschehen, bevor die Polizei eintraf und mich daran hinderte, mich einzumischen. Ich fragte wieder: »Was ist hier wirklich geschehen? Warum warst du im Haus von Dolores?«

Micks Augen umschatteten sich einen Augenblick, als

wollte er das Entsetzliche ausblenden, das er gesehen hatte. Oder verursacht.

Ich dachte, er würde nicht antworten, dann hörte ich aber das Heulen einer Sirene und er wandte sich mir zu, als wäre ich seine einzige Hoffnung auf dieser Welt.

Er begann schnell zu sprechen. »Ich hätte mich mit Owen im Pub treffen sollen. Ich war ja dahin unterwegs, oder? Dann bemerkte ich, dass die Tür zum Patio der alten Dame weit offen stand. Es war wie eine Einladung. Was soll ich sagen? Du siehst eine offene Tür – geh hinein. Es war irgendwie still drinnen. Dachte, sie würde vielleicht ein Schläfchen halten oder, dass sie ausgegangen war und die Tür offengelassen hatte. Ich vermutete, dass sie vielleicht ein paar Wertsachen herumliegen hat. Nichts Großartiges, nur ein paar Stückchen, die ich gleich einstecken konnte. Ein bisschen Silber von der Tante. Kreditkarte auf der Anrichte. Bargeld unter der Matratze – du würdest dich wundern, wie viele Leute das noch machen.«

Die Sirene wurde lauter, kam näher. Mick schluckte schwer. Ich hoffte, er würde sich nicht übergeben, bevor er die ganze Geschichte ausgespuckt hatte.

»Ich bin zum Fenster geschlichen und habe durch einen Spalt zwischen den Vorhängen hinein gespäht. Da stand eine leere Sherryflasche und zwei Zwanzig-Pfund-Scheine. Also hab ich mir gedacht, die liebe Alte würde den Sherry ausschlafen und ich könnte hineinflitzen und mich am Bargeld bedienen. Wer merkt schon, dass vierzig Kröten fehlen? Und ich wette, dass ich das Geld dringender brauche als sie.« Er schluckte. »Gebraucht hätte.«

Alex' ballte die Finger zur Faust, als wollte er dem Mann, den er festhielt, einen Boxhieb versetzen, er hielt sich aber zurück. Ich konnte sehen, wie er vor Wut zitterte, aber dann beherrschte er sich.

»Aber ich bin nicht weit gekommen«, fuhr Mick fort. »Ich ging durch den Seiteneingang und da lag sie, Gesicht nach unten, Messer im Rücken. Ich bin rausgerannt. Ich hab euch beide gesehen. Und jetzt sitze ich in der Tinte und sie wird immer schwärzer. Schaut. Ich muss hier weg.« Micks Blick war verzweifelt. »Die Polizei sucht mich bereits wegen einem Kreditkartenbetrug. Deshalb habe ich Char besucht.«

»Du hast uns also angelogen«, sagte ich. »Du bist nicht *wegen* Char gekommen. Du wolltest dich vor der Polizei verstecken.«

»Okay, ich hab gelogen. Ja und? Es ist nicht so einfach«, war Micks einzige Verteidigung. »Ich hatte keinen Job. Char war weg. Ich hab nur irgendein Dings in einem Lieferwagen befördert. Ich hab nicht einmal gewusst, was da drin war. Aber es ist schiefgelaufen.« Er presste die Lippen zusammen, um nicht noch mehr zu erzählen, als wäre ihm plötzlich eingefallen, dass die Polizei ihn holen kam.

»Die Polizei sucht dich bereits«, sagte ich, als müsste ich das Offensichtliche wiederholen. Ich stand eindeutig noch unter Schock.

»Aber ich bin kein Mörder. Ich wollte Wertsachen – kein Blut. So einer bin ich nicht. Wenn sie mich jetzt schnappen, bin ich erledigt. Ich kriege mehr als lebenslang, weil sie mir auch den Tod der alten Frau anrechnen. Das ist mein Ende. Ihr müsst mich laufen lassen.«

»Ich glaube dir nicht«, sagte Alex entschieden. »Ich vermute, dass Dolores dich auf frischer Tat ertappt hat und du hast dir ein Messer geschnappt und sie umgebracht. Vielleicht war das nicht deine Absicht, aber so wie wir Dolores kennen, wird sie ordentlich Radau gemacht haben. Sie wird geschrien und gedroht haben, die Polizei zu rufen. Und wie du uns gerade gesagt hast, das ist das Letzte, was du willst.«

Mick schüttelte den Kopf, Panik überkam ihn.

»So war es nicht, ich schwöre«, beharrte er. »Warum sollte ich? Was hätte ich denn davon, außer Schwierigkeiten? Von denen habe ich schon genug für ein ganzes Leben.«

»Die Leiche von Dolores war noch warm, als ich ihren Puls fühlte«, sagte Alex mit stählerner Stimme.

Das schrille Heulen der Sirene schnitt durch die Luft.

Mick versuchte wieder wegzurennen, aber jetzt packte Alex ihn an beiden Armen. In Sekundenschnelle trafen vier Polizisten ein – zwei in Uniform und die beiden von der Kriminalpolizei, Rawlins und Evans, die mich vor ein paar Wochen aufgesucht hatten. Mick starrte zuerst sie und dann mich entsetzt an. Er appellierte ein letztes Mal an mich, an die Person, die ihn in ihr Haus gelassen hatte. Aber in diesem Moment schämte ich mich dafür. Die uniformierten Polizisten stürzten herbei, hielten den sich wehrenden Mick fest und befreiten so Alex von seiner Pflicht.

Alex und ich traten zurück und starrten auf die Szene. Ein weiterer Mord überschattete den Frieden in unserem schönen Dorf.

KAPITEL 11

*A*ls Nächstes trafen die Sanitäter ein. Wachtmeister Evans begleitete sie ins Cottage. Polizeikommissarin Rawlins bat Alex und mich, die hilflosen Teilnehmer an dieser Tragödie, zur Seite zu treten und zu erklären, was hier geschehen war. Ich begann ruhig und berichtete ihr, dass wir gerade die High Street zum Café Roberto entlang gegangen waren, als wir Mick aus Dolores' Cottage rennen sahen.

Rawlins war von Kopf bis Fuß in Marineblau gekleidet. Ihr graues Haar kurz geschnitten, der Blick scharf. Während ich sprach, schrieb sie in ein Notizbuch. Von Natur aus fühlte ich mich unbehaglich.

Wie ihr vielleicht schon wisst, misstrauen Hexen der Polizei. Wir wollen nur in Frieden gelassen werden, um unseren Zauber wirken zu können. In der Geschichte haben die Menschen, mit denen wir vertraut waren, oft falsche Schlüsse über mich und meine Schwestern gezogen, also vermeiden wir es, die Aufmerksamkeit unnötig auf uns zu ziehen.

Aber hier war ich wieder und sprach mit der Polizei. Wie

sehr sehnte ich mich nach den ruhigen Tagen hier in Willow Waters, als ein Strafzettel wegen Falschparkens so ziemlich das Höchste an Gesetzesbruch darstellte. Es war kein Zufall, dass so viele von uns in dieser ruhigen, undramatischen Ortschaft leben wollten. Zumindest hatten wir uns das so vorgestellt.

Ich bemerkte auch, dass Alex von einem Fuß auf den anderen trat. War das wieder seine Reserviertheit? Oder saß es tiefer? Noch vor wenigen Augenblicken hatte Alex tapfer Mick, den viel jüngeren und muskulöseren Ausreißer, der sich heftig gewehrt hatte, festgehalten. Jetzt fühlte ich, dass auch Alex am liebsten weggelaufen wäre.

»Mick kam aus Dolores Prescotts Cottage gerannt«, sagte ich und zeigte auf die offene Tür. »Als wir ihn erwischten, sagte er, sie sei tot. Wir fühlten ihn zurück ins Haus und da lag sie – auf dem Boden mit einem Messer im Rücken.« Ich blinzelte. Es würde lange dauern, bis dieses Bild in meinem Kopf verblassen würde. Ich fügte hinzu, dass Alex den Puls gefühlt hatte und wir dann gegangen waren.

»Bestätigen Sie diesen Bericht?«, fragte Rawlins Alex.

»Absolut«, sagte er, seine Stimme fest und unbeirrt. »Alles, was Ms. Bellefleur Ihnen berichtet hat, ist korrekt.«

Nach der freundschaftlichen Vertrautheit dieses Nachmittags war es sonderbar, dass Alex mich wieder Ms. Bellefleur nannte. Aber ich nahm an, er wollte nur gegenüber der Polizeikommissarin formell sein.

Eine weitere Sirene heulte auf und dann kündigten kreischende Reifen die Ankunft von Nachschub an. Vier weitere Polizeibeamte sprangen aus ihren Autos und die High Street war voll blinkendem Blau.

Inzwischen waren alle Anwohner aus ihren Geschäften

und Häusern geströmt und fragten sich, was um Himmels willen los war. Ihr entsinnt euch, dass Willow Waters ein verschlafenes Dorf ist – wir hören nicht sehr oft Sirenen, kaum das Hupen eines Autos in der Tat und das gewöhnlich nur, wenn man einen Touristenbus umrunden musste. Somit zog dieser Tumult eine riesige Menschenmenge an. Die Menschen drängten sich voller Neugierde auf dem Kopfsteinpflaster der High Street. Fragen schwirrten durch die Luft.

»Hat hier jemand eingebrochen?«

»Wen suchen sie?«

»Was ist nur los in diesem Dorf?«

»Warum so viel Polizei?«

»Ist Dolores krank?«

Ach, es stand so viel schlimmer um sie, aber ich hatte nicht die Absicht, ihren Tod zu verkünden, schwieg und versuchte, die neugierigen Blicke der Nachbarn zu vermeiden.

Die beiden Polizisten forderten Alex und mich auf, zurückzutreten. Wir überquerten die Straße. Dann sah ich Elizabeth. Sie kam mit einer der Frauen, die ich bei der Chorprobe gesehen hatte, vom Café Roberto auf den Tumult zu.

»Was ist hier los?«, murmelte sie und schaute mit großen Augen auf den Krankenwagen vor Dolores' Cottage, die Lichter blinkten noch, aber die Sirenen waren jetzt verstummt.

Es gab keine Eile mehr.

»Oh du liebe Güte«, sagte sie und legte eine Hand auf das Herz. »Ist Dolores etwas zugestoßen?« Sie kam direkt auf mich zu. »Peony, sagen Sie, dass es ihr gut geht.«

Ihre Stimme zitterte. Was hatte sie getan?

Ich schluckte und blickte zu Alex. Seine Augen waren tief traurig, wie vermutlich auch meine. Ich nickte ihm leicht zu, um ihm zu sagen: *Ich mach das schon.* »Ach Elizabeth«, sagte ich und legte sanft die Hand auf ihren Arm. »Dolores wurde tot aufgefunden.«

»Tot?«, murmelte sie. »Tot?«

Elizabeths runde Augen blickten ungläubig und ihre Miene zeigte einen schrecklichen Schmerz. »Ich verstehe nicht«, flüsterte sie kaum hörbar.

Ihre Freundin aus dem Chor umschloss Elizabeths Arm fester. Da sie im Chor sang, musste sie auch eine Freundin von Dolores gewesen sein, schien sich aber mehr um Elizabeths Reaktion zu kümmern.

Und dann kamen mir Elizabeths schaurige Worte wieder in den Sinn. *Dann werde ich einen Rachezauber im Internet finden.* Und wie hartnäckig sie sich für ihr ruiniertes Altartuch rächen wollte. Wie sie die Entschuldigungskarte zerrissen hatte. Auf meinen schönen Blumen herumgetrampelt war. Die Heftigkeit von Elizabeths Reaktion auf die Entschuldigung ihrer Freundin hatte mich zutiefst verstört. Könnte ich mich bei Mick getäuscht haben? War es möglich, dass Elizabeth Dolores wirklich allein getötet hatte?

Schließlich war sie in der Nähe des Tatorts. Vielleicht hatte sie sich in das Cottage geschlichen, die schreckliche Tat vollbracht, und war dann schnell in Robertos Café gegangen. Sie hatte das perfekte Alibi. Niemand würde auf die Minute genau sagen können, wann sie in das immer gut besuchte Café gekommen war, besonders nicht zu dieser Tageszeit. Es war praktisch gerade Stoßzeit für Kaffee und Kuchen.

Ein Raunen ging durch die Menge wie eine Welle der

Fassungslosigkeit. »Dolores ist tot? Was? Dolores ist tot. Dolores ist tot!«

Ich musterte aufmerksam Elizabeths Gesicht. Als sie die Tatsachen begriffen hatte, wurde sie sehr blass. Ihre Hände begannen zu zittern und dann flossen Tränen in Strömen, ihre Stimme ein Wehklagen. Es klang schrecklich, ein Echo ihres gestrigen Auftritts bei der Chorprobe wegen ihres beschmutzten Altartuchs. Dieses Mal ging es aber nicht um verschütteten Wein. Ihre Freundin war tot.

Die Frau neben Elizabeth legte einen Arm um ihre Schultern, aber Elizabeth schüttelte ihn ab. Mit beeindruckender Geschwindigkeit rannte sie hinüber zu den zwei uniformierten Polizisten, die Mick in ihrer Mitte hatten. Ich wusste nicht, wie solche Anlässe geregelt waren, aber es schien, als hätten sie keine Weisungen betreffend den am Tatort gefangen genommenen Mann erhalten. Oder hatten die Kripobeamten vor, ihn gleich hier zu verhören, mit der Leiche noch im Haus?

Elizabeth stellte sich vor einen der Polizisten. »Ich muss da hinein. Und sie sehen. Ich muss meine Freundin sehen. Lassen sie mich durch, lassen sie mich durch«, stieß sie zwischen Schluchzern hervor.

»Madam, treten Sie zurück«, sagte der größere der beiden bestimmt. »Das ist ein polizeilich überwachter Tatort und wir müssen die Umgebung räumen.«

»Lassen Sie mich sie sehen. Ich glaube es nicht. Sie war meine beste Freundin.« Sie umklammerte die Jacke eines der beiden Polizisten.

»Madam, Sie müssen sich beherrschen. Sie stören die Polizeiarbeit. Es ist ein Delikt, Polizeibeamte an der

Ausübung ihrer Pflicht zu hindern. Lassen Sie mich los, damit ich meiner nachkommen kann.«

»Meine beste Freundin. Meine älteste und liebste Freundin.« Jetzt griff sie nach dem Arm des anderen Polizisten. »Ach, ich kann es nicht ertragen. Wir hatten einen schrecklichen Streit und ich habe furchtbare Dinge gesagt. Jetzt ist es zu spät.« Das war es wenigstens, was sie vermutlich zu sagen versuchte. Sie war so hysterisch, dass die Worte eher wie ein Keuchen klangen.

Ich vermutete, dass die Sanitäter bald sie behandeln mussten.

Sollte ich sie mit einem Zauber beruhigen? Aber vielleicht würde sie dann stürzen und sich die Hüfte oder etwas anderes brechen. Wahrscheinlich war es besser, die Sanitäter behandelten sie. Die Szene war wirklich chaotisch und keiner von uns, die wir hier herumstanden, wusste was tun.

Als Elizabeths Wehklagen lauter wurden, klang es wie eine Symphonie des Schmerzes.

Sie brach zusammen und beide Polizisten fingen sie auf.

Wir alle konzentrierten uns auf Elizabeth und in diesem Moment, im Bruchteil einer Sekunde des folgenden Durcheinanders begann Mick zu rennen.

Die gesamte Menschenmenge schien gemeinsam zu erstarren, nur Micks zwei Füße bewegten sich. Er war schnell. Eine unglaubliche Menge Adrenalin musste durch seinen Körper pumpen.

Er stieß die Menschen zur Seite, rannte zwischen zwei Cottages durch und verschwand.

»Halt!«, schrien die beiden Polizisten.

Einer der beiden übernahm das volle Gewicht der

bewusstlosen Elizabeth, während der andere Micks Verfolgung aufnahm. Die anderen vier Polizisten taten dasselbe.

Der Pfarrer näherte sich aus der Menge und half dem Polizisten, Elizabeth vorsichtig auf den Boden zu legen. »Kann mir bitte einer der Sanitäter helfen?«, rief der Pfarrer mit seiner kräftigen Stimme.

Der Polizist schien erleichtert, einen Grund zu haben wegzukommen, und rannte in das Cottage, um einen Sanitäter zu holen – und wahrscheinlich auch die beiden von der Kripo.

Gewiss würden gleich mehrere Leute auftauchen, um zu helfen.

Der Polizist, der Mick zuerst verfolgt hatte, wechselte die Richtung und kam zurückgerannt, um einen der Streifenwagen zu holen. Ich verstand, was sie vorhatten, aber sie verloren wertvolle Zeit.

Es würde wahrscheinlich nicht leicht sein, Mick zu finden. Das Leben des jungen Mannes stand auf dem Spiel und schon einmal war er aus der Polizeigewalt entkommen. Er hatte allen Grund zu fliehen und nichts zu verlieren.

Ich schüttelte den Kopf, als es mir dämmerte, wie viele Verstecke Mick hier in den Cotswolds finden konnte. Wenn ihr noch nie in diesem grünen Teil Englands wart, dann müsst ihr wissen, dass es hier viele Dörfer gibt, aber dazwischen liegen breite Streifen Ackerland, Wälder und offene Feldwege. Das sind Wege, für die der Landbesitzer der Öffentlichkeit erlaubt, durch seine Privatgründe zu wandern oder zu reiten.

Es gab unzählige Orte, an denen sich ein Verzweifelter verstecken konnte.

Ich hatte Angst, dass Mick zu meinem Bauernhaus

rennen würde, um Char in seine tristen Probleme hineinzu-
ziehen. Sie hatte ja Frodo, den Truck (wie sie ihn nannte).
Vielleicht würde er sie bitten, seine Fluchtfahrerin zu sein.
Würde Char die Kraft haben, sich Mick zu widersetzen? Ich
konnte es nur hoffen. Ich wandte mich zu Alex und sagte
ihm, dass ich nach Hause zu Char musste – ich musste sie
warnen und alle Türen abschließen.

»Gute Idee«, sagte er. »Wenn ich Sie begleite, könnte ich
dann Ihren Wagen ausleihen, wenn Sie zu Hause sind? Ich
kenne die Gegend hier wie meine Westentasche und könnte
selbst nach Mick suchen. Diese Polizisten sind zu sehr durch
den Wind, um gute Arbeit zu leisten.«

Ich nickte und wir eilten zurück zu meinem Range Rover.
Dem Himmel sei Dank für Alex' klaren Kopf in dieser Krise.

Ich fuhr, so schnell ich konnte, ohne unsere Sicherheit zu
gefährden. Das Letzte, was wir jetzt brauchten, war ein Auto-
unfall. Ich hatte Chars liebes Gesicht vor Augen und wollte
sie in Sicherheit in ihrem Schlafzimmer wissen. Oder mit mir
und Hilary am Küchentisch. Es war mehr als Pech, dass sie
ausgerechnet heute ihren freien Tag hatte.

Zwischen Alex und mir herrschte Schweigen, die Sorge
fraß uns beide auf. Es war ein krasser Gegensatz zu unserer
leichten und fröhlichen Unterhaltung zuvor.

Ich parkte beim Bauernhaus und sprang aus dem Wagen.
Alex setzte sich hinter das Lenkrad und sagte, er würde in
Verbindung bleiben. Ich nickte. Meine Angst um Char stieg
und ich rannte zur Haustür.

KAPITEL 12

*A*ls ich den Schlüssel im Schloss umdrehte, rief Jessie Raes Stimme meinen Namen.

»Mom?«, sagte ich. »Was machst du hier? Wo ist Char?«

Jessie Rae schien aufgeregt. Blue verließ ihren Platz neben ihr und umkreiste meine Knöchel, sobald ich eingetreten war. Ich hob sie hoch und war sofort dankbar für diese Masse an rötlichem Fell und das Gefühl, dass mit meiner Vertrauten in den Armen meine Fähigkeiten in mir stärker wurden.

»Char ist im Garten mit Norman.«

Ich stieß einen tiefen Seufzer der Erleichterung aus. Das durch meinen Körper strömende Adrenalin hatte meine Schultern fast unerträglich angespannt und jetzt entspannte ich sie.

»Aber die Geister sind nicht ruhig«, fügte Jessie Rae hinzu. »Überhaupt nicht ruhig.« Sie hielt einen Augenblick inne. »Meine Güte, Kleines, du siehst ja mitgenommen aus. Was ist passiert? Warum bist du hier Liebling? Ich bin hier, weil die Geister so aufgebracht sind.« Sie umklammerte meine Hände und schloss die Augen. »Da ist eine neue, eine sehr wütende, zerstörerische Energie. Jessie Rae fühlt, dass sie in der Nähe ist.« Sie riss die Augen weit auf, das Weiße schimmerte. »Ich musste hierher kommen, um mich zu vergewissern, dass mein Baby in Sicherheit ist. Ich habe diese Präsenz, kurz nachdem du mein Geschäft verlassen hast, gespürt und sie ist seither immer wütender und intensiver geworden.«

Ich kannte dieses Gefühl. Ich hatte es wegen Char. Wir waren wirklich miteinander verbunden. »Ach Mom, es *ist* etwas Schreckliches passiert. Aber nicht mir.« Ich versperrte die Tür hinter mir und ging mit meiner Mutter in die Küche und hinaus durch die Hintertür. Ich rief Char und bat sie, sofort hereinzukommen.

Char saß auf einem alten Strandtuch auf dem Rasen. Als sie meine Stimme hörte, sah sie träge von dem Buch in ihren Händen auf. Sie trug abgeschnitten Jeanshorts, ein kurzes T-Shirt und eine herzförmige rote Sonnenbrille. Norman saß vor sich hin dösend neben ihr.

Ich wiederholte meine Aufforderung mit mehr Nachdruck, dabei ließ ich den Blick durch den Garten schweifen, voller Angst, dass Mick jeden Augenblick durch die Büsche gerannt kommen konnte.

Norman wurde mit einem Ruck wach. »Geht es noch? Ich schlafe gerade.«

Ich hatte heute keine Zeit für Normans Unsinn.

»Ihr beide. Herein. Sofort!«

Etwas geschah zwischen Char und mir und plötzlich sprang sie auf. »Was ist los?«, fragte sie im Laufen. »Ich kann es fühlen.«

Norman flatterte ihr hinterher, sie nach hinten schützend.

Ich schob sie, Norman und meine Mom zurück ins Haus. Dann verschloss ich die Küchentür –, was ich nur selten tat, – und bat beide, sich an den Tisch zu setzen. Blue sprang auf Jessie Raes Schoß und Mom streichelte meine Vertraute hinter dem rechten Ohr.

»Du machst mir Angst, Peony«, sagte Char.

Es widerstrebte mir zutiefst, was ich ihr sagen musste. Aber sie würde es selbst bald erfahren und ich musste sie vor ihrem Ex-Freund warnen. Ich holte tief Luft und erzählte allen, was heute mit Dolores geschehen war.

»Ein Messer in den Rücken?«, sagte Norman schockiert. »Das ist heftig. Wenigstens konnte sie es nicht kommen sehen.«

Jessie Rae begann zu flüstern und wippte auf ihrem Stuhl vor und zurück. »Oh ja, sie sind wütend, wütend. Abscheuliche Wut und Silber schimmert.«

In diesem Moment hatte ich keine Zeit für die Geister und ihre eigenartigen Botschaften. Ich beugte mich über den Tisch und nahm Chars Hände in meine. »Char, wir haben Dolores entdeckt, weil Alex und ich an ihrem Cottage vorübergingen, als Mick aus dem Haus gerannt kam.«

Char richtete sich kerzengerade auf. »Mick? Was hat er dort gemacht? Er hat heute hier gearbeitet. Ich hab ihn gesehen. Er ist nur weggegangen, um mit Owen im Pub etwas zu trinken. Er hat mich gefragt, ob ich mitkommen wollte, aber ich hatte keine Lust.«

»Er behauptet, er hätte Dolores schon so gefunden. Ich meine tot.«

»Aber warum ist er in ihr Haus gegangen? Er kennt sie ja nicht einmal.«

Es tat mir leid, ihr sagen zu müssen, dass Mick nicht der

geläuterte junge Mann war, wie wir gehofft hatten. »Er sagte, die Tür sei offen gestanden und das sei für ihn die Chance gewesen, sich schnell etwas zu schnappen. Kreditkarten, Bargeld so etwas. Alex gelang es, ihn festzuhalten und ich habe die Polizei gerufen. Aber dann entstand ein riesiges Durcheinander und es ist ihm gelungen zu entkommen. Er ist auf der Flucht.«

Chars blasse Haut wurde noch blasser. »Er hat doch mir und uns allen versprochen, dass er versuchen würde, ehrlich zu bleiben. Wie konnte er das tun?«

»Ich weiß nicht.« Auch ich fühlte mich hintergangen und konnte mir gut vorstellen, wie sich Char fühlen musste. »Du darfst nicht mit ihm reden oder ihn in deine Nähe kommen lassen. Er ist offensichtlich gefährlich.«

Aber Char schüttelte den Kopf und ihre rosa Haarspitzen blitzten auf wie frisch lackierte Fingernägel. »Mick ist kein Mörder. Du musst mir glauben. Der Kerl ist nicht dafür geschaffen. Er ist ein Opportunist und ein Idiot. Aber warum ist der Idiot geflohen? Dadurch erscheint er nur noch schuldiger.«

Plötzlich ließ ein lautes Klopfen an der Hintertür uns alle hochfahren.

»Ach, mögen die Geister mich retten«, stöhnte Jessie Rae.

»Ich werde dich beschützen«, rief Norman.

Char wirbelte herum. »Mick?«

Aber das Gesicht an der Tür war das von Owen Jones.

Ich stand auf und legte eine Hand auf das Herz, um es zu beruhigen. Owen schien wütend, also nahm ich an, dass er bereits über Mick und Dolores Bescheid wusste. Neuigkeiten verbreiteten sich schnell in dieser Gegend.

Aber als ich ihn hereinbat, fragte Owen, ob wir Mick

gesehen hätten – er hatte ihn im Pub versetzt. Sie wollten, sich in The Mermaid treffen, nachdem sie den ersten Teil meines Steinwegs fertiggestellt hatten. Owen war nach Hause gegangen, um zu duschen, aber Mick sagte, er würde sofort hingehen. »Ich habe dort fast eine Dreiviertelstunde allein gesessen,« murrte er mit seinem Yorkshire-Akzent. »Will sagen, da gibst du einem jungen Kerl eine Pause und das ist der Dank dafür?«

Ich schloss die Tür hinter Owen ab und sah mich verstohlen im Garten um, ob uns jemand beobachtete.

»Owen«, sagte Char ruhig und stand von ihrem Stuhl auf. »So war es überhaupt nicht. Peony, sag ihm, was passiert ist.«

Ich berichtete schnell von den Ereignissen des Nachmittags in Dolores' Cottage. Er schüttelte traurig den Kopf. »Was für ein Idiot«, sagte er.

»Das hab ich auch gesagt«, antwortete Char. Dann legte sie die Hände über die Augen. »Das ist alles meine Schuld. Wir hätten ihm nie erlauben sollen, in Willow Waters zu bleiben.«

»Auf der Flucht vor der Polizei und dann auch noch einbrechen?«, fuhr Owen fort. Er schlug mit der Faust gegen den Küchenschrank. »Ich hab den Kerl eine Minute allein gelassen und schau, in welches Schlamassel er sich gebracht hat. Stunk zieht Stunk an.«

Ich sagte Owen, er solle sich setzen und schaltete den Wasserkocher ein. Ein Kräutertee würde unsere Nerven beruhigen. Obwohl die Situation vielleicht einen Whisky verlangte.

Ich machte eine große Kanne Hagebuttentee und reichte die Tassen herum. Aber Owen lehnte ab. Ich bemerkte jetzt, dass er für das Pub ein sauberes, gebügeltes Hemd angezogen hatte und seine Wangen nach Kölnischwasser rochen. Er verabschiedete sich schnell, um sich auf die Suche nach Mick zu machen, und ermahnte uns, nicht nach draußen zu gehen.

Ich fühlte mich doppelt schuldig, wenn Owen sich jetzt in die Sache hineinziehen ließ. Er hatte Mick als Gefallen mir und im weiteren Sinn Char gegenüber aufgenommen. Owen hatte genug Schwierigkeiten in Lemmington House gehabt und jetzt wurde er auch noch in eine weitere Mordermittlung verwickelt. Ich nahm einen Schluck Tee und versuchte, mich von dem heißen Blütentrunk beruhigen zu lassen.

Char ging mit Norman auf der Schulter in der Küche auf und ab. »Dummer Mickey, so dumm. Er ist sein eigener schlimmster Feind, der Kerl. Das war er immer schon und wird es immer sein.«

»Dummer Mickey, dummer Mickey, so ein dummer Junge«, sang Norman glücklich.

»Normie, dieses Mal stimme ich dir zu«, sagte Char mit gerunzelter Stirn.

»Char«, sagte ich und versuchte, meine Stimme beruhigend klingen zu lassen, »bitte setz dich. Wir können nichts tun.«

Char ging weiter auf und ab. »Er ist dumm, aber kein Mörder. Das ist er nicht. Mick hat das nicht in sich. Das ist ausgeschlossen. Das weiß ich.« Sie warf mir einen Blick zu. »Peony, sollten wir ...?«

Doch bevor sie fortfahren konnte, unterbrach ich sie. »Nein, es hat keinen Sinn, Char. Es sind schon genug Leute hinter Mick her.«

Char schob die Unterlippe vor. »Aber diese Leute sind keine Hexen. Und sie kennen Mick nicht so gut wie ich. Vielleicht hört er auf mich. Ich nehme Frodo für eine Spritztour.

Allein, wenn ich muss. Du kannst mich nicht davon abbringen.«

Manchmal fühlte sich das Leben mit Char an, als wäre sie mein bockiger Teenager. Sie hörte nie auf die Vernunft, war immer entschlossen, auf *ihre* Art *ihren* Weg zu gehen. Und ich war machtlos. Ich weiß, ich weiß, eine Hexe wie ich machtlos? Aber ja, ich konnte nicht ihr Licht auslöschen oder es auch nur zu ihrer Sicherheit zurückhalten. Sie musste es auf die harte Tour lernen und es lag an mir, als ihre sie beschützende große Schwester, dies zu erlauben.

»Ich komme mit. Du beherrscht noch nicht ausreichend deine Kräfte, um zu versuchen, Mick zu beruhigen. Er könnte den Truck stehlen und damit fliehen. Überdies bedeutet uns beiden dieser Truck zu viel. Wir wollen nicht, dass ihm etwas Schlimmes zustößt.«

»Nicht *Truck*«, korrigierte Char, »sondern Frodo.«

Ich musste lachen. »Frodo«, wiederholte ich.

»Gut«, sagte Char schließlich und zuckte mit den Schultern. »Zwei Hexen sind jedenfalls besser als eine.«

Ich wandte mich an meine Mutter und bat sie, über das Haus und unsere Vertrauten zu wachen. »Keine Begegnungen mit Geistern, okay? Ich brauche dich nur im Diesseits. Du musst wachsam bleiben. Hilary wird bald nach Hause kommen und du musst auch sie beschützen.«

»Och Kleines, du weißt, dass du dich auf mich verlassen kannst. Blue und ich werden Wache halten. Ich wirke einen guten Schutzzauber um das Haus, also mach dir keine Sorgen. Diesen jungen Mann lassen wir nicht durch.«

»Und ich?!«, jammerte Norman. »Warum vergisst mich hier ständig jeder? Ich kann sehr heftig sein.« Er versuchte zu knurren.

Char verdrehte die Augen. »Bis gleich, Normie. Sei ein braver Hund.«

Als wir loszogen, kontrollierte ich dreimal, dass die Eingangstür hinter uns abgesperrt war – es war traurig, denn normalerweise brauchte ich mich deshalb nicht zu sorgen. Dann kletterten Char und ich in den alten Truck. Sie brachte Frodos Motor auf Touren und wir fuhren los. Ich war froh, dass sie wie eine vernünftige Frau fuhr und nicht wie eine Verrückte. Der Laster war ein Kraftfahrzeug, kein Rennwagen und wenn wir im Graben landeten, wäre niemandem geholfen.

Bald donnerten wir die Straße entlang. Chars Ausdruck war bestimmt, entschlossen.

»Bleib cool«, warnte ich sie. »Lass deinen Zorn oder deine Frustration oder Sorge nicht die Oberhand gewinnen, sonst werden Flammen aus deinen Fingerspitzen schießen. Das Letzte, was wir jetzt brauchen, ist die Feuerwehr rufen zu müssen. Für heute habe ich genug von den Notdiensten von Willow Waters.«

Char brummte nur als Antwort. Ich konnte aber sehen, dass sie Frodo nicht in Brand stecken wollte. Sie krümmte ein paar Mal die Finger und atmete langsam ein, um sich zu beruhigen.

»Schon besser«, sagte ich und fühlte, wie sich ihre Kanten glätteten.

Dann wurde mir jedoch bewusst, dass wir keinen Plan hatten.

Auch Char musste es aufgefallen sein. »Glaubst du, er ist zu Owens Cottage zurückgekehrt?«, fragte sie jetzt. »Er wird seine Sachen holen wollen.«

»Das wäre eine blöde Idee«, sagte ich, »denn dort würde

ihn Owen als Erstes suchen. Ebenso die Polizei, wenn sie ihre Hausaufgaben betreffend Mick gemacht haben.«

»Niemand außer uns weiß, dass Mick dort wohnt, oder?«, sagte Char.

»Wir hatten gehofft, seinen Aufenthalt geheim halten zu können, aber wer weiß in diesem Dorf? Trotzdem glaube ich, es wäre besser auf den Feldern zu suchen oder zu parken und einen Waldweg zu nehmen. Wenn ich fliehen müsste, würde ich mich draußen in der Natur verstecken und hoffen, dass sie mich über Nacht verbirgt, bis ich weiter weiß.«

Char schnaubte. »Mick hat Motorräder im Kopf. Er wird kaum unter einem Baum auf der Suche nach einem Fingerzeig meditieren.«

»Wo ist sein Motorrad?«

Sie zuckte mit der Schulter. »Wahrscheinlich steht es bei Owens Cottage.«

»Dann fangen wir dort an.«

»Owen wird dort schon kontrolliert haben. Und wenn Mick vor ihm dort war, wird er auf irgendwelchen Nebenstraßen unterwegs sein und hoffen, dass man ihn nicht erwischt.«

»Ich hoffe, dass Owen ihn findet und ihn dazu überredet, sich zu ergeben.«

»Wenn der Junge einen Funken Vernunft hat, dann wird er das tun.« Char schien nicht von diesem Funken überzeugt zu sein.

»Nimm die Straße entlang der Felder.«

Char fuhr jetzt langsamer. Wir schwiegen und verrenkten unsere Hälse, um Micks Gestalt oder ein Aufblitzen seiner Tattoos zwischen dem Grün zu entdecken. Ich ermahnte

Char ständig, auf die Straße zu schauen. Sie war leer, aber wir durften nicht den Kopf verlieren.

Sie befolgte meine Aufforderung, den Blick fest auf die Straße zu richten –, aber schon Sekunden später drehte sie den Kopf wieder nach links und rechts. »Es hat keinen Sinn«, sagte sie schließlich. »Ich glaube nicht, dass er hier ist.«

Char war sichtlich entmutigt. Ich drängte sie, die Hoffnung nicht aufzugeben. Früher oder später würde man Mick finden.

»Gibt es nicht so etwas wie einen Findzauber, den wir anwenden könnten?«, fragte sie.

»Doch«, gestand ich, »aber wir brauchen irgendetwas, das Mick gehörte. Hast du etwas?«

Char schüttelte den Kopf. »Ich habe alles verbrannt, was mit Mick zu tun hatte, nachdem er mich sitzengelassen hatte. Sein T-Shirt, in dem ich gewöhnlich geschlafen habe. Den Öllappen, den ich mir ausgeliehen und nie zurückgegeben habe. Alle Fotos. Ich musste meine ganze Aura von seinem Wesen reinigen.«

Bevor wir die Kurve zu Lemmington House erreichten, kam uns ein Kleinlaster wie jener von Owen entgegen. Wir verlangsamten und hielten Seite an Seite. Ich öffnete mein Fenster, Owen ebenso.

»Was macht ihr zwei hier draußen?«, fragte er, bevor ich ihn fragen konnte, ob er etwas gefunden hatte. »Habe ich nicht gesagt, ihr sollt euch nicht von der Stelle rühren?«

Sein Ton gefiel mir nicht, aber ich konnte sehen, dass er an mir vorbei Char anstarrte, die grimmig hinter dem Lenkrad saß. Es war seine Sorge um sie, die ihn so ruppig reden ließ. »Char kennt Mick am besten. Mach dir keine

Sorgen.« Ich zeigte ihm mein Handy. »Wir rufen um Hilfe, wenn wir ihn sehen.«

»Falls ihr nach seinem Motorrad sucht – er hat es nicht genommen.« Owen schien düster zufrieden. »Und wird es auch nicht nehmen. Ich habe es in meine Garage gesperrt. Auch wenn er dort suchen sollte, wäre er zu schwach, um das elektronische Schließsystem zu knacken.«

»Gut gedacht«, sagte ich. »Also ohne fahrbaren Untersatz muss er noch in der Umgebung sein.«

»Es sei denn, er hat ein Auto gestohlen«, rief Owen mir in Erinnerung. »Passt auf euch auf, ihr zwei.« Dann nickte er uns zu und fuhr los.

Eine Minute lang rührten Char und ich uns nicht. Wahrscheinlich fragten wir uns beide, was wir als Nächstes tun sollten.

Schließlich sagte ich: »Fahren wir zum Wald. Dort ist es dunkler. Vielleicht hat er vor, dort die Nacht zu verbringen, anstatt über die Felder zu gehen. Kann er gut auf Bäume klettern?«

Char nickte düster und bog scharf nach links ab. »Wahrscheinlich. Er ist in seinem Leben über genug Mauern geklettert.«

Die Wagenfenster waren heruntergekurbelt, und als wir uns dem Wald näherten, begann sie Micks Namen zu rufen. Nur die Vögel antworteten, zwitscherten lauter und beharrlicher – ein hübsches Lied, das unsere Sorgen aber nicht übertönen konnte. Die Wärme des Nachmittags hatte sich abgekühlt und der Himmel wechselte von einem kräftigen Blau zu Blassgrau. Ich zitterte, aber nicht vor Kälte.

»Warte«, sagte Char und verlangsamte auf Kriechtempo. »Kannst du das fühlen?«

»Ich glaube ja. Die Temperatur hat sich verändert.«

»Ich kann die Angst fühlen. Ich glaube, er ist in der Nähe.«

Ich war beeindruckt, wie sehr sich Char auf ihre Intuition eingestimmt hatte. Und dann spürte ich noch etwas. Das Gefühl, beobachtet zu werden. Um uns herum war nichts außer Wald. »Bleib stehen«, sagte ich ruhig.

Char gehorchte. Sie stellte den Motor ab. Nichts, nur das Zwitschern der Vögel, aber die Szene war alles andere als idyllisch. Wir jagten entschlossen einen mutmaßlichen Mörder, anstatt sicher zu Hause im Bauernhof hinter gut verriegelten Türen zu sitzen. Ja, ich weiß, dass unsere gemeinsamen Fähigkeiten ein guter Schutz waren, das hieß aber nicht, dass ich mir meiner Vergänglichkeit nicht mehr bewusst war. Ich hoffte nur, dass wir zu gegebener Zeit gemeinsam stark genug sein würden, um allem die Stirn zu bieten.

Dann zerriss ein Schmerzensschrei die Luft. Es fühlte sich an, als würde uns jemand angreifen. Ich streckte die Arme aus und ließ meine Kräfte aufwallen.

Char ergriff meine Fingerspitzen und zog sie nach unten. »Es ist Mick!«, sagte sie. »Er ist es, der so schreit.« Ihr Sicherheitsgurt klickte und sie sprang aus dem Wagen.

Ich folgte ihr. Adrenalin schoss durch meinen Körper, während ich im Geiste einen Haltezauber vorbereitete, um Mick zurückzuhalten. Mit Char an meiner Seite hatte ich genug Kraft, um uns zu schützen.

Wir krachten durch die Büsche und dann übertönten Flüche das laute Pumpen des Blutes in meinen Adern. Wow, wie konnte das Fluchen des Mannes die Luft verfärben! Was war los? War er in eine illegale Dachsfalle gestolpert?

»Da drüben«, sagte Char und rief dann: »Mick! Mick, ich bin's!«

Ich folgte ihrem Blick und auf einer kleinen Lichtung sah ich ihn, vornübergebeugt, sein Bein umklammernd.

Er war verletzt. So sehr, dass er nicht weglaufen konnte, als er uns näherkommen sah.

Ich sah mich um und rang nach Luft. Aus dem Augenwinkel sah ich den Hinterleib eines weglaufenden Wolfes. Es verschlug mir den Atem. Ich wusste sofort, dass es derselbe Wolf mit dem braunen Fell und den eigenartigen graublauen Augen war, den ich letzthin gesehen hatte. Er war nicht mehr zu sehen.

Mick, noch immer vornübergebeugt, brüllte vor Schmerz . Ein Haltezauber war nicht mehr nötig – er war bereits völlig außer Gefecht. Der Wolf hatte unsere Arbeit erledigt.

»Er hat mich gebissen«, schrie er, als Char neben ihm auf die Knie sank.

Obschon Mick sie in diesem Zustand nicht verletzen konnte, war ich hochwachsam. Ich sah zurück, wohin der Wolf verschwunden war.

»Was ist passiert?«, fragte Char. Blut war überall.

»Das war der bissigste Hund, den ich je gesehen habe. Scharfe, wilde Augen, ein riesiger brauner Leib, Zähne wie Glassplitter, sag ich euch. ›Lieber Hund, lieber Hund‹, hab ich gesagt, aber er ist einfach auf mich losgegangen. Er ist auf mich gesprungen, hat mich umgeworfen und mich dann ins Bein gebissen. Er hat mich hin und her geschüttelt, als wäre ich ein saftiger Knochen.«

»Sei froh, dass er es nicht auf deine Kehle abgesehen hatte«, sagte ich.

Char half Mick auf die Beine. Er schrie vor Schmerz, ich konnte aber sehen, dass die Wunde nicht allzu schlimm war.

»Braucht er eine Tetanusspritze? Tollwut?«, fragte sie, während ich Micks andere Seite stützte und wir ihm halfen, zum Truck zu hinken.

»Ich weiß nicht. Wir bringen ihn jedenfalls ins Krankenhaus und dort können sie entscheiden.«

»Der Hund gehört erschossen«, murmelte Mick.

Viel Glück dabei! Mick hatte das Tier perfekt beschrieben, nur bei den Augen hatte er sich geirrt. Ja, sie waren scharf, aber nicht wild. Es waren Augen, die alles sahen und alles unter Kontrolle hatten.

»Wir fahren ins Krankenhaus«, sagte Char. »Die kriegen dich wieder in Ordnung.«

Mick schüttelte den Kopf. »Nein, nein. Ich muss weiter. Ich hab die alte Frau nicht umgebracht. Ich schwöre es bei jedem Knochen in meinem Körper. Auch bei dem mit dem Abdruck der Zähne. Ihr müsst mir helfen. Versteckt mich. Bitte.« Micks Stimme war voller Verzweiflung, und trotz der Beweise gegen ihn, fragte ich mich, ob er die Wahrheit sagte.

»Wenn du unschuldig bist«, sagte ich, »dann brauchst du dir keine Sorgen zu machen. Du kannst nicht ewig vor der Polizei davonlaufen. Du musst für das Verbrechen büßen, das du wirklich begangen hast. Wenn sie dich einsperren, weil du das Fluchtauto gefahren hast, dann kriegst du, was dir sowieso geblüht hätte.«

Mick warf Char einen flehenden Blick zu. Doch sie wandte den Kopf ab.

Es war schwer zu sagen, was Char fühlte. Ich wusste aber, dass sie sich zusammenriss, ... und sie war echt stark. Beide führten wir den hinkenden Mick zurück zum Truck.

Wir setzten ihn zwischen uns in die Fahrerkabine und ich gab Char Anweisungen, wie sie zum nächsten Krankenhaus fahren sollte. Während sie fuhr, lag es an mir, zum zweiten Mal heute die Polizei zu rufen. Ich wählte 999 und, nachdem ich tief eingeatmet hatte, sagte ich der Person am anderen Ende der Leitung, wer ich war und dass wir Mick gefunden hatten und er verletzt war.

Nach mehreren Fragen schlug ich vor, dass sich meine Gesprächspartnerin mit Kommissarin Rawlins und Wachtmeister Evans in Verbindung setze und ihnen sagen sollte, zu welchem Krankenhaus wir unterwegs waren.

Die Telefonistin riet uns, Mick erst zum nächsten Krankenhaus zu bringen, wenn wir uns sicher fühlten. Die Polizei würde uns dort erwarten. Sie würden Mick nach der Behandlung festnehmen und verhören.

Mick saß trübsinnig eingequetscht zwischen uns. »Ich hab niemanden umgebracht, Char. Du musst mir glauben. Ich wollte nur schauen, ob sie Geld oder Wertsachen herumliegen hatte, und dann hätte ich die Fliege gemacht, um Owen im Pub zu treffen.«

»Dieses eine Mal hättest du direkt ins Pub gehen sollen, Mick«, sagte sie bestimmt. Enttäuschung stand ihr ins Gesicht geschrieben. »Du hast mir versprochen, dass du dich geändert hast.«

»Tja, ich weiß. Es tut mir leid, Baby.« Und das Traurige war, dass ich ihm glaubte.

KAPITEL 13

*A*m nächsten Tag fiel es mir schwer, mich auf die Arbeit zu konzentrieren. Bilder des Wolfes gingen mir durch den Kopf. Eigenartige graublaue Augen, die durchdringend in meine blickten. Im Krankenhaus hatte Mick dem ungläubigen Personal den Hund beschrieben. Ich hatte Mick nachgesehen, als man ihn wegbrachte. Die Polizeibeamten waren inzwischen eingetroffen und hatten uns mitgeteilt, dass sie morgen von uns beiden eine Erklärung aufnehmen würden, nachdem sie Mick verhört hatten.

Wir waren erschöpft nach Hause zurückgekehrt. Char war aufgewühlt und früh zu Bett gegangen.

Ich hatte Norman gebeten, während der Nacht über sie zu wachen. »Es ist an der Zeit, dass du dir deine Vertrauten-Sporen verdienst«, hatte ich gesagt und ausnahmsweise machte er dieses Mal nicht den Clown, sondern nahm seine Arbeit ernst.

Vielleicht zu ernst.

Er hatte sich schon den ganzen Vormittag eigenartig verhalten, saß feierlich im Fenster des Blumenzaubers und beobachtete die High Street. Zuerst dachte ich, er würde nach Char Ausschau halten. Aber sein Blick war zu vage. Keine Klugscheißerei. Kein Ruf nach Futter. Er war unheimlich still.

»Komm schon, du machst mir Angst«, sagte ich schmeichelnd, um ihn aus der Beklommenheit, die ihn gepackt hatte, herauszuholen. »Bei dieser letzten Kundin klebte die ganze Zeit, ein Stück Klopapier an einem Schuh, während sie die Tulpen aussuchte. Und du hast keine witzige Bemerkung gemacht? War es zu einfach oder was? Sag mir, was los ist.«

Norman richtete sich auf und ließ dann den Kopf hängen. »Dolores war nicht toll, aber ich hab mit ihr zusammen gelebt. Kann nicht glauben, dass sie tot ist.«

Das war das Letzte, was ich mir von Norman erwartet hatte. Vielleicht reichte meine Hexenintuition nicht bis zu Papageien. Ich sagte, es tue mir leid, dass es mir nicht in den Sinn gekommen war, er könnte aus Zuneigung zu seiner vorherigen Bezugsperson niedergeschlagen sein. Ich sagte nicht Besitzerin, weil ich der Meinung war, dass niemand Norman besitzen konnte. Er war sein eigener Vogel. Er schien es damals ziemlich eilig zu haben, von Dolores wegzukommen und sich an Char zu hängen, und so war es auch. Er benutzte seine farbenfrohen Flügel, um sein eigenes Schicksal zu lenken.

»Sie war nicht großartig«, sagte er, »aber sie kümmerte sich in der Zeit zwischen Hexen um mich. Wenn ich bei ihr gewesen wäre, hätte ich sie vielleicht retten können. Ich hätte dem kleinen Fiesling in die Augen kacken können, dann hätte er sie nicht sehen und nicht töten können.«

Ich musste zu meiner Überraschung lachen, obwohl ich das heute nicht erwartet hätte. Ein Mörder, der seine Tat wegen Papageienkacke nicht ausführen konnte? Das wäre eine tolle Schlagzeile für unsere Zeitung, die Willowers Weekly, gewesen. Vielleicht hatte er aus gutem Grund das Zielen geübt. Aber Normans Schuldgefühle waren fast zu viel für mich. Chars Sicherheit und mein Bauchgefühl ließen mich zweifeln, ob wirklich Mick Dolores ermordet hatte. Selbst unter Schmerzen wegen seines verwundeten Beins war Mick bei seiner Version geblieben und hatte verzweifelt versucht, uns von seiner Unschuld zu überzeugen. Ich hatte das Gefühl, dass er die Wahrheit sagte. Das sagte ich auch Norman, er war aber ziemlich skeptisch. Ich befürchtete, dass die Polizei das ebenso sehen würde. Es wäre nur allzu leicht, Dolores' Tod Mick und seinen vergangenen Fehlern zuzuschreiben. Vielleicht konnte mir Norman aber helfen.

»Weißt du, wer noch etwas gegen Dolores hätte haben können?«, frage ich. »Du musst ihre Besucher gesehen, einen Streit mit angehört haben.«

Er gab einen Papageienlaut von sich und flatterte mit den Flügeln. »Wer hatte nicht etwas gegen Dolores? Sie war nicht gerade süß wie Honig, oder Baby? Aber sie war trotzdem meine Pflegerin.« Er wandte sich wieder traurig dem Fenster zu.

Von wegen Hilfe von Norman.

»Ist dir niemand besonders aufgefallen?«

»Das blonde Flittchen hatte einen Streit mit Dolores. Ich lebte nicht mehr bei ihr, saß aber in ihrem Kirschbaum, um nach meiner alten Nachbarschaft zu sehen.«

»Blondes Flittchen? Meinst du Elizabeth Sanderson?«

Er schüttelte seinen bunten Kopf. »Das schicke Stück von dem großen Haus. Sie sagte – jetzt nahm er einen vornehmen Akzent an, der genauso klang wie Gillian Fairfax: *»Ich warne*

Sie. Wenn Sie nicht aufhören, mir das Leben zur Hölle zu machen, werden sie es sehr bereuen.«

Wow! Das klang echt böse. Ich wusste, dass Gillian Fairfax Dolores die Schuld gab, dass sie sich so anstrengen musste, um in Willow Waters akzeptiert zu werden. Aber war sie so wütend, um zu töten?

MITTWOCH WAR IMOGENS FREIER TAG. Ich hing also das »Bin in fünf Minuten zurück«-Schild an die Tür und sagte Norman, dass ich mir schnell Kaffee holen wollte. Da Dolores' Cottage jetzt ein Tatort war, hatte sich die High Street stärker belebt als üblich. Techniker gingen ein und aus, schlüpften unter dem Absperrband durch, das das Cottage vom Rest der Straße trennte. Es war ein trauriger Anblick. Wie im Film, nicht im wirklichen Leben. Ich konnte nicht glauben, dass Dolores tot war.

Außer für meinen Kaffee wollte ich in meiner Pause dafür sorgen, dass Normans Appetit und der Witz wieder in sein Geplauder zurückkehrten.

Die Tierhandlung Happy Tails war ein Familienbetrieb und lag neben Amandas Bäckerei am anderen Ende der High Street. Er führte Tierfutter, Spielzeug und Leckerli für alle Haustiere. Ich kaufte dort Blues Futter und Katzenstreu. Ich hatte ihr einmal auch einen Kratzbaum gekauft, den sie sich weigerte zu benutzen, und drei wie eine Tomate, Möhre und Zwiebel geformte Spielzeuge, über die sie ebenfalls ihre Katzenaugen verdrehte. Es gab natürlich auch eine Bioabteilung, schließlich waren wir hier in den Cotswolds, also vermutete ich, dass ich etwas Verlockendes für Normie finden würde.

Ich konnte Dolores nicht zurückbringen, aber vielleicht gelang es mir, die Depression ihres Ex-Papageis zu lindern.

Die Türglocke bimmelte, als ich eintrat. Kevin, der Sohn des Eigentümers, ein Teenager, war hinter dem Tresen und mir wurde klar, dass die Schulen und Colleges wohl Semesterferien hatten. Er erkannte mich und winkte mir zu, bevor er sich wieder seinem Buch widmete. Ich ging in die Vogelabteilung und fand die Sesambarren, von denen ich wusste, dass Norman sie mochte, sowie getrocknete Bananenchips, die ihm vielleicht auch schmecken würden. Kevin tippte meinen Einkauf in die Kasse und packte dann alles in rosa Papier ein. Ich sagte ihm, dass es Norman schwerfiel, Dolores' Tod zu akzeptieren.

Kevin nickte verständnisvoll. »Bitte richten Sie Norman meine Grüße aus. Er kann mich hier besuchen, wenn er schlecht drauf ist. Solange meine Eltern ihn nicht sehen.«

»Sag nicht, dass Norman hier auch Probleme geschaffen hat«, sagte ich entnervt. Hatte der garstige Vogel auch bei Happy Tails das Zielen geübt?

Aber Kevin versicherte mir, dass die Probleme nicht Normans Schuld waren. »Jeder der hier ein Haustier kaufen will, erwartet, dass es so gescheit ist wie Norman.« Er schüttelte den Kopf. »Schlecht fürs Geschäft.«

Natürlich brauchte auch ich ein paar Leckerlis, also machte ich mich auf den Weg zu Robertos Café, um meine dringend nötige Koffeindosis zu bekommen. Das Café war geschlagen voll, jeder Tisch besetzt und voller Kaffeetassen und Kuchenteller.

Die arme Char wirkte gestresst – und besorgt. Sie sah

jünger, vulnerabler aus, das Haar zu einem schlampigen Knoten hoch auf dem Kopf aufgetürmt. Sie trug ein weiches übergroßes weißes T-Shirt, das in Falten über ihren schwarzen Leggings hing. Große Silberreifen hingen von ihren Ohren und schwangen jedes Mal, wenn sie sich von der Kaffeemaschine zu einem Kunden umdrehte.

Ich stellte mich in die Schlange und versuchte, vor den Spekulationen über den Mörder die Ohren zu verschließen. Es war unglaublich, wie schnell die Leute Dolores' Lob sangen, obwohl sie im Leben keiner gemocht hatte.

»Sie hat so viel für unsere Gemeinschaft geleistet«, sagte eine Frau zu ihren Freundinnen.

»Oh ja, das Women's Institute wäre ohne sie verloren gewesen. Sie hat sich immer um die anderen gekümmert.«

»All die Stunden, in denen sie ehrenamtliche Arbeit in der Kirche leistete. Der Pfarrer wird ihr wahrscheinlich die ganze Predigt widmen«, sagte eine andere.

»Dolores war seit Jahrzehnten meine Freundin«, stimmte eine weitere Stimme mit ein. Dann ein Seufzer. »Ihre wunderbare Persönlichkeit wird mir fehlen.«

»Und einen so großen Sinn für Humor.«

»Ich kann nicht glauben, dass ich sie nicht mehr sehen werde.«

»Sie konnte natürlich auch resolut sein. Sie hat immer die Katzen mit einem Besen aus ihrem Garten verjagt«, sagte eine andere. Dann gab es eine Pause. »Aber sie liebte Vögel.«

»Wisst ihr noch, als sie einen Papagei hatte?«, sagte eine weitere Frau. »Und wie der reden konnte. Er war auch ein toller Imitator.«

Irgendwie war es ja nett, dass niemand schlecht über

Dolores sprach, aber Mannomann, das Gedächtnis der Willower war wirklich selektiv.

»Schrecklich, was geschehen ist. Sie sagen, es war ein Einzeltäter. Ein Verbrecher, der sich in Willow Waters versteckte und geplant hatte, uns auszurauben. Ich bin sicher, sie hat sich gegen ihn gewehrt. Das war ihre Art. Und er hat sie getötet. Schrecklich.«

Die Leute waren also überzeugt, dass Mick Dolores Mörder war. Ich konnte nicht sicher sein, dass er es nicht getan hatte, aber spürte, dass die Sache noch offen war. Das bedeutete, dass ein Mörder frei herumlief. Nicht, dass ich Angst gehabt hätte, aber ich musste wachsam bleiben und die Ohren offenhalten. Meine Nerven waren wegen der ganzen Szene gestern noch unter Hochspannung, auch wegen der unvergesslich schrecklichen Angst um Char, während Alex und ich nach Hause rasten, um uns zu vergewissern, dass Mick nicht vor uns dort war. Meine Große-Schwester-Gefühle waren auf Hochtouren gelaufen.

Allgemein machte ich mir Sorgen um Char. Sie hatte eine schwierige Kindheit gehabt und geglaubt, ihrer Vergangenheit entkommen zu sein, und in Willow Waters einen Neuanfang gemacht zu haben. Jetzt vermasselte diese Vergangenheit ihre Gegenwart. Ich meine, was könnte vermasselter sein, als an jemandem zu hängen, der unter Mordverdacht verhaftet wurde? Sie war offensichtlich tough – eine toughe Kleine, wie Normie sagen würde. Das bedeutete aber nicht, dass sie nicht verletzt werden konnte. Ich beobachtete Char, wie sie Milch für einen Cappuccino aufschäumte. Ich wünschte, ich könnte sie drücken. Es war schwer, sie wissen zu lassen, wie sehr ich sie mochte, ohne sie in Verlegenheit zu bringen.

Als ich an der Reihe war, lächelte Char mir müde zu. Wir unterhielten uns eilig und sie versicherte mir, dass sie zurechtkam und es besser war, zu arbeiten und den ganzen Dorfklatsch über ihren Ex zu hören, als zu Hause zu sitzen und sich zu sorgen.

Sie reichte mir meinen üblichen Kaffee mit einem *Pastel de Nata*. Ich hatte eine Schwäche (wahrscheinlich im wahrsten Sinne des Wortes) für die kleinen portugiesischen Törtchen mit Vanillecreme – sie waren perfekt, um mir den Vormittag zu versüßen. Wer liebt nicht etwas Süßes?

Die Tür knarrte und ich sah auf die Uhr. Punkt elf und Alex erschien pünktlich für seinen täglichen Espresso. Er trug wieder seine übliche Hose und ein gestärktes weißes Hemd. Seine Schuhe waren so poliert, dass sie wie nasse Steine glänzten. Ich richtete mich instinktiv gerade auf und glättete mein sommerliches Trägerkleid aus weißer Baumwolle, das ich heute Morgen zur Abwechslung gewählt hatte. Ja, ich trug noch Sneakers, aber war in einer weiblichen Stimmung aufgewacht. Jetzt war ich froh, dass ich auf meinen Instinkt gehört hatte. Natürlich war es mir nicht wichtig, was Alex dachte, aber ...

»Peony«, sagte er und legte eine Hand auf meine Schulter. »Ich hatte gehofft, Sie hier zu finden. Ich habe gehört, dass Sie Mick geschnappt haben!«

Ich nickte zustimmend und freute mich zu sehen, dass er heute ausgeruhter war als gestern.

»Sie hatten mehr Glück als ich bei meiner Suche«, fuhr er fort.

Aber stimmte das? Ich warf ihm einen skeptischen Blick zu.

»Ich bin froh, dass Ihnen oder Char nichts Schlimmes zugestoßen ist.«

»Wir sind ein ziemlich beeindruckendes Team«, sagte ich lächelnd. Immerhin hatten wir die Kraft von zwei (relativ) jungen Hexen. Jetzt merkte ich, wie sehr ich mich beruhigt hatte. Alle Sorgen, die ich wegen Willow Waters und den Mördern hatte, verblassten, wenn Alex in der Nähe war. Es war eine Macht, die ich von anderen Menschen nicht kannte.

»Und wie laufen die Vorbereitungen für Monsieur Gagneux?«, fragte ich, da ich auf keinen Fall über den Mord sprechen wollte. »Bekommen Sie Ihr Schloss in Schuss?«

Er nickte grimmig. »Die Firma, die ich angeheuert habe, ist heute Morgen eingetroffen. Das Team arbeitet normalerweise auf Filmsets und richtet Luxusimmobilien für den Verkauf her. Sie bohnern die Böden, bringen so viele Möbel, dass man drei Schlösser damit füllen könnte, rollen Teppiche aus und – ich musste da raus.« Er strich sich durch das dunkle Haar, ein Ausdruck der Verlegenheit auf seinem Gesicht. Seine graublauen Augen schienen jetzt klarer und unschuldiger. »Ehrlich gesagt all diese Leute, die mir mit einem breiten Grinsen über den Weg laufen und all diese Fragen stellen sind mir ein bisschen zu viel. Ich bin Gesellschaft nicht gewöhnt.«

Na, das war die Untertreibung des Jahres. Niemand, den ich kannte, war je in seinem Schloss gewesen und jetzt war es voller Leute, die gewöhnlich im Showbusiness und Immobiliensektor arbeiteten. Für jeden würde das eine riesige Umstellung bedeuten, ganz zu schweigen von Alex, der bekanntlich hinter verschlossenen Türen lebte.

Ich sagte Alex, dass ich eine Eilbestellung für Tuberosen und Jasminsträucher aufgegeben hatte, deren Lieferung ich für morgen erwartete. »Das ist reichlich Zeit, um alles für das Abendessen am Freitag fertig zu bekommen. Ich verspreche, dass die Blumenbouquets umwerfend sein werden.« Ich hatte um ein paar Gefallen gebeten, um die exotischen Pflanzen rechtzeitig zu bekommen, versprochen, Imogen Überstunden zu bezahlen, und war nun ziemlich zufrieden mit mir.

Aber Alex hatte noch Sorgenfalten.

»Ist etwas nicht in Ordnung?«, fragte ich leise.

»Ich habe noch ein Problem. Monsieur Gagneux bringt seine Frau mit.« Er machte ein klägliches Gesicht. »Ich hatte angenommen, dass wir ein Geschäftsessen haben würden, nur wir beide, aber er scheint das Geschäftliche mit dem Vergnügen zu vermischen.« Er schien verärgert.

»Na gut, das macht die Dinge sicherlich leichter? Weniger intensiv?«

Alex räusperte sich. »Ich dachte, es macht die Sache etwas unausgewogen, zahlenmäßig.« Er senkte die Stimme. »Also, ich habe mich gefragt, ob Sie vielleicht mein vierter Gast sein möchten? Sie würden mir einen Gefallen tun.«

Ich blinzelte. Hatte Alex mich gerade zum Abendessen eingeladen? In sein Schloss? Mit seinem französischen Schickimicki-Kunden? Vielleicht war es eine Einladung aus Verzweiflung in letzter Minute, ich fühlte mich trotzdem geschmeichelt. Ich gehe eindeutig nicht oft aus.

»Wie schön«, sagte ich schließlich. »Natürlich. Ich komme sehr gern.«

Obschon Alex mich nicht wirklich zu einem Date eingeladen hatte, freute ich mich, dass er uns für so gute Freunde hielt. Ich war wirklich neugierig, was Alex betraf. Er sah gut aus, natürlich, aber ich war auch überzeugt, dass mehr in ihm steckte, als man oberflächlich sehen konnte, wenn ihr versteht, was ich meine. Und es war auch nett, dass jemand anderes als Hilary oder meine Mom für mich kochte. Ich konnte mich nicht einmal erinnern, wann ein Mann das letzte Mal für mich gekocht hatte.

Er seufzte und schien erleichtert. »Sie können nicht ahnen, wie sehr ich das zu schätzen weiß. Ich hoffe nur, dass Sie sich nicht schrecklich langweilen werden.«

Ich war mir ziemlich sicher, dass das nicht der Fall sein würde.

KAPITEL 14

*I*ch kehrte beschwingten Schrittes mit einem Cappuccino und Normies Leckerlis zu meinem Blumenladen zurück, froh, dass heute Imogens freier Tag war. Sicherlich waren meine Wangen mädchenhaft gerötet und ich konnte es nicht ertragen, von einer Zwanzigundetwasjährigen geneckt zu werden. Begann ich mich in Alex zu verlieben? Oder schmeichelte mich nur seine Aufmerksamkeit? Es war so lange her, seit ich für jemanden eine romantische Zuneigung empfunden hatte, dass ich mich kaum erinnern konnte, wie sich das anfühlte.

Aber meine überschwänglichen Gefühle verschwanden, als ich Kommissarin Rawlins und Wachtmeister Evans vor meiner Ladentür warten sah. Beide machten eine ernste Miene. Ich stieß den Atem aus und entschuldigte mich, dass ich sie hatte warten lassen und ihnen leider nicht die Hand schütteln konnte. Rawlins warf ein kluges braunes Auge auf meinen Kaffee und die Papageienleckerlis und rümpfte dann kaum merklich die Nase.

Ich erklärte, ich hätte hier einen deprimierten Papagei

im Geschäft und verstummte dann allmählich. Rawlins zuckte kaum mit der Wimper. Ich vermutete, sie hatte in ihrem Leben schon dies und mehr gesehen und gehört. Keine Papageiengeschichte konnte ihre Coolness erschüttern.

Ich führte die Kriminalbeamten hinein und hoffte, Normie mit den Bananenchips ruhig zu halten. Er lebte sichtlich auf, als er die Leckerlis sah, und ich fragte mich kurz, ob ich mich von einem Papagei an der Nase hatte herumführen lassen. Sehr wahrscheinlich.

»Diese kriegst du, wenn du brav bist, Normie«, flüsterte ich. »Keine Randbemerkungen, keine sarkastischen Kommentare. Das ist die Polizei, das ist kein Witz. Versprichst du mir das?«

»Kleiner-Finger-Schwur, Kleiner-Finger-Schwur«, sagte er weinerlich.

Beide Polizisten starrten uns an. Evans sah belustigt aus. Rawlins weniger.

»Bin gleich bei Ihnen«, sagte ich und gab Norman noch mehr Bananenchips.

Er war hocherfreut und zog sich mampfend in die Ecke zurück.

Ich brauche wohl nicht zu erwähnen, dass die beiden von der Kripo wahrscheinlich dachten, ich sei ein bisschen plemplem. Ich befürchte, das denkt ihr vielleicht auch.

Ich bat Rawlins und Evans, sich zu setzen, und fragte, ob sie auch Kaffee wollten. »Hätte ich gewusst, dass Sie kommen, hätte ich etwas von Robertos Café mitgebracht. Die haben den umwerfendsten Flat White und für den Pistazienkuchen gibt es keine Worte.« Ich hielt abrupt inne.

Rawlins musterte mich, als wäre ich verrückt. Ich musste

mit dem nervösen Geplauder aufhören, bevor sie einen Haftbefehl für mich beantragte.

Sie lehnten mein Kaffeeangebot ab, also setzte ich mich ihnen gegenüber und fühlte mich, als säße ich wieder in der ersten Klasse Gymnasium. Beide trugen eine leicht abgeänderte Version derselben Kleidung, die sie bei ihrem letzten Besuch bei mir getragen hatten. Rawlins war von Kopf bis Fuß in Marineblau gekleidet, dieses Mal aber kombinierte sie den Hosenanzug mit einem hellblauen Shirt. Evans trug ein hellgraues Hemd, passend zur Haarfarbe seiner Chefin, das er lose in den Hosenbund gestopft hatte. Die Ärmel hatte er lässig hochgekrempelt und den Kragenknopf geöffnet.

Rawlins zog ein Notizheft hervor und sagte mir, dass Mick formell wegen Mordes angeklagt worden sei.

»Okay«, antwortete ich. »Ich verstehe.« Ich war nicht überzeugt, dass sie den Richtigen hatten, ich war aber ebenso wenig vom Gegenteil überzeugt.

Sie wollten genau und mit allen Einzelheiten wissen, was ich vor Dolores' Cottage gesehen hatte und wie es mir gelungen war, Mick nach seiner Flucht zu finden. Ich wusste, dass sie an Mick interessiert waren, trotzdem fühlte ich mich unter Zugzwang. Ich nahm einen Schluck Kaffee und dachte sehnsüchtig an das *Pastel de Nata,* das in seiner Papiertüte wartete. Ich hätte mir viel lieber das portugiesische Törtchen in den Mund gestopft, als diese Fragen zu beantworten.

Der erste Teil war jedoch einfach. Ich erklärte, dass ich mit Alex (sofort verbesserte ich mich und sagte Baron von Fitzlupin und dann Lord Fitzlupin und dann zurück zu Alexander Stanford) die Straße entlang gegangen war, als wir Mick aus Dolores' Cottage rennen sahen.

Ich schilderte alles, was bis zu dem Augenblick

geschehen war, als wir das Cottage betraten. »Da sahen wir Dolores auf dem Boden liegen.« Ich schluckte, als das Bild der toten Frau wieder vor mir auftauchte. »Man hatte ihr ein Messer in den Rücken gestoßen.«

Rawlins prüfte nicht ihre Notizen, sondern sah mich stetig an, was mich nervös machte und mir ein unglaubliches Schuldgefühl gab. »Michael Fry behauptet, er sei nicht in Willow Waters auf der Flucht vor den Behörden gewesen, sondern habe gearbeitet. Für Sie.«

Michael Fry? Ach, das musste Micks Name sein. Dahin waren meine guten Absichten und schon war ich in Schwierigkeiten. Schon wieder.

Ich nickte. Musste Zeit gewinnen. Aber ich konnte nicht ewig nicken. Schließlich sagte ich: »Er war ein Freund einer Freundin und suchte Arbeit. Ich habe ihn für ein wenig Gartenarbeit eingestellt.«

Es entstand eine Pause. Ich schwieg.

»Ein Freund einer Freundin? Wer ist die Freundin?«, fragte sie schließlich.

Mist. Ich wollte Char nicht in die Sache verwickeln, aber ich fand keinen Ausweg, ohne zu lügen. Die Polizei würde ich nicht belügen.

»Er ist ein Freund meiner ...« Ich hielt einen Augenblick inne und fragte mich, wie ich Char benennen sollte. Junge Schützling-Hexe Schrägstrich Ausreißerin – das würde es nicht bringen. »Meiner Mieterin.«

»Ich verstehe«, sagte Rawlins.

»Mick verlegte einen Steinweg in meinem Garten. Seine Arbeit war okay. Es war nur eine Gelegenheitsarbeit für ein paar Tage.«

»Ist Ihnen aufgefallen, dass er in irgendeiner Weise

gewalttätig war? Hat er Sie bedroht oder bestohlen?«

»Nein.« Dann wurde mir bewusst, dass ich nicht das ganze Haus durchsucht hatte. »Ich glaube nicht. Ich meine, keine Gewalt oder Drohungen. Das hat er entschieden nicht getan, aber ich habe nicht das Haus durchsucht, um zu kontrollieren, ob etwas fehlt.« Dann hatte ich das Gefühl, dass ich etwas zu Micks Verteidigung sagen sollte. »Ich weiß, dass er ein Dieb ist, aber ich glaube wirklich nicht, dass er ein Mörder ist.«

Rawlins hob die Augenbrauen und mit einer Stimme, die vor Sarkasmus nur so triefte, fragte sie: »Und wie sieht Ihrer Erfahrung nach ein Mörder aus?«

Auweh. »Es ist nicht so sehr das Aussehen, mehr ein Gefühl.«

»Bleiben wir lieber bei den Fakten.«

Ich musste meine ganze Hexenkraft aufbieten, um nicht die Augen zu verdrehen. Ich wusste, dass die Polizei mit harten Fakten arbeiten musste, wusste aber auch, dass die Welt nicht schwarz-weiß war.

Gefühle, Intuition, der sechste Sinn – damit kam ich den Dingen auf den Grund, arbeitete ich mich durch das Dunkle und Mysteriöse der Welt. Ich vertraute vorbehaltlos meinen Instinkten. Natürlich konnte ich weder Rawlins noch Evans etwas davon erzählen. Letzterer war verdächtig still. Ich sah zu ihm hinüber und fragte mich, ob er mit den komplexen Vorgängen der Welt mehr auf einer Linie war. Könnte ich in Evans einen Verbündeten finden?

»Und können Sie uns mehr darüber erzählen, wie sie herausgefunden haben, wo sich Mr. Fry versteckte?«

Ich erklärte, dass Char und ich uns auf die Suche nach ihm gemacht hatten, in der Hoffnung, ihn zu überreden, sich zu ergeben. »Wir konnten Mick nur finden, weil er so schrecklich heulte. Er hatte schlimme Schmerzen. Wir gingen dem Heulen nach und da habe ich die Polizei verständigt.« Ich konnte nicht erwähnen, dass ein Wolf frei herumlief, also sagte ich: »Ein Hund hat ihn gebissen.«

»Ja«, sagte Rawlins.

Einen Augenblick überkam mich die Panik – klang das jetzt so, als wäre Char in Micks Bande?

»Mr. Fry ist von einem Mordschauplatz geflohen und dann aus dem Gewahrsam der Polizei. Sie sind nicht überzeugt, dass Mr. Fry ein Mörder ist«, sagte Rawlins. So wie sie es darstellte, klang es, als wären Char und ich zwei Idiotinnen, die auf ein hübsches Gesicht und einen heißen Typ hereingefallen waren.

»Mehr Bizeps als Verstand«, zwitscherte Normie dazwischen. »Nicht gerissen genug, um zu töten.«

»Sogar Ihr Papagei hat eine Meinung zum Mörder«, sagte Evans und blinzelte vielleicht eine Spur überrascht.

Ich war erleichtert, als ich den beiden nachsah, wie sie sich entfernten, aber war nicht sehr erfreut über Norman. »Du hast gesagt, du würdest den Schnabel halten.«

»Hey, wo bleibt die Dankbarkeit? Ich bin die Bullen losgeworden, oder? Ich will nicht, dass du in den Knast kommst, Kleine. Du gibst mir gute Leckerli.«

Vielleicht waren es die Bananenchips, vielleicht weil er sich zugutehielt, die Kriminalbeamten losgeworden zu sein, jedenfalls lebte Norman richtig auf.

Ich gestehe, dass ich froh war, sie los zu sein und beschloss, mich für den Rest des Tages bedeckt zu halten und nur an Blumen zu denken. Und an Kleider. Ich konnte Kleider nicht vergessen, denn was um Himmels willen sollte ich für Alex' schickes Abendessen in zwei Tagen anziehen?

Im Ort gab es nur eine annehmbare Boutique, aber ich wollte nicht den Dorftratsch in Gang setzen, indem ich mir dort etwas für ein Abendessen mit Lord Fitzlupin kaufte. Ich hatte auch keine Zeit, nach London zu fahren. Hatte ich etwas Passendes in meinem Schrank? Ich hatte mich so lange nicht mehr in Schale geworfen, dass ich es sehr bezweifelte.

ICH HATTE mir unnötig Sorgen gemacht. Später, am Abend scharten sich Hilary und Jessie Rae und sogar Char um mich und kicherten wie Teenager, als ich ihnen von meiner Einladung auf Fitzlupin Castle erzählte. Keine dachte daran, Abendessen zu kochen.

Stattdessen lieferte jede ihren ungefragten Rat, was ich anziehen und wie ich mein Haar frisieren sollte. Meine Mom bot mir Kaftane und Armreifen an, Hilary ein rotes Cocktailkleid zusammen mit ihrer Perlenkette und passenden Ohrringen und Char fand ein magentarotes figurbetontes Kleid passend, von dem ich mir nicht einmal vorstellen konnte, dass Char es trug, geschweige denn ich. Sogar Norman kam herabgesegelt mit seiner buntesten Schwanzfeder im Schnabel, die zuvor herausgefallen war, und schlug vor, ich solle sie als Brosche tragen. Ich war gerührt, beschloss aber erst einmal, in meinem eigenen Schrank nachzusehen.

»Du bist eine hübsche Frau, wenn du dir ein wenig Mühe gibst, Liebling«, sagte Jessie Rae. »Was soll sie mit all dem prächtigen dunklen Haar machen?«, fragte sie mit erhobener Stimme.

Ich war nicht sicher, ob sie Hilary und Char oder die Geister fragte. Bei meinem Glück waren es Letztere und ich würde für das Essen aussehen wie das Frauenideal der 1890er Jahre.

»Sei mir nicht böse, Peony, aber du bist nicht wirklich kreativ mit deinen Locken. Entweder trägst du die Haare offen oder zu einem Pferdeschwanz gebunden. Ich meine, das ist doch nicht sehr phantasievoll, oder?« Sie schüttelte ihre roten Locken und wandte sich an Char. »Bist du auf diesem Tick-Clock? Vielleicht finden wir ein Haartutorial.«

»Es ist schon okay«, beharrte ich. »Macht hier irgendwer Abendessen?«

Hilary sagte, sie habe gelesen, dass wir uns alle pflanzlich ernähren sollten, um den Planeten zu retten. Also würde sie Blumenkohl rösten und ihn mit Quinoa und Gemüse servieren. »Ich habe ein ausgezeichnetes Rezept aus dem Internet ausgedruckt«, sagte sie und hielt inne, um das eben erwähnte Rezept zu lesen. Hilary befolgte Rezepte auf den Buchstaben genau, während Mom und ich eher nach unseren eigenen Vorstellungen kochten. Die Abendessen waren immer spannend. »Oh du liebe Güte«, sagte Hilary, »das kann ich heute nicht kochen. Wir haben kein Tahini.« Sie las weiter. »Oder Zitronengras.«

Es war zwecklos, Hilary einen Ersatz vorzuschlagen. Damit war die Sache vom Tisch.

»Ich persönlich glaube«, sagte Char, »Du solltest dein Haar offen tragen und es hundertmal mit einer flachen Paddelbürste bürsten. Dann wird es weich und glänzend. Du könntest auch eine meiner Haarmasken nehmen. Sie riechen nach Erdbeeren.«

Ich stöhnte. »Hört mir überhaupt jemand zu? Auf diese Weise werden wir verhungern.«

Ich ging zum Kühlschrank und warf einen langen Blick hinein. Wenn mir niemand helfen wollte, würde ich den Linseneintopf kochen, den keine mochte. Ich holte Tomaten, Karotten und Sellerie heraus. »Könntest du mir eine Zwiebel holen?«, fragte ich meine Mutter.

Aber anstatt mir zu helfen, schlug Jessie Rae vor, ich solle mir Zöpfe wie Prinzessin Leia machen, während Hilary meinte, ich solle einen französischen Chignon versuchen. Mit einem YouTube-Tutorial könnte ich lernen, wie ich meine Haarpracht in eine schicke europäisch aussehende Frisur verwandeln könnte.

Alle ihre Vorschläge waren tatsächlich hilfreich, aber vielleicht nicht so, wie sie es beabsichtigten. Ich schwor mir in diesem Moment, vollkommen natürlich zu bleiben. Ein schlichtes Kleid, einfaches Make-up und bequeme Schuhe. Ich brauchte mich nicht in etwas zu verwandeln, das ich nicht war. Und meiner bescheidenen Meinung nach war Peony Bellefleur eine recht gute Option.

Irgendwo musste ich noch etwas aus der Zeit haben, als Jeremy und ich viel in Gesellschaft waren. Das war vielleicht ein paar Jahre alt, aber kam das kleine Schwarze je aus der Mode?

KAPITEL 15

*A*m Donnerstag kam eine Welle von Bestellungen in den Laden. Es gab eine große 40er-Geburtstagsparty am Wochenende und das warme Wetter lockte noch mehr Urlauber in unser hübsches Dorf. Dazu kam die übliche Bestellung für The Tudor Rose. Das waren gute Nachrichten für Blumenzauber, auch wenn ich Mühe hatte, den Kopf bei der Sache zu behalten.

Ich bekam auch einige Aufträge für das Begräbnis von Dolores, das am kommenden Dienstag stattfinden sollte. Ich muss gestehen, es waren nicht viele Bestellungen. Das Women's Institute sagte, dass sie Blumensträuße aus ihren Gärten bringen würden. Ich konnte das Gefühl nicht loswerden, dass das nur aus Pflichtbewusstsein und nicht aus Freundschaft geschah. Dolores hatte bei zu vielen Leuten angeeckt.

Und es schien, als wären alle auf Elizabeth Sandersons Seite, aber ich hatte einen Verdacht bezüglich Dolores' sogenannte beste Freundin. Sie war so außer sich wegen Dolores'

Tod, dass ich mich fragte, ob sie irgendwie ihre Hand dabei im Spiel hatte. Könnte sie ihre Freundin mit der Wut konfrontiert haben, die sie in Moms Laden gezeigt hatte? War sie so wütend, dass sie töten konnte? Das Ganze drückte auf meine Stimmung.

»Glaubst du, es werden viele Leute zur Beerdigung kommen?«, fragte ich Imogen, während sie eine Rose für das große Blumenarrangement für Alex' Abendessen zuschnitt.

Sie war über den Auftrag so aufgeregt wie ich und hatte meine Fotos der Räumlichkeiten praktisch verschlungen. Ich hatte sie ihr wegen der Perspektive und Größe der Räume gezeigt, wusste aber, dass sie es auch genoss, einen Blick auf die geheime Welt des Barons zu erhaschen.

»Er ist definitiv ein Junggeselle«, sagte sie und starrte auf ein Foto des Salons. »Fährt er mit dem Skateboard über diese Böden? Sieh dir ihren Zustand an.«

Ich stimmte ihr zu, dass sie dringend aufpoliert gehörten. Ich hoffte, dass die Firma, die das Schloss für das Dinner in Szene setzen sollte, bis morgen Abend ein Wunder vollbringen würde.

Imogen zog konzentriert die Augenbrauen zusammen und die Nase kraus. »Eine große Beteiligung an der Beerdigung von Dolores? Ganz bestimmt. Aber nicht, weil die Leute ihr die letzte Ehre erweisen wollen. Eher, um nicht beim Begräbnis als *abwesend* zu gelten. Das Women's Institute tut sein Bestes aus Pflichtgefühl und nicht aus Zuneigung.« Sie zuckte mit den Schultern. »Ich werde hingehen und meine Eltern und alle ihre Freunde auch und keiner von uns konnte die Frau ausstehen.« Sie hielt inne. »Sie ruhe in Frieden.«

»Hmm, genau das habe ich auch gedacht.« Ich verstand Pflichtgefühl und das Richtige zu tun, fand es aber auch unaufrichtig, zu jemandes Beerdigung zu gehen, den man nicht mochte.

Ich fegte die Dornen auf, die Imogen von den Rosen entfernt hatte, und begann, den übrigen Boden des Ladens sauber und ordentlich zu machen. Es war beeindruckend, wie schnell sich lose Blätter, Stängel und Blütenblätter über das Geschäft verstreuten. Es gab keinen Augenblick, in dem ich nicht verschiedene Aufgaben erledigen musste. Dabei kam mir zugute, dass ich von Natur aus auf kleine Details achte und gerne mit den Händen arbeite –, auch wenn es um Saubermachen ging. In diesem Beruf musste man vielseitig sein und sich dabei wohlfühlen.

Imogen war bald mit dem großen Bouquet fertig. Bevor sie mit dem nächsten anfing, stellte sie einen Geburtstagsstrauß zusammen. Die Blumen waren vom Ehemann des Geburtstagskindes bestellt worden. Er hatte weiße Rosen und weiße Kamelien mit Bindegrün unserer Wahl gewählt. Ich fand den Vorschlag ausgezeichnet. Die Kamelie war ein Symbol für Liebe und Zuneigung. Sogar während unseres Telefongesprächs konnte ich die Stärke der Liebe dieses Mannes zu seiner Frau fühlen.

Ich überließ Imogen meinen Laden und zog los, um Bestellungen zuzustellen. Mein Range Rover war vollgepackt. Bevor ich starten konnte, musste ich mich noch lautstark mit Norman streiten, der mich begleiten wollte. Einen temperamentvollen Papagei im Schlepptau war das Letzte, was ich brauchte, also gab ich ihm eine Packung Bananenchips. Norman seufzte glücklich. Der Vogel war wenigstens leicht zu besänftigen.

Nachdem ich die Geburtstagssträuße zugestellt hatte, fuhr ich an der Kirche vorbei zurück. Es war ein schöner Tag und ich fühlte das Bedürfnis, Jeremys Grab zu besuchen. Vielleicht war es das ganze Getue, das die Frauen meines Lebens wegen des Dinners mit Alex machten. Es war eine Ewigkeit her, dass ich mit einem Mann ein Dinner-Date hatte. Ich war nun schon lange allein, von einem Anschein eines Dates ganz zu schweigen. Und so gefiel es mir. Nur ich, mein Hexenzirkel und unsere Vertrauten.

Obschon ich nicht wirklich ein Date akzeptiert hatte, war der Gefallen, den ich Alex erwies, nicht frei von den Fallstricken eines Dates. Ich wollte Jeremy besuchen und es ihn wissen lassen.

Ich parkte neben der Kirche und bemerkte, dass sich eine einzelne weiße Kamelie gelöst hatte. Ich fasste es als ein Zeichen auf. Mir gefiel der Gedanke, ihm eine Blume aus dem Geschäft zu schenken, das wir gemeinsam aufgebaut hatten.

Im Gegensatz zu Char, die ihre Angst vor Friedhöfen gestanden hatte, fühlte ich mich friedlich, während ich durch den Kirchhof ging. Ich war an den Umgang meiner Mutter mit den Verstorbenen gewöhnt und hatte keine Angst vor Geistern. Es beruhigte mich sogar zu fühlen, dass um mich Geister waren. Aber der Friede, den ich empfand, war von der Erinnerung an Elizabeths schrecklichen Schrei bei der Chorprobe gestört. Und vom Gedanken an die vor Scham errötete Dolores, die beschuldigt wurde, Wein auf das Altartuch geschüttet zu haben. Ich bemühte mich, so gut ich konnte, das Gefühl abzuschütteln, aber etwas blieb an mir haften.

Ich fand schnell die Stelle, wo Jeremy begraben lag, und legte die Kamelie auf den blassgrauen Stein. Die Inschrift lautete: *Für immer in unseren Herzen.* Ich zupfte ein wenig

Unkraut aus, das aus dem Gras neben dem Grab bei dem warmen Wetter gewachsen war.

»Du fehlst mir, immer«, flüsterte ich dem Grab zu. »Ich hoffe, dass du das weißt.« Ich erzählte ihm von Alex und dass ich eingewilligt hatte, mit ihm zu Abend zu essen. Da ich schon hier war, berichtete ich ihm auch, wie gut das Geschäft lief, und natürlich musste ich ihm von Mick und der armen Dolores erzählen. Jeremy hatte Dolores nicht gemocht, weil sie sich, als wir das Geschäft eröffnet hatten, sofort beschwerte, dass es in der Nähe ihres Cottages zu viel Verkehr geben würde. Trotzdem wäre er entsetzt gewesen, dass sie ermordet worden war. Während ich sein Grab säuberte, plauderte ich weiter und sagte dann, dass ich im Laden viel zu tun hätte und nun gehen müsse.

Die Vögel stimmten jetzt ihr Lied an und ich legte den Kopf in den Nacken und beschattete die Augen mit der Hand, während ich den Himmel absuchte, um zu sehen, woher das schöne Gezwitscher kam. Ich sah nichts als flimmernde Helligkeit. Sonnenstrahlen streiften meine Lider. Irgendwie war es besser, die Vögel nicht zu sehen. So konnte ich mir vorstellen, dass sie nur für mich sangen. Ihr Gesang schien aus dem Tiefblau aufzusteigen. Ein Zeichen von Jeremy, vielleicht, dass er mich gehört hatte und mir alles Gute wünschte.

Aber der friedliche Augenblick wurde vom Geräusch erhobener Stimmen durchbrochen.

Ich bückte mich, um die erdigen Knie meiner Jeans zu säubern, und beschattete wieder die Augen mit der Hand, um über den Friedhof zu spähen. Es waren der Pfarrer und Elizabeth Sanderson. Aber worüber konnten sich die beiden streiten? Ich lauschte aufmerksam und bemerkte, dass nur

Elizabeth die Stimme erhob. Den Pfarrer hörte ich überhaupt nicht.

Als ich näher kam, wurde mir klar, dass von den beiden nur Elizabeth wütend war. Sie gestikulierte wild, ruderte mit den Armen und zeigte immer wieder auf einen Baum. Im Gegensatz zu ihr stand der Pfarrer ruhig und vollkommen beherrscht da. Ich verspürte eine gewisse Unruhe – ein verstörendes, kribbliges Gefühl. Der Friede und die Ruhe, die ich an Jeremys Grab gefühlt hatte, waren weggewischt.

Ich näherte mich noch ein paar Schritte, um zu begreifen, was Elizabeth so schmerzte. Vor Dolores' Cottage war sie verzweifelt gewesen, als sie sich bewusst wurde, dass ihre Freundin tot war. Auch wenn ich einigermaßen schockiert war, wie sie auf Dolores' Versuch einer Entschuldigungskarte reagiert hatte, so konnte ich doch Leid erkennen, wenn ich es sah. Ob dieses Leid von einem Schuldgefühl ausgelöst und genährt wurde, nun, das konnte ich nicht mit Sicherheit sagen.

Ich blieb in einiger Entfernung stehen, da ich eine so persönliche Auseinandersetzung nicht stören wollte, aber ich blieb nicht sehr lange allein.

Bernard Drake, der Organist (und ehemaliger Kirchendiener, der von Dolores so sehr schikaniert worden war, dass er seine Tätigkeit aufgab), gesellte sich zu mir. Ich hatte von Jessie Rae ein wenig über Auren gelernt und war imstande, die stärkeren zu erkennen. Bernard Drakes Aura war wahrhaftig, ein helles Rosa – eine Seltenheit. Die Farbe bedeutete eine empfindsame Seele. Er strahlte eine angenehme, liebevolle Energie aus. Ich wusste, dass die Farbe auch bedeutete, dass er sehr sensibel und ein Romantiker war und die Fähigkeit besaß, Beziehungen romantisch und schön zu erhalten.

Wenn man nur Bernards Aura in Flaschen abfüllen und verkaufen könnte!

Ich fühlte mich sofort ruhiger mit Bernard an meiner Seite und zum ersten Mal fragte ich mich, ob er eine natürliche Heilkraft besaß. Sein Lächeln war eine Erinnerung daran, gut zueinander und zu allen Lebewesen dieser Erde zu sein. Trotz des warmen Wetters trug er eine schöne braune Tweedhose und ein Golfshirt, was meiner Meinung nach seine zugängliche Natur betonte. Den britischen Dresscode für das Landleben würde ich nie verstehen.

Ich fragte ihn, ob er wusste, was hier vor sich ging und er antwortete, dass die arme Elizabeth an dem Mord zerbrochen sei. »Sie war untröstlich. Wir hatten Angst, sie allein zu lassen, und haben uns abgewechselt, so dass immer jemand bei ihr war. Dass so etwas Schreckliches in unserem Dorf passieren konnte!«

Diesen Satz hatte ich in den letzten zwei Wochen oft gehört. Niemand wollte glauben, dass sich in seinem Dorf eine Katastrophe ereignen konnte, aber es gab kein Entkommen.

»Ich war dabei, als man Dolores fand«, sagte ich. »Elizabeth war vollkommen aufgelöst, hat sie sich seitdem wirklich nicht beruhigt?«

Bernard schüttelte traurig den Kopf. »Nein. Sie nimmt es sehr schwer, dass sie sich so im Streit getrennt haben. Und noch schlimmer ist der Plan des Pfarrers für die Grabstätte. Dolores wollte immer nahe der Kirche begraben werden, unter einem Baum, der jeden Frühling blüht, aber der Pfarrer sagt, dort sei kein Platz. Elizabeth will den größten Wunsch von Dolores respektieren.«

»Oh du liebe Güte. Gibt es keine bessere Wahl?«

»Nein. Er begräbt sie ganz hinten auf dem Friedhof an einer obskuren Stelle, wo es schreckliche Probleme mit einem bestimmten giftigen Unkraut gibt.«

»Greiskraut?«

»Ja, genau.«

»Ich kenne dieses Unkraut gut. Greiskraut sieht recht nett aus mit seinen hellgelben, Blüten, die wie Margeriten aussehen, aber es ist sehr giftig. Ständig muss ich in meinem Garten dagegen ankämpfen. Dafür trage ich eine besondere Montur. Ich weiß, dass es für Pferde und Rinder tödlich ist und wenn der Saft durch die Haut des Menschen aufgenommen wird, kann er Leberschäden verursachen. Kein idealer Ort für ein Grab.«

»Elizabeth glaubt, dass es Besucher abschrecken könnte, aber vielleicht macht sie sich zu viele Sorgen.«

Wir beobachteten den Pfarrer und Elizabeth, bis es klar wurde, dass es dem Pfarrer gelungen war, sie zu beruhigen.

»Wir haben ein Riesenglück, William hier als unseren Pfarrer zu haben«, sagte Bernard melancholisch. »Glauben Sie mir, wir hatten nicht immer ein so zugängliches geistliches Oberhaupt. William ist ein guter Mann. Wissen Sie, man sagt, es gibt drei Verführungen für einen Geistlichen. Mädchen, Gold und Gott.«

»Das habe ich noch nie gehört«, gestand ich.

Bernard fügte hinzu, dass Frauen oder Geld viele gute Männer ruiniert hätten und das gelte auch für Geistliche. »Die schlimmste Verführung ist meiner Meinung nach, dass einige von ihnen sogar glauben, *sie* seien Gott und nicht seine Diener.« Er schauderte. »Macht kann selbst das offenste Herz korrumpieren.«

»Du lieber Himmel«, murmelte ich und fühlte das seltsame Flüstern eines Gefühls, das ich nicht recht zuordnen konnte.

Wir schwiegen einen Augenblick, dann fiel mir Bernards Kommentar während der Chorprobe bezüglich des Abendmahlweins ein, der nach dem Unfall mit dem Altartuch unterbrochen wurde.

»Bernard, könnten Sie mir die Sache mit dem Abendmahlwein in der Kirche etwas genauer erklären? Sie sagten, dass er immer in der Sakristei eingeschlossen sei. Haben Sie je herausgefunden, wie er während der Chorprobe in den Kelch gelangt ist?«

»Ach ja«, sagte er und kratze sich die grauen Bartstoppeln. »Gut, wie Sie wissen wird der Abendmahlwein in der Sakristei verschlossen aufbewahrt und es ist die Aufgabe des Kirchendieners, für das Abendmahl ausreichend Wein heraus zu bringen. Er wird gesegnet, in den Kelch gegossen und noch einmal vom Pfarrer gesegnet, dann wird er hinaus zum Altar gebracht. Das ist ein weit über tausend Jahre altes Ritual. Aber es findet direkt vor dem Gottesdienst statt. Es gibt keinen Grund, warum der Kelch an einem Nachmittag unter der Woche mit Wein gefüllt sein sollte.« Er senkte die Stimme um einen Ton, obwohl wir allein waren. »Ich bin froh, dass ich jetzt der Organist und nicht der Kirchendiener bin. Rebecca ist schrecklich aufgeregt. Formell ist sie verantwortlich und die Leute fangen an, ihr unangenehme Fragen zu stellen.«

»Das kann ich mir denken«, sagte ich.

»Natürlich kann es jedem passieren zu vergessen, den Wein in die Sakristei zurückzubringen, aber das hat so großen Schaden angerichtet und so viele Folgen gehabt, dass sie es sehr schwer nimmt. Besonders nach dem damit zusammenhängenden Tod von Dolores.«

»Es ist einfach schrecklich«, stimmte ich ihm zu. »Man glaubt immer, noch Zeit zu haben sich zu versöhnen. Nie denkt man: *Das könnte für immer meine letzte Chance sein.* Wieder dachte ich an Jeremy. Wir hatten uns an seinem letzten Tag nicht gestritten, Gott sei Dank, aber wir hatten auch nichts besonders Liebevolles gemacht. Es war ein normaler Tag gewesen. Als er reiten ging, hatte ich ihn zum Abschied geküsst und ihn daran erinnert, rechtzeitig nach Hause zu kommen, weil wir zum Abendessen bei Freunden eingeladen waren. Ich glaube, ich habe nicht einmal, *ich liebe dich* gesagt. Das wusste er natürlich, trotzdem wünschte ich mir immer, ich hätte es ihm gesagt.

»Kann ich etwas im Vertrauen sagen?«, fragte Bernard. »Sie sind wahrscheinlich die verschwiegendste Person in unserem Dorf.«

»Natürlich«, sagte ich ein wenig geschmeichelt.

»Ich persönlich glaube, dass der Wein absichtlich verschüttet wurde.«

Das wollte ich von Dolores nicht glauben, es machte aber Sinn. »Elizabeth glaubt das auch«, sagte ich.

»Es steht nicht gut für Dolores, möge ihre Seele in Frieden ruhen«, antwortete Bernard traurig. »Es bringt nichts Gutes, schlecht über Tote zu reden. Ohne Zweifel blickt sie jetzt auf uns herunter und wünscht uns alles Gute.«

Das war ein tröstlicher Gedanke von einem versöhnlichen Menschen. Er verabschiedete sich, um zur Kirche zurückzukehren, wandte sich aber im letzten Augenblick noch einmal um. »Wissen Sie, was das Traurigste von allem ist? Rebecca ist es gelungen, den Rotweinfleck von dem Altartuch fast vollständig zu entfernen. Ein paar Spritzer mit einem speziellen Reinigungsmittel und das Tuch sieht wahrscheinlich wieder aus wie neu. Wenn sie es gewusst hätte, wäre es ein Trost für Dolores gewesen.« Er schüttelte den Kopf. »Jetzt, wo das Tuch so schlimme Erinnerungen weckt, bezweifle ich, dass wir es je verwenden werden.«

KAPITEL 16

Imogen und ich legten einige Überstunden ein, um die Blumen für Alex' großes Abendessen fertigzumachen. Imogen hatte mit den größeren Bouquets beeindruckende Arbeit geleistet, während ich die etwas zwangloseren Sträuße übernommen hatte. Es war ein Traumauftrag. Kosten spielten keine Rolle und das Ergebnis sollte atemberaubend sein. Unsere Kreationen waren prächtig, lebhaft und voller Flair – und würden gewiss Farbe und Leben ins Schloss bringen.

Gemeinsam beluden wir den Truck, schnauften und stöhnten unter der Last der vielen Blumen und der warmen Sonne.

Imogen kehrte in den Laden zurück, während ich vorsichtig zu Fitzlupin Castle fuhr. Ich war gespannt zu sehen, was diese Inszenierungsfirma zuwege gebracht hatte und gleichzeitig nervös, dass sie in dieser kurzen Zeit nicht viel geschafft haben könnten. Ich wünschte sehr, dass es Alex gelang, diesen neuen Kunden zu gewinnen, nachdem wir uns beide so viel Mühe gegeben hatten.

Jetzt, da ich Alex näher kennengelernt hatte, begann seine distanzierte, aber höfliche Art zu verblassen und wich einer warmherzigen und liebenswürdigen – manchmal sogar ein wenig unsicheren Persönlichkeit. Er war auch überraschend unprätentiös und kein arroganter adeliger Weinimporteur, wie ihn die Leute hier einschätzten. Ich fragte mich, warum er nicht mehr Menschen diese seine Seite zeigte.

Auf dem Schloss herrschte ein geschäftiges Kommen und Gehen. Ein Umzugswagen war davor geparkt und zwei muskulöse Männer luden gerade einen großen Spiegel aus, während ein Team von Gärtnern den Rasen vor dem Schloss mähte und säuberte. Bevor ich die Blumen auslud, durchtränkte ich sie mit Kameradschaft und gutem Willen.

Ich hob gerade eines der kleineren Gestecke für das Speisezimmer auf, da fragte ein großgewachsener Mann mit Armmuskeln, die wie gemeißelt aussahen, ob er mir helfen konnte. Ich war mir nicht sicher, zu welcher Truppe er gehörte, war aber sehr erfreut über seine Hilfe. Er hob das Gesteck auf, als hätte es das Gewicht der bunten Feder, die mir Norman gestern Abend als Brosche anbieten wollte. Ich übergab ihm eines der großen Gestecke für die Vorhalle und sagte, den Rest würde ich später holen. Zuerst musste ich mich vergewissern, dass die Räume schon für die Blumen bereit waren.

Im Schloss wimmelte es von Menschen, so ganz anders, als ich es das letzte Mal hier gesehen hatte. Ich brauchte einen Augenblick, um mich daran zu gewöhnen. Es war unglaublich, wie sehr sich das Schloss bereits verändert hatte.

Die Böden glänzten unter den Teppichen, die aussahen, als hätten sie schon immer hier gelegen. Die heruntergekommenen Möbel waren verschwunden und an ihrer Stelle standen bequeme moderne Sofas, dazwischen Antiquitäten, die eindeutig aus dem Schloss stammten. Die Fenster glänzten frisch geputzt und überall roch es nach Bienenwachs und Zitrone. Ich durchstreifte die Räume auf der Suche nach Alex, fand aber nirgends ein Lebenszeichen von ihm. Also machte ich mich an die Arbeit.

Im Esszimmer gab eine schicke Dame zwei jüngeren Frauen Anweisungen, die prachtvolle Brokatvorhänge aufhängten. »Links etwas mehr drapieren«, befahl sie den beiden auf den Tritthockern.

Auf dem gebohnerten Boden lag ein Perserteppich, wie ich ihn mir zu Hause gewünscht hätte. Die Anrichten glänzten und auf dem Esstisch lag eine Leinentischdecke, auf der frisch poliertes Silber und Glasgefäße sowie eine Reihe von Kristallgläsern standen. Gewiss würden wir heute Abend zahlreiche interessante Jahrgänge aus Alex' Weinkeller genießen.

Ich ging zum Beistelltisch, wo die riesige Kristallvase sowie die fünf kleineren Vasen darauf warteten, von mir gefüllt zu werden. Ich steckte den ersten der etwas ungezwungenen Sträuße in die bereitstehende Vase und zupfte an den Blumen herum, bis ich zufrieden war. Während ich umherging, begegnete ich dem Blick der Dame, die das Aufhängen der Vorhänge leitete. Sie warf einen kritischen Blick auf die Blumen und nickte dann zustimmend. Eine Welle der Erleichterung überkam mich und plötzlich wurde mir bewusst, dass ich besorgt war, ob meine Arbeit für Alex gut genug war.

Ich lächelte der Frau zu. »Ich kann nicht glauben, welche Verwandlung Sie in so kurzer Zeit bewerkstelligt haben.«

»Es war sehr kurzfristig, aber wir haben schon Schlimmeres erlebt«, antwortete die Frau, und trat an den Beistelltisch. Sie senkte den Kopf und schnupperte an meinem Strauß.

»Ruby Calcot«, sagte sie und streckte mir eine schlanke Hand entgegen. Das Handgelenk war von einem breiten Goldarmband umschlossen.

»Peony Bellefleur von Blumenzauber«, sagte ich und schüttelte ihr die Hand.

Ruby schien in den Vierzigern zu sein und hatte das geschliffene Auftreten einer Person, die aus einer reichen Familie stammte. Sie trug eine elegante Leinenhose und eine lose Leinenjacke. Ihr Make-up und der Schmuck waren perfekt. Es war klar, dass sie der führende Kopf der Operation war und das Heben und Schwitzen den Handlangern überließ.

Die beiden Frauen stiegen von den Tritthockern und wir traten alle zurück, um den perfekten Faltenwurf der Vorhänge zu bewundern.

»Schön«, sagte Ruby. »Jetzt holt eine von euch die Sofakissen für den Salon und wie weit sind wir mit den Lampen?«

Die beiden Frauen hoben ihre Tritthocker auf und machten sich auf den Weg. Mit Hilfe des Mannes mit den Muskelarmen trug ich die restlichen Blumen herein und – das muss ich sagen – die Verwandlung war beeindruckend. Nach dem Putzen, mit der neuen Einrichtung und den Blumen wirkten die Innenräume des Schlosses jetzt einladend, hell und gepflegt.

Ich zupfte gerade an einem großen Gesteck im Salon herum und Ruby stellte einige der Fitzlupin Familienschätze auf die frisch polierten Tische, als Alex hereinkam.

Rubys Gesicht verwandelte sich augenblicklich von geschäftsmäßig zu hingerissen. Ich konnte sehen, warum. Alex sah umwerfend aus in seinen dunklen Jeans und einer weiß und marineblau gestreiften Küchenschürze, die zahlreiche Flecken aufwies. Offensichtlich war er gerade dabei, in der Küche ein Riesenmenü zuzubereiten, wirkte aber entspannter, als ich es aufgrund seiner zurückgezogenen Art erwartet hätte. Er fühlte sich offenbar in einem geschäftigen Haushalt wohler, als ich ihm zugetraut hätte.

»Ah, Peony«, sagte er lächelnd, »die Blumen sehen unglaublich aus. Was für eine Verwandlung. Ich konnte den Jasmin bis in die Küche riechen.«

Ruby räusperte sich.

»Und die Einrichtung ist natürlich exquisit. Fabelhaft, Sie beide.«

Rubys warf ihm ein umwerfendes weißblitzendes Lächeln zu und schob sich eine Haarsträhne hinters Ohr.

»Ich laufe schnell in den Garten und hole mehr Kerbelkraut«, sagte er. »Lassen Sie mich wissen, wenn Sie etwas brauchen.«

Wir sahen beide Alex nach und ich muss gestehen, dass es eine ziemliche Augenweide war, Alex beim Weggehen zu beobachten.

Ruby drehte sich zu mir um und fächelte sich Luft zu. »Ich hätte nichts dagegen, die Lady dieses Lords zu sein. Das sage ich ganz offen.«

Ich schmunzelte und fragte mich, ob sie bemerkt hatte, dass auch mein Blick ihm gefolgt war.

»Wissen Sie, wie ein so begehrten Typ wie Lord Fitzlupin es geschafft hat, so lange single zu bleiben? Ist er einer dieser eingefleischten Junggesellen?«

Ich schüttelte den Kopf. »Ich weiß nichts über sein Privatleben. Er ist sehr reserviert.«

Sie sah auf die Uhr. Sie hatte ein großes rundes Zifferblatt, was gewiss wichtig war, wenn es auf Pünktlichkeit ankam. Sie nickte. »Gut. Wir sind im Plan. Ich muss mich nur noch vergewissern, dass die richtigen Handtücher und so weiter in den Bädern sind und dann sind wir, denke ich, hier fertig.«

Ruby wandte sich mir zu. Aus der Tasche ihrer Leinenjacke zog sie eine Visitenkarte. »Falls Sie jemals unsere Dienste benötigen sollten«, sagte sie mit einem charmanten Lächeln. »Oder vielleicht könnten wir in Zukunft zusammenarbeiten?« Ihr Blick fiel wieder auf meinen Strauß. »Ihr Stil gefällt mir.«

Ich strahlte über dieses Lob – es war schön, positiven Feedback von einer Frau zu bekommen, die ihr Geschäft beherrschte. Ich reichte ihr eine Karte von Blumenzauber (eine hellrosa Karte mit einer Gartenwicke als Logo) und legte letzte Hand an meine übrigen Blumen. Das Schloss sah besser aus, als ich es mir vor drei Tagen hätte träumen lassen. Das gab mir Sicherheit.

Alles Übrige war Alex' Sache.

ALLE BLUMEN und Pflanzen waren perfekt arrangiert, als ich mit einem Gefühl tiefer Zufriedenheit die Haustür hinter mir schloss. Alex war draußen und half gerade einem riesigen Lieferwagen beim Einparken. Er winkte mich zu sich.

»Ich wollte Ihnen nochmals danken, dass Sie mir heute Abend Gesellschaft leisten. George wird sie um halb sieben heute Abend abholen, damit Sie schon vor unseren Gästen, die um sieben Uhr kommen, hier sind. Ist das in Ordnung? Sind Sie da vielleicht noch bei der Arbeit?« Er sah plötzlich besorgt aus.

»Das ist völlig in Ordnung«, sagte ich und lachte ein wenig. »Imogen kann heute für mich Schluss machen. Ich brauche aber keinen Chauffeur. Ich kann selbst fahren.«

Alex lächelte. »Das Mindeste, was ich tun kann, ist heute Abend einige sündhaft teure Weine zu öffnen, ohne dass Sie sich sorgen müssen, wie Sie nach Hause kommen.«

»Nun, in diesem Fall klingt das gut.« Ich sah Alex an und bemerkte überrascht seinen verlegenen Blick.

»Stimmt etwas nicht?«, fragte ich.

»Ich habe Louis Gagneux gesagt, dass Sie meine Partnerin sind.«

Etwas flackerte zwischen uns und dann trat er zurück und brach den Bann.

»Gut. Ich halte Sie nicht länger auf. Bis später.«

Und was sollte das bedeuten?

KAPITEL 17

*I*ch kehrte zurück zu meinem Blumenladen und fragte Imogen, ob es ihr etwas ausmachen würde, wenn ich früher nach Hause ging, um mich für den Abend fertigzumachen. Ich hatte versäumt, ihr zu sagen, dass ich die Rolle von Alex' Partnerin spielen würde und mich irgendwie in eine Lady mit einem großen L verwandeln musste, aber Imogen war höchsterfreut, einspringen zu können. »Ehrlich gesagt würde ich Überstunden machen, um ein Schnipsel Klatsch aus dem Schloss zu hören.«

Die nächsten zwei Stunden arbeiteten wir beide konzentriert und dann überließ ich es Imogen, das Geschäft abzuschließen. Normie flog zu Robertos Café, um auf Chars Feierabend zu warten, und versprach mir, dass er draußen still auf einem Baum sitzen würde, bis sie fertig war. Ich glaubte zwar nicht, dass er sein Versprechen halten würde, hatte aber keine andere Wahl. Auf keinen Fall wollte ich mir seine ständigen süffisanten Kommentare anhören, während ich mich für das Abendessen fertigmachte. Ich sandte ihn mit einer weiteren Portion Bananenchips los und hoffte, dass ihn das bis zu Chars Feierabend ruhig halten würde.

Ich fuhr mit einem ungewohnten aufregenden Blubbern in meinem Magen nach Hause. Es war lange her, dass ich ein Kleid getragen und mein Haar gestylt hatte. Eine lange Zeit, dass ich eine Gourmet-Mahlzeit gegessen oder erlesene Weine getrunken hatte. Es war lange her, dass ich mein Herz flattern gefühlt hatte. Glaubt mir, es war ganz und gar nicht unangenehm.

Zuhause fand ich Owen vor, der hämmernd und vor sich hin murmelnd den Steinweg mit dem Ungestüm eines Dämons bearbeitete.

Ich rief Hallo und Owen blickte überrascht auf. »Peony, ich hatte gehofft, den Weg fertig zu bekommen, bevor du von der Arbeit nach Hause kommst. Machst du freitags früher Schluss?« Er wischte sich an seiner grünen Gärtnerhose den Schmutz von den Händen.

»Gewöhnlich nicht«, lachte ich, »aber heute schon.« Ich beschloss, den Grund nicht zu erwähnen. Ich war gerührt, dass Owen den Weg fertigstellen wollte und sagte ihm, dass er sich nicht hätte zu sorgen brauchen. »Ich hätte den Rest selbst geschafft.«

»Es war eine gute Ablenkung«, gestand er. »Ich bin noch immer wütend über mich, dass ich Mick aus den Augen gelassen habe. Ich bin auch wütend auf Mick. Ich vermute, ich bin einfach wütend. Also lasse ich es an den Steinen aus und später gehe ich ins Fitness und werde Gewichte heben.«

Ich sagte ihm, er solle eine Pause machen und für eine Tasse Tee hereinkommen. Ich musste Owen wissen lassen, dass die ganze Sache nichts mit ihm zu tun hatte.

Ich ging in die Küche und schaltete den Wasserkocher

ein. Als der Tee fertig war, rief ich ihn. Owen wusch sich in der Küchenspüle die Hände und setzte sich dann an den Tisch.

Neben das Teegeschirr stellte ich einen Teller mit Shortbread und bat ihn, sich zu bedienen. »Ich glaube Mick tat, was er tun wollte«, sagte ich und wischte ein loses Blatt von meinen Jeans. »Er ist von dieser Sorte.«

»Das konnte ich sehen«, sagte Owen, »weil ich ihm einmal sehr ähnlich war.« Er hielt inne und nahm sich eine Tasse Breakfast Tea, in die er langsam, in Gedanken verloren Milch goss. »Deshalb fällt es mir auch schwer zu glauben, dass Mick imstande war, eine alte Dame zu töten.«

Ich nickte. »Also vermutest du auch, dass er unschuldig ist.«

»Unschuldig am Mord. Ja. Ich war im Knast«, sagte er. »Mit der Zeit kriegst du mit, welche Leute weshalb und wofür einsitzen. Mick ist ein Idiot, aber er ist kein Killer.«

»Das sehe ich genauso. Auch Char, wie du weißt«, sagte ich. »Aber wenn das stimmt, wer hat dann Dolores ermordet?«

Owen starrte in seine Teetasse, als könnte er dort die Antwort finden, was – wie Jessie Rae sagte, die sich auf das Deuten von Teeblättern gut verstand – sehr wohl sein konnte. Owens Miene verfinsterte sich, offenbar quälte ihn etwas.

»Hast du eine Vermutung, wer es sein könnte?«, fragte ich ruhig.

Owen schien aufgebracht. »Es war Gillian«, sagte er schließlich. »Sie hat sich in deinem Laden heftig beschwert, wie grob Dolores ihr gegenüber war.«

»Im Blumenzauber?«, sagte ich verwirrt. Und dann

entsann ich mich des sonderbaren Wortwechsels, den sie zu Wochenanfang hatten.

Gillian war dem Women's Institute beigetreten und Dolores hatte sie nicht einmal begrüßt, bevor sie ihr vorwarf, die Blumen für die Kirche gekauft zu haben, anstatt den Strauß in ihrem Garten zu pflücken. Gillian war ganz steif geworden und sobald Dolores außer Hörweite war, hatte sie sich beklagt, was für ein Tratschmaul und wie abweisend die Frau sei. Mir fiel wieder ein, wie sehr Gillian jetzt, da ihr Mann gestorben war, zur Dorfgemeinschaft von Willow Waters gehören wollte. So sehr, dass sie töten würde?

Auch Norman konnte sich an hitzige Worte zwischen den beiden Frauen erinnern. War es möglich?

»Aber warum sollte sie alles riskieren, nur um von den Bewohnern einer kleinen Stadt akzeptiert zu werden?« Es war interessant, dass es keinem von uns schwerfiel zu glauben, dass Gillian imstande war zu töten. Im Gegensatz zu Mick schien sie eine kontrollierte und berechnende Person zu sein, die jeden, der sich ihr in den Weg stellte, mit allen notwendigen Mitteln beiseiteschaffen würde.

Owen nahm ein paar Schlucke von seinem Tee und ich dachte, dass er einen Moment brauchte, um seine Gedanken zu sammeln. »Es geht nicht nur darum, hier akzeptiert zu werden. Wenn sie glaubte, Willow Waters verlassen zu müssen, würde das auch bedeuten, Lemmington House zu verlassen. Diese Frau liebt ihr Zuhause. Her home is her castle. Sie ist eine entschlossene Frau und ich glaube, sie will um jeden Preis, dass die Bewohner von Willow Waters sie akzeptieren.« Da er auf dem Gelände von Lemmington House lebte und arbeitete, nahm ich an, dass er sie recht gut kennen musste.

Nachdem wir unseren Tee ausgetrunken hatten, ging Owen wieder nach draußen, um den Weg fertig zu verlegen, und ich ging nach oben, um zu duschen. Ich musste den Schmutz des Tages wegwaschen und herausfinden, wie ich es anstellte, glamourös zu werden. Es war zu lange her, dass ich mich schick gemacht hatte, und ich war überrascht, wie sehr ich mich darauf freute.

Obwohl Char, Hilary und meine Mom mir alles Mögliche vorgeschlagen und mir jede Menge Kleider zum Ausleihen angeboten hatten, beschloss ich schließlich, bei meinem Plan zu bleiben, ich selbst zu sein – nun ja, von meiner besten Seite.

Hinten im Schrank, noch in der Plastikhülle einer Reinigung, hing ein Vintagekleid von Yves Saint Laurent, das ich vor vielen Monden in einem Secondhand-Laden in Kalifornien gekauft hatte, als Jeremy und ich dort Urlaub machten. Es war ein teurer Kauf für den Hochzeitsempfang eines Kollegen von Jeremy und war (sträflicherweise) seither nie mehr getragen worden. Wir hatten so viel damit zu tun gehabt, das Geschäft aufzubauen, dass mir der Gedanke an schicke Feten gar nicht gekommen war.

Ich öffnete den Reißverschluss der Schutzhülle und hoffte, dass mir das Kleid noch passte. Es war samtschwarz, hochgeschlossen, aber ärmellos mit einem Rüschenband um die Taille. Der Saum reichte bis knapp über die Knie und die Seide raschelte, wenn ich ging. Ich betrachtete ein paar Minuten das Kleid und fragte mich, ob es nicht zu viel des Guten war. Nach all dem Aufwand und der Mühe, die Alex auf sich genommen hatte, um das Schloss einladend zu gestalten, war es meine Pflicht, fand ich, es *anzuziehen*. Auch weil ich in die Rolle seiner Partnerin schlüpfen würde. Und

Madame Gagneux würde sicher schick aussehen – schließlich war sie Französin. Ich zuckte mit den Schultern. Wenn
nicht heute, wann dann?

Blue schien mir zuzustimmen. Wie aus dem Nichts kam
sie die Treppen herauf und in mein Schlafzimmer, wo sie es
sich mit einem zufriedenen Schnurren auf dem Bett bequem
machte.

»Damit ist das entschieden«, sagte ich zu Blue und beugte
mich über sie, um ihr orangefarbenes Fell zu streicheln und
ihre Wangen zu kitzeln, was sie am liebsten mochte.

Ich hängte das Kleid seitlich an die Schranktür und
stellte mich unter eine dampfend heiße Dusche.

Das Wasser spülte den Tag fort. Ich gönnte mir eine
Aromatherapie mit Geranium und Orangen und massierte
mich mit einem passenden Öl, um meine Haut geschmeidig
zu machen – das restliche Öl rieb ich in die Haarspitzen.

Ich überlegte, ob ich Hilary für einen eleganten Chignon
um Hilfe bitten sollte, aber als ich meine langen, nassen
Haare im Spiegel betrachtete, blieb ich bei meinem
Entschluss, so natürlich wie möglich auszusehen.

Ich setzte mich an den Toilettentisch und unterteilte
mein Haar in viele Strähnen, die ich einzeln um eine Rund-
bürste wickelte und sorgfältig trocken föhnte, bis sie leicht
gewellt waren. Ich hatte vergessen, welch einfaches
Vergnügen es war, sich für einen Abend fertigzumachen.

Ich nahm mir sogar die Zeit, nicht nur wie sonst etwas
Wimperntusche und Lippenstift, sondern auch Make-up
aufzutragen. Als ich fertig war, betrachtete ich mein Spiegel-
bild. »Nicht schlecht«, sagte ich zum Spiegel.

Blue miaute von ihrem Platz am Fußende des Bettes. Es
war wohl eine Zustimmung.

Ich zog den Reißverschluss meines Seidenkleids gerade hoch, als es klopfte. Ich hörte leises Kichern. »Kommt rein«, sagte ich stöhnend.

Char, Hilary und Jessie Rae drängten sich in mein Schlafzimmer wie ein sechsbeiniger kichernder Teenager. Aber ihr Lachen verstummte, als ihre Blicke auf mich fielen.

»Was ist los?«, fragte ich plötzlich nervös. »Zu viel des Guten?«

»Oh nein, Kleines, es ist nicht zu viel«, sagte meine Mom. »Du siehst wunderschön aus.«

»Sie hat recht«, sagte Hilary. »Ich glaube, ich habe dich noch nie so schick angezogen gesehen. Es steht dir.«

Sogar Char, die gewöhnlich auf alles eine sarkastisch Antwort gab, pfiff bewundernd und sagte: »Echt heiß.«

Ich errötete.

Norman kam angeflogen. »Ich wusste gar nicht, dass du das drauf hattest, Puppe«, sagte er.

»Ich bin nicht sicher, wie lange ich auf diesen hohen Absätzen stehen kann«, jammerte ich und sah finster hinunter auf meine Louboutin-Vintageschuhe, die meine Mom entdeckt und mir zum Geburtstag geschenkt hatte. Sie freute sich sichtlich, dass ich sie trug.

»Aber was ist mit meiner Feder?«, rief Normie. »Sie ist etwas Besonderes.«

Chars Kopf war in meinem Schrank verschwunden, und als er wieder auftauchte, schwenkte sie triumphierend meinen weinroten Pashmina. »Du wirst ihn später brauchen«, sagte sie mit einer mütterlichen Stimme, die ich von ihr noch nie gehört hatte. »Du kannst ihn mit meiner Brosche befestigen.« Sie zog eine schmale Silberbrosche aus der Gesäßtasche ihrer Jeans. »Sie ist eine von den wenigen

Sachen, die ich von zu Hause mitgenommen habe«, sagte sie leise. Dann wickelte sie mir den Pashmina um die Schultern und befestigte ihn mit der Brosche.

Hilary nahm meine schwarze Clutch vom Toilettentisch, steckte meinen Lippenstift, die Schlüssel und das Telefon hinein, dann nahm sie Normans Feder von Char und zog sie durch den Ring am Griff. Es sah perfekt aus und Normans übrige Federn schienen sich vor Stolz aufzuplustern.

»Ich denke, so bist du fertig, Kleines«, sagte Jessie Rae. »Meine schöne Tochter«, fügte sie hinzu und küsste mich auf die Wange.

Die Türglocke klingelte und Normie flog zum Fenster. »Dein Chauffeur wartet«, sagte er galant mit einem makellosen vornehmen englischen Akzent.

KAPITEL 18

George öffnete die Tür von Alex' dunkelgrünem Jaguar. Er trug einen sehr eleganten dunkelgrauen Anzug. Ich war ehrlich gesagt erleichtert, dass George so elegant gekleidet war, weil ich zu befürchten begann, mit meinem Cocktailkleid und den Heels übertrieben zu haben. Vielleicht habt ihr euch das auch gedacht, aber jetzt war ich doppelt sicher, als George ganz leicht den Kopf neigte und sagte: »Guten Abend, Miss. Sie sehen so schön aus wie von einem Gemälde.«

»Ich hoffe, nicht wie eines dieser mittelalterlichen Gemälde von Wäscherinnen«, antwortete ich lachend.

»Natürlich nicht«, sagte George entsetzt.

Mir wurde schnell klar, dass der heutige Abend einer jener Anlässe sein würde, an denen ich meinen schrägen Humor im Zaum halten musste.

»Es war nur ein Scherz, George«, sagte ich und machte es mir auf dem Leder des Rücksitzes bequem, auf den er bestanden hatte. »Und Sie sehen auch sehr elegant aus.«

Als er den Motor startete und in den Rückspiegel blickte,

blitzte ein Funkeln in seinen Augen auf. »Wie in alten Zeiten, Miss«, sagte er und es war klar, dass er die alten Zeiten vermisste. »Wenn Sie das Haus sehen, werden Sie angenehm überrascht sein.«

Ich lächelte und sah aus dem Fenster, Erregung und Nervosität erfassten mich gleichermaßen.

Bald erreichten wir die lange Auffahrt und ich bewunderte, wie einladend das Schloss jetzt aussah. Es erstrahlte in warmem Licht, das durch die Fenster und am Eingang leuchtete.

Als George die Eingangstür für mich öffnete, bekam ich einen ersten Eindruck des Ganzen, wie es jetzt nach den Arbeiten aussah. Die Eingangshalle war unglaublich. Der Kronleuchter an der Decke glänzte frisch geputzt. Ein enormer Perserteppich bedeckte die abgewetzten Böden. Tischlampen, Stehlampen und natürlich meine Sträuße rundeten alles ab. Ich atmete den herrlichen Duft all dieser weißen Blüten ein und freute mich über den glanzvollen ersten Eindruck, den sie vermittelten.

George nahm meinen Pashmina und hängte ihn in die Garderobe. »Alex ist in der Küche. Er ist praktisch den ganzen Tag nicht vom Herd gewichen«, flüsterte er.

»Ein Perfektionist?«, fragte ich.

»Oh, Miss Bellefleur, Sie können sich gar nicht vorstellen wie sehr.«

»Bitte nennen Sie mich Peony. Ich hoffe, dass Alex nicht vorhat, den ganzen Abend in der Küche zu verbringen.« Ich wollte den Winzer und seine Frau nicht ganz allein unterhalten müssen. Mein Wissen über Weine passte in ein Sherryglas. Mit noch viel Platz.

George erklärte, dass seine Großnichte June heute Abend

bei Tisch servieren würde und seine Frau würde die Oberaufsicht führen. »Alex wurde angewiesen, sich von der Küche fernzuhalten.«

»Gut.«

Die Küche war erfüllt von Wärme, Jazz erklang aus Lautsprechern. Eine junge Frau polierte das Silber und eine andere, die ich für Georges Frau hielt, stand neben Alex am Tresen. Sie drehten sich zu mir um, als George meine Ankunft ankündigte.

»Peony ist eingetroffen«, sagte er feierlich, als wäre ich nicht erst vor wenigen Tagen genau in dieser Küche gewesen.

Alex' Gesicht wurde weich, als er sagte: »Wow, Peony, Sie sehen fantastisch aus.«

Ich fühlte mich unwillkürlich geschmeichelt. »Und auch Sie sehen gar nicht übel aus«, antwortete ich, »abgesehen von der Schürze natürlich.«

Alex trug einen dunkelgrauen Anzug, der eindeutig von einem Modedesigner stammte. Ohne Zweifel würde die Schürze bald gegen ein Sakko ausgetauscht werden. Er sah offen gestanden umwerfend aus – der edle Anzug, die Schürze und, na ja, er.

Alex erklärte, dass er letzte Hand an den Appetizer legte. »Es gibt lila Brokkoli in Rakiteig mit einer Sivri Biber Sauce«, sagte er stolz.

Es roch köstlich in der Küche, sie wirkte aber zugleich aufgeräumt. Ich hatte den Eindruck, dass der Abend bestens beginnen würde.

»Peony, das ist Annabel, sie ist so freundlich und lässt mich in der Küche spielen.«

»Ach was! Er ist so gut wie die bestens Chefs, die man in London finden kann«, versicherte sie mir. Annabel war eine solide aussehende Frau in den späten Fünfzigern mit krausem weißem Haar und rosigen Wangen. Sie trug eine praktische Schürze und schien sehr wohl imstande, Alex in der Küche zu vertreten.

Ich bemerkte erst, dass George den Raum verlassen hatte, als er mit Alex' Jacke zurückkehrte.

»Bitte, Sir«, sagte er sanft und bedeutete Alex, die Schürze abzulegen. Sein weißes Hemd war noch nicht ganz zugeknöpft, eine kleine schwarze Locke seines Brusthaares lugte hervor.

Annabel drehte sich zu mir und hob das Kinn, um mir zu signalisieren, dass es meine Aufgabe war, den Küchenchef aus der Küche zu führen und ihn in den Gastgeber des Abends zu verwandeln.

»Können Sie mir das Haus zeigen, bevor die Gäste eintreffen?«, bat ich Alex. »Ich würde gerne sehen, was Ruby noch gemacht hat, nachdem ich gegangen bin.«

Alex' Blick wanderte von Annabel zu mir und dann zu George. Er sah, dass wir in der Überzahl waren. »Okay, okay, ich gehe ja schon. Behalten Sie diese Soße im Auge, Annabel. Sie ist ...«

»Alles unter Kontrolle«, antwortete Annabel gutmütig.

Alex und ich verließen die Küche. Vielleicht glaubt ihr mir nicht, aber ich hätte schwören können, dass er mir Seitenblicke zuwarf. Vielleicht sollte ich das YSL-Kleid öfter ausführen.

Er führte mich in den Salon – alles war wirklich perfekt. Es war immer noch der Salon eines Schlosses, aber zugleich ein gemütliches Zuhause.

»Ruby und ihr Team sind fantastisch«, sagte ich.

»Absolut. Sie verlangt aber viel von ihrem Personal. Ich

hätte Angst, wenn sie mein Boss wäre.«

Ich lachte. »Ich bin sicher, dass Ruby mit Ihnen weniger hart umspringen würde als mit den anderen.«

Alex' bekam vor Verblüffung große Augen und ich fragte mich, ob ich zu viel gesagt hatte.

»Ich bin sicher, dass Monsieur und Madame Gagneux Willow Waters lieben werden«, sagte ich, um das Thema zu wechseln. »Zum Glück mussten Sie sie nicht auch unterbringen.« Ich konnte mir nicht vorstellen, dass Ruby und ihr Team in der kurzen Zeit auch die Schlafzimmer in Schuss hätten bringen können.

»Nein. Sie steigen in The Tudor Rose ab. Ich bin sicher, dass es dort komfortabler für sie ist.«

»Ich hoffe, sie bekommen den Mord nicht zu Gehör«, sagte ich. Wenn sie in Robertos Café gingen, würden sie nichts anderes hören.

»Ich hatte so viel zu tun, dass ich den Mord beinahe vergessen hätte. Gibt es neue Entwicklungen?«

»Nicht, dass ich wüsste.« Ich zögerte und sagte dann: »Ich habe heute Nachmittag Owen getroffen. Weder er noch Char glauben, dass Mick Dolores getötet hat.«

Alex hob die Augenbrauen. »Das hat ihn allerdings nicht davon abgehalten zu fliehen, oder?«

»Er sagte uns, dass er sich in Willow Waters versteckt hat, weil man ihn wegen Diebstahl und Betrug suchte. Er gesteht, ein Dieb zu sein, aber leugnet vehement, Dolores ermordet zu haben.«

Alex schien nicht überzeugt. »Das sagt er.«

»Es macht aber verständlich, warum er geflohen ist. Er ist in schlechte Gesellschaft geraten. Er war schon einmal im Gefängnis. Wenn er wegen Mordes verurteilt wird, würde er wieder im Gefängnis landen und lange Zeit nicht, wenn überhaupt, herauskommen.

»Das ist hart. Ich bin aber nicht sicher, dass Mick unschuldig ist.«

»Char sagt, dass Mick versucht hatte, sich von dieser Bande zu lösen, aber niemand habe ihm Arbeit gegeben, also wurde er wieder kriminell. Er schwört, dass er sich bessern will.«

Alex' Gesichtsausdruck wurde nachdenklich. »Das klingt ein wenig wie Owens Geschichte, wenn Alistair ihm nicht gutherzigerweise einen Job angeboten hätte.«

Ich nickte. »Das sagt auch Owen. Ach, er ist wütend auf Mick, er hat versucht, ihm zu helfen und dann passiert das! Er glaubt aber nicht, dass Mick ein Mörder ist.« Ich hielt inne und blickte Alex direkt in die Augen. »Er wäre vielleicht davongekommen, wenn er nicht von einem Wolf angegriffen worden wäre.«

Er lächelte. »Ich glaube, ich habe Ihnen schon gesagt, dass wir in England seit Jahrhunderten keine Wölfe mehr haben. Es muss ein Hund gewesen sein. Ein großer.« Alex blieb vor einem Bücherregal stehen. »Schauen Sie, Rubys Team hat sogar die Bücher abgestaubt. Daran hätte ich nie gedacht. Sie hat auch die besten Kunstbücher hervorgeholt und auf den Kaffeetisch gelegt.«

Alex wich mir eindeutig aus.

Es war nicht leicht, bei seinem guten Aussehen frustriert zu sein, aber ich war entschlossen, mich nicht von meinem Weg abbringen zu lassen. »Es ist doch ziemlich merkwürdig, dass ein Hund ohne jeden Grund einen Menschen angreift und dann davonläuft.«

»Ohne Zweifel hielt er den rennenden Mann für eine Gefahr.«

»Sie scheinen zu verstehen, wie Hunde denken.« Unser Gespräch war wie ein Pingpong hin und her gegangen, aber jetzt gab es einen peinlichen Moment.

Alex öffnete den Mund, um etwas zu sagen, aber draußen klingelte es.

Wir hörten, wie George die Eingangstür öffnete und Alex sagte: »Das ist unser Einsatz. Sind Sie bereit? Du liebe Güte, ich hätte beinahe vergessen, Ihnen zu sagen, wie wir uns kennengelernt haben. Wir begegneten uns im Café Roberto vor einem Jahr, unsere Blicke verhakten sich über einem Latte macchiato ineinander und seither sind wir zusammen.«

»Der Latte macchiato muss echt gut gewesen sein«, sagte ich.

Alex nahm meinen Arm und führte mich aus der Bibliothek in die Eingangshalle, wo George Madame und Monsieur Gagneux begrüßte. Es überraschte mich nicht, ein sehr elegantes Paar vor mir zu haben.

Von seinem runden Bauch zu schließen, musste Monsieur Gagneux das Essen und seinen Wein sehr genießen. Sein Haar war weiß, die Augen ein spitzbübisches Blau und seine Kleidung von modischer Eleganz. Madame Gagneux bot einen umwerfenden Anblick und ich war froh, alle Register gezogen zu haben. Sie war groß, die Haltung perfekt und trug ein smaragdgrünes perlenbesetztes Kleid. Im Gegensatz zu ihrem Mann war sie sehr schlank und hatte diese natürliche Eleganz, die man so oft bei Französinnen findet.

Nachdem Alex beide Gäste mit einem herzlichen Händedruck und zwei Küsschen für Madame Gagneux begrüßt hatte, machte er die formelle Vorstellung.

»Louis und Violetta, darf ich Ihnen Peony Bellefleur vorstellen?«

Louis küsste mich mit einer großartigen Geste auf beide Wangen und sagte, wie glücklich er sei, mich kennenzulernen.

Violetta tat es ihm nach. Sie duftete wie Freesien. »*Enchantée*«, sagte sie.

Ich hatte befürchtet, dass sie schwierige Gäste sein würden, da Louis seine Anforderungen so genau aufgelistet hatte, bevor er mit jemandem in Geschäftsbeziehungen trat, aber sowohl Louis als auch Violetta strahlten eine solche Wärme aus, dass ich mich sofort wohl und entspannt fühlte. Sie machten Alex viele Komplimente wegen seines prächtigen Zuhauses und ich fühle auch eine Veränderung in Alex' Verhalten, als er sich entspannte, im Wissen, dass sich die viele Arbeit gelohnt hatte.

Louis zog eine Flasche Champagner hervor wie ein Zauberer ein Kaninchen aus dem Hut. Als Alex danach griff, machte er »dz, dz« und zog die Flasche zurück. »Aber nein. Ich habe Ihnen hier etwas Besonderes aus meinem Keller mitgebracht. Da ich aber meiner Frau so viel von ihrem berühmten Riecher erzählt habe, müssen Sie ihr das zeigen, *mon ami*.«

Alex schien etwas überrascht, war es aber gewohnt, wegen seines unglaublichen Geruchsinns geneckt zu werden. »Gut. Wollen Sie mir die Augen verbinden?«

»Das wird nicht nötig sein. Ich werde den Wein öffnen und einschenken und Sie werden die Damen beeindrucken.«

Ich hoffte, dass Alex den Test besehen würde. Wir hatten

uns so bemüht, alles perfekt zu machen. Was, wenn seine berühmte Nase nicht für den Champagner reichte? Würde Louis mit jemand anderem Geschäfte machen?

Zu meiner Überraschung stand Alex auf und drückte auf den Knopf neben dem großen Kamin. Sofort erschien George.

»George, könnten Sie bitte vier Champagnergläser bringen?«

George verschwand und kam nach wenigen Augenblicken mit einem Silbertablett (das frisch poliert war und dementsprechend glänzte) und vier ebenfalls glänzenden hauchdünnen Champagnergläsern zurück, als stünden diese ständig für den Gebrauch bereit.

Alex wurde gebeten, sich auf das Sofa zu setzen, das den Eindruck erweckte, als würde es diesen schönen Salon seit Jahren und nicht erst seit ein paar Stunden schmücken. Wir nahmen alle Platz, dann ertönte das typische Plopp eines Champagnerkorkens. Louis Gagneux trat mit vier Gläsern zu uns, gefüllt mit schäumendem Wein von hellstem Gold. Er zwinkerte, als er zuerst mir, dann seiner Frau und schließlich Alex ein Glas anbot. Dann nahm er seines, stellte das Tablett ab und setzte sich neben seine Frau, Alex und mir gegenüber.

Wir warteten.

Alex schüttelte den Kopf, als wollte er sagen: »Ich mache mich hier nicht zum Affen«, aber dann schloss er die Augen und hielt sich das Glas unter die Nase. »Aprikosen und Orange. Ein Hauch von Toast und ist das nicht eine Note Jasmin?« Er nahm einen Schluck und lächelte erfreut. »Bollinger, natürlich.«

»Très bien, mon ami. Aber welcher Jahrgang?«

Ich konnte nicht glauben, dass Louis Alex aufforderte, den Jahrgang zu erraten.

»Er hat viele zur Auswahl, weil das Unternehmen 1829 gegründet wurde«, sagte der Winzer zu mir gewandt.

Alex nahm sich Zeit und nahm wieder einen Schluck. »Offensichtlich vor dem Zweiten Weltkrieg«, sagte er. »Er hat sich bemerkenswert gut gehalten. Ich schmecke etwas Weizen, eine kaum wahrnehmbare Andeutung von Pilzen, eine Spur Anis.« Er machte eine Pause. »1936.« Er nahm noch einen Schluck. »Nein '37, glaube ich.«

Louis lachte und klatschte in die Hände. »Habe ich es dir nicht gesagt, meine Liebe?«, sagte er zu seiner Frau, die weniger begeistert schien, aber dennoch sagte, dass Alex das sehr gut gemacht hatte.

Endlich kostete auch ich den Champagner. Ich will ehrlich zu euch sein. Ich konnte schmecken, dass es Champagner und kein Prosecco war. Wahrscheinlich. Noch etwas? Zu mehr wäre ich nicht imstande gewesen.

Ich hatte gesehen, wie Alex Kaffee beurteilte, aber den Jahrgang eines Champagners zu erraten? Das war erstaunlich.

Louis plauderte weiter über Alex' erstaunlichen Geruchsinn. »Er könnte ein Spitzensommelier in Paris sein. Er hat das Aussehen, das Wissen, alles.« Er wandte sich an mich. »Meine Liebe, möchten Sie nicht *à Paris* leben?«

Ich lachte. »Ich muss gestehen, ich war noch nie in Paris.«

Violetta sog überrascht die Luft ein. »Peony, Sie müssen uns besuchen kommen. In unser Schloss, wenn Sie möchten, aber Paris ist vielleicht besser. Wir haben ein kleines Stadthaus in Marais. Ich kann mit Ihnen einkaufen gehen und dann in mein Lieblingsbistro.« Sie warf mir ein schönes Lächeln zu, ihre kleinen weißen Zähne schimmerten.

»Danke.« Ich nahm noch einen Schluck Champagner. Es war kaum zu glauben, dass ich einen Wein trank, der vor so langer Zeit gekeltert worden war und sich so gut erhalten hatte. Er war köstlich und zugleich historisch. Ich musste mich heute Abend zurückhalten. Der Alkohol hätte mich die Kontrolle über meine Hexenkräfte verlieren lassen können. Ich wollte nicht gebeten werden, das Salz zu reichen, und es dann ohne mein Zutun über den Tisch schweben sehen.

Ich hörte zu, wie die Männer über ihre gegenseitigen Bekannten aus dem Weingeschäft plauderten. Es war ein faszinierender Einblick in eine Welt, die ich nicht kannte. Aber Violetta war aufgestanden und zur Anrichte gegangen, wo einer meiner Sträuße stand und sensationell (wenn ich das sagen darf) aussah.

»Diese sind *très, très chic*«, sagte sie.

Alex unterbrach sein Gespräch mit Louis und sagte ihr, dass ich Floristin bin und alle Blumenarrangements von mir entworfen wurden.

Louis blickte entzückt drein. »Ich konnte den Jasmin schon riechen, als wir hereinkamen. Die Blumen runden das Ambiente dieses prächtigen Zuhauses ab.«

Ich lächelte und bedankte mich für das Kompliment, zufrieden, weil der Willkommens- und Freude-Zauber in den zarten Blütenspitzen seine Wirkung tat.

Wir unterhielten uns glänzend, als George eintrat und das Abendessen ankündigte. Wir gingen in den Speisesaal, der wirklich prächtig aussah.

Ich wusste, dass Alex zu seinen Gerichten die passenden Weine ausgewählt hatte, und freute mich voller Erregung auf den noch bevorstehenden Abend. Wir tranken einen köstlichen Weißwein zum ersten Gang, der aus frischesten Jakobsmuscheln mit einer delikaten grünen Sauce bestand. Wir nahmen uns beim Essen Zeit, lachten und plauderten.

Als wir zum Hauptgericht kamen – Alex hatte mir gesagt, es gäbe Lamm – , für das er sich aus seiner Zeit in der Türkei hatte inspirieren lassen, ließ Alex einen Wein in einem Dekanter zu Tisch bringen. »Jetzt bin ich an der Reihe, einen Schatz aus meinem Weinkeller mit Ihnen zu genießen.«

Louis lächelte breit, dabei konnte ich zwei Zähne aus reinem Gold im rechten Bereich seines Mundes sehen. »Nur zu«, forderte er Alex auf.

»Bitte, probieren Sie.«

Der ältere Mann hob eine schiefe Augenbraue. »Ich habe nicht Ihre Nase, mein Freund, aber ich werde so nett sein.«

Wie zuvor Alex roch und atmete er, ließ den Wein um seine Zunge wirbeln. Schließlich öffnete er die Augen. »Sie ehren uns. Das ist ein vorzüglicher Bordeaux. Eine kräftige Pflaume von fast vulkanischer Tiefe. Mehr kann ich Ihnen nicht sagen.«

Alex nickte. »Ihre Nase ist korrekt. Es ist ein Château Grand-Puy 1982 von Lacoste in Pauillac. Ich würde sagen, das war einer der besten Jahrgänge des Jahrhunderts, besonders für Bordeaux-Weine.«

»Ein wirklich besonderer Wein«, stimmte Louis zu und nahm noch einen Schluck.

»Es ist mir eine Ehre, ihn mit so besonderen Gästen zu teilen«, antwortete Alex.

Das Lamm war saftig und schmeckte köstlich und schien sogar für meinen unbedarften Gaumen wunderbar zu dem erlesenen Wein zu passen.

»Ihr Caterer ist zu empfehlen«, sagte Violetta. »Das ist wirklich ein ganz besonderes Gericht.«

»Alex hat gekocht«, antwortete ich, bevor Alex die Aufmerksamkeit auf etwas anderes lenken konnte. »Er ist ein hervorragender Koch.« Ich hörte den Stolz in meiner Stimme mitschwingen und fand, dass ich entschieden wie eine glückliche Partnerin klang.

»Glückliches Mädchen«, sagte Violetta. »Louis hat in seinem Leben nicht einmal eine Karotte geschält.«

Er zuckte mit den Schultern »Meine Talente liegen nicht in der Küche.« Damit schien er zufrieden.

Die Gespräche flossen, der Wein auch – alles war purer Luxus und Genuss.

Der restliche Abend verging wie im Flug. Ich reduzierte zwar meinen Weinkonsum, aß und trank aber herzhaft, lachte und plauderte und hatte nicht einmal das Gefühl, dass ich für Louis und Violetta eine Show aufzog. Kein einziges Mal dachte ich daran, dass ich in Wirklichkeit nicht seit einem Jahr mit Alex zusammen war. Zu viel Bordeaux, glaubt ihr? Na, vielleicht. Es war jedenfalls mein schönster Abend seit langer Zeit.

Am Ende des Abends, lange nachdem die Standuhr Mitternacht geschlagen hatte, begleiteten wir Louis und Violetta zur Tür.

»Mein Freund, Sie waren ein wunderbarer Gastgeber und Koch. Ich werde morgen Vormittag den Vertrag unterschreiben, wenn ich hoffentlich Ihren Keller besichtigen kann. Ich finde Ihr Haus und Ihre charmante Partnerin einfach bezaubernd.«

George wartete mit dem Jaguar draußen, um sie zu The Tudor Rose zu bringen. Dann würde er zurückkommen und mich begleiten. Ich küsste beiden die Wangen und fühlte mich sehr europäisch.

Alex schloss die Tür und wandte sich mit einem glücklichen und erleichterten Ausdruck an mich. »Wir haben es geschafft«, sagte er und nahm meine beiden Hände. »Ich kann dir nicht genug danken, Peony. Du hast mehr, als ich hoffen konnte, getan. All die guten Ratschläge, die Blumen, deine wunderbare, wunderbare Gesellschaft.« Alex' Wangen waren gerötet und obwohl er den Alkohol wie der Profi, der er war, vertrug, konnte ich doch sehen, dass er ein wenig beschwipst war. Wir hatten uns den ganzen Abend geduzt und er blieb auch jetzt dabei, obwohl die Gäste gegangen waren.

Auch ich war leicht beschwipst. Das Gefühl war herrlich. Wärme durchströmte mich, von den Zehenspitzen bis zu den Fingerspitzen. Aber es war nicht nur der Wein. Ich hatte jeden Augenblick genossen, angefangen von den Entwürfen für die Blumen, bis zu diesem Abend an Alex' Seite.

Ich blickte in seine erstaunlichen graublauen Augen und ahnte, dass auch meine leuchteten, da ich dieselbe Anziehung fühlte.

»Ich hole deinen Pashmina«, sagte er leise.

Mein Blick folgte ihm, während er durch die vom Kronleuchter erhellte Eingangshalle ging, und plötzlich war ich unsagbar traurig darüber, dass das Schloss dank einer Inszenierungsfirma so schön und warm war und bald wieder in seine alte Leere zurückverwandelt werden würde, wenn die Firma alles wieder abholte.

Warum richtete Alex die Räume nicht ordentlich ein? Das Geld fehlte ihm ja nicht. Was hielt ihn zurück? Ich vermutete eine tiefe Einsamkeit hier. Dann dachte ich an mein Zuhause, unkonventionell, aber voller Familie. Ja, genau das war meine zusammengewürfelte Frauenmannschaft: Familie. Es war schön, heute Nacht zu Char und Hilary und Jessie Rae zurückzukehren –, auch wenn sie nicht unbedingt so gut aussahen wie Alex.

Alex kehrte zurück und drapierte den Pashmina um meine Schultern. Er beugte sich näher zu mir und küsste mich auf beide Wangen – ganz französisch. Er verweilte so einen Augenblick und mein Herz raste. Ich schloss die Augen, war sicher, dass er mich küssen würde, aber er zog sich zurück, als das Brummen des Motors des Jaguars auf der Auffahrt zu hören war.

Wir starrten uns einen Augenblick an. Ich war verwirrt. Hatte sich Alex zurückgehalten, weil George draußen wartete oder weil er es sich zweimal überlegte, bevor er sich stärker mit mir einließ?

»Nochmals danke, Peony«, sagte er mit jetzt wieder fester und formeller Stimme. Er öffnete den Eingang. »Vergewissere dich, dass alle Fenster und Türen gut verschlossen sind, wenn du nach Hause kommst. Wenn Char recht hat mit ihrer Vermutung über Mick, dann läuft in Willow Waters immer noch ein Mörder frei herum.«

»Richtig«, murmelte ich. »Natürlich. Gute Nacht.« *Was für eine Art, Alex, den Abend mit einem Hinweis auf einen frei herumlaufenden Mörder zu beenden.*

Als ich die Stufen hinunterging, rief er meinen Namen.

Ich drehte mich um und sah, dass er eine einzelne Kamelie aus dem großen Strauß in der Eingangshalle genommen hatte. Er kam auf mich zu und reichte mir die Blume. Obwohl ich sie selbst in den Strauß gesteckt hatte, war ich verzaubert. Seine Geste berührte mich.

atürlich hielt das Gefühl zu schweben nicht lange an. Im Augenblick, in dem ich den Schlüssel in das Schloss steckte, öffnete sich die Haustür. Ich weiß, dass ihr denkt, es war Magie. Es war Hilary.

»Wie war der Abend?«

Ich lachte und wurde gleich leise, da ich die anderen nicht wecken wollte. Ich flüsterte, dass es fantastisch war.

»Du brauchst nicht zu flüstern«, sagte Hilary. »Wir sind alle in der Küche – auch Normie. Keine wollte zu Bett gehen, ohne zu hören, wie dein Abend war.«

Ich war aufgedreht wie ein Teenager, verzaubert vom Schloss, den Speisen, dem Wein und der Gesellschaft. Aber alle Intimität löste sich auf, als Hilary mich in die Küche begleitete, wo Char und Jessie Rae kicherten. Jede hielt ein großes Glas Wein in den Händen. Blue lag zusammengerollt auf Moms Schoß und sogar sie hob fragend den Kopf.

»Wie sah das Schloss aus?«

»Was habt ihr gegessen?«

»Wie war das französische Ehepaar?«

»Sah Alex gut aus?«

»Hast du ihn geküsst?«

Die Fragen prasselten so schnell auf mich ein, dass ich gar nicht sehen konnte, wer gerade redete. Ich schlüpfte aus meinen Heels, lehnte den Rotwein ab – ich hatte mehr als genug gehabt – und begann den Mädels (und Normie) zu erzählen, wie der Abend verlaufen war. Ich redete schnell, genoss ihre hingerissenen Gesichter, war mir aber auch bewusst, dass ich morgen mein Geschäft aufsperren musste und meine Schlafenszeit schon längst vorbei war.

Sie hörten zu, stiller, als sie alle zusammen je waren. Ich beendete meinen Bericht bei dem Augenblick, bevor Alex meine Wangen geküsst hatte.

»Warum hältst du eine Kamelie in der Hand?«, fragte Char.

Ich hatte vergessen, dass ich die Blume noch immer festhielt und versuchte, nicht zu erröten, während ich ihnen erzählte, dass Alex sie mir zum Abschied geschenkt hatte.

»Was für ein Geizkragen!«, sagte Norman. »Schenkt dir eine deiner eigenen Blumen.«

»Ich finde es romantisch«, schnauzte Char zurück.

»Die Kamelie ist ein Symbol für Liebe und Hingabe«, sagte Hilary.

»Ich bin sicher, dass Alex das nicht weiß«, sagte ich, aber die anderen tauschten wissende Blicke aus. Ich errötete. Argh, das war wieder wie in der Schule.

Ich wollte nicht noch mehr Aufmerksamkeit und fragte, wie sie den Abend verbracht hatten. »Ich weiß, dass ihr nicht den ganzen Abend hier gesessen und auf mich gewartet habt.« Zumindest hoffte ich das.

Chars Miene verfinsterte sich. »Mick hat mich angerufen. Er wird offiziell wegen Mord angeklagt.«

Ich beobachtete, wie sich ihre Hände zu Fäusten ballten, und wurde besorgt. Besorgt, dass ihre Wut hochkommen und Feuer aus ihren Fingerspitzen schießen könnte. Ich legte meine Hände auf ihre. Wir mussten vor Hilary vorsichtig sein – aber nicht nur, sondern auch wegen meines Tischtuches.

»Er ist sicher, dass er den Rest seines Lebens hinter Gittern verbringen wird«, fuhr Char fort. Sie sah hinunter auf meine Hände, die auf ihren lagen. »Er hat aber Dolores nicht getötet«, beharrte Char. »Ich weiß, dass er es nicht war.«

Ich nickte. »Owen ist auch deiner Meinung«, sagte ich ruhig. »Und ich vertraue deiner Intuition.«

Chars Ausdruck wurde weicher und mit großer Traurigkeit im Herzen beobachtete ich, wie sich ihre Frustration in Verzweiflung verwandelte. »Er hat nicht das Geld für einen guten Anwalt.« Sie wandte sich an Hilary.

Mir schwante, was kommen würde, während Hilary noch nichtsahnend an ihrem Wein nippte.

»Könntest du ihn vertreten? Wir werden einen Weg finden, dich zu bezahlen.«

Hilary seufzte und stellte ihr Glas ab. »Du weißt, dass ich euch helfen würde, Char, aber ich war für Zivilrecht und nicht für strafrechtliche Sachen zuständig. Ich kenne vielleicht jemanden von der Universität, der euch helfen könnte. Ich rufe morgen an, kann euch aber nichts versprechen.«

Dann wandte sich Char zu meiner Verwunderung an Jessie Rae. »Könntest du Dolores kontaktieren und sie fragen, was an jenem Nachmittag passiert ist?«

War das noch dieselbe Char, die über Moms Geschäft für

Esoterisches gespöttelt hatte? Über das Angebot, ihr die Tarotkarten zu legen, gelacht, über die Kristalle die Nase gerümpft hatte?

»Ach Kleines, so funktioniert es leider nicht«, sagte meine Mom. »Die Geister kommen zu mir, nicht anders rum. Wenn Dolores etwas mitteilen will, muss sie ihren Weg zurück in diese Welt finden. Wenn sich die Polizei aber irrt, dann müssen wir diesem armen Jungen selbst helfen.«

»Wie?«, fragte Char.

»Hilf ihm, aus dem Gefängnis auszubrechen«, schlug Normie vor.

Ich schüttelte den Kopf. »Um seine Unschuld zu beweisen, müssen wir den Mörder finden.«

Hilary richtete sich plötzlich kerzengerade auf. »Es ist spät, aber wir sind alle noch wach, nicht wahr? Gehen wir in mein Zimmer. Ich arbeit an einem Projekt für die Universität und habe mir eine riesige Präsentationstafel ausgeliehen, um meine Notizen festzuhalten. Wir können unsere Ideen zusammentragen und dem Ganzen einen Sinn geben. Mörder hinterlassen Spuren und wir alle leben und arbeiten hier in dieser Gemeinschaft. Sicher haben wir etwas Nützliches gesehen oder gehört.«

Das war eine gute Idee. »Vier Köpfe sind besser als einer«, sagte ich.

Norman krächzte.

»Sorry«, sagte ich. »Ich wollte sagen, fünf Köpfe sind besser als einer. Besonders die bunten.«

Ich lief nach oben, um mir etwas Bequemeres als das YSL-Kleid anzuziehen. Ich hatte immer noch die Kamelie in der Hand, also suchte ich eine Langhalsvase, füllte sie mit

Wasser und stellte die Blume auf das Fensterbrett. Ich schlüpfte in eine alte Jogginghose und ein T-Shirt und ging zu Hilarys Zimmer am anderen Ende des Flurs.

Hilarys Zimmer war in einem traditionelleren Stil als die anderen eingerichtet. Ich hatte es mit einem stark strukturierten cremefarbenen Papier tapeziert, das mit dunkelsenfgelben Lilien bedruckt war. Auch die jetzt zugezogenen Vorhänge waren aus dunkelsenfgelbem Samt. Das Bett hatte einen schweren Mahagonierahmen und war ein eindrucksvoller Blickfang in der Mitte des Raumes. Aber Hilary hatte dem Raum ihre eigene Note aufgedrückt. Eine Ecke hatte sie in ein Homeoffice verwandelt, eine Stehlampe beleuchtete den Platz, wo ein großer Schreibtisch, ein Flipchart und ein enormes Bücherregal standen – es gab keinen Zweifel daran, wie ernst Hilary ihr Studium nahm. Sogar auf dem Boden verstreut und hoch aufgestapelt neben dem Bett lagen Bücher.

Glaubt aber nicht, dass das Zimmer nicht warm und gemütlich wirkte. Akademikerin oder nicht, das hier war ein Bauernhaus und sein Charme ließ sich nicht durch das Studium auslöschen. Ich streckte mich auf dem Diwan aus und fühlte, wie sich mein Körper entspannte und sich mein Geist einschaltete.

Char und Jessie Rae hatten sich bereits auf zwei roten Puffs niedergelassen und Hilary stand beim Flipchart, auf dem ein großer Stapel von Kanzleipapier hing. Norman schaute hoch oben vom Bücherregal aus zu.

Ich erhaschte einen Blick auf Hilarys Chronologie des römischen Triumvirats, bevor sie die Seite abriss und in ihrer Schreibtischschublade herumwühlte. Schließlich holte sie ein Set von farbigen Markern hervor.

Auf der neuen Seite schrieb sie *Dolores Prescott* und das Datum des Mordes sowie die vermutliche Uhrzeit, nämlich kurz bevor Alex und ich über den aus dem Haus rennenden Mick gestolpert waren.

Darunter schrieb sie *Tatverdächtige* und unterstrich das Wort mit einem fetten Schnörkel. Daneben schrieb sie gleich Micks Namen.

»Aber er war es nicht«, beharrte Char. »Darum geht es doch bei dieser Übung, zu beweisen, dass er nicht der Mörder ist, und nicht der Polizei zu helfen, indem wir ihn noch schuldiger aussehen lassen.«

»Das mag sein, aber wir müssen alle Beweise widerlegen, die die Polizei gegen ihn hat«, antwortete Hilary.

Ich hatte Hilary noch nie als Anwältin erlebt und war tief beeindruckt.

»Es gibt keine Beweise«, behauptete Char.

»So ist es fairerweise gesagt, aber trotzdem sind die Umstände ziemlich belastend.« Neben Micks Namen schrieb sie, er sei am Tatort entdeckt worden, die Leiche noch warm, bereits rechtskräftig verurteilt und auf der Flucht vor der Polizei.

Ich musste schlucken, als ich die Tafel betrachtete. Es sah wirklich nicht gut aus für Mick. Ich konnte verstehen, warum die Polizei eisern beharrte, den Schuldigen gefunden zu haben.

»Jetzt reden wir über die anderen Verdächtigen«, insistierte Char. »Im Café höre ich alles. Was ist mit Gillian Fairfax? Die alte Schachtel – ich meine das Opfer – Dolores hat hinter ihrem Rücken jede Menge böse Dinge gesagt. Gillian wusste es auch und ich habe gesehen, wie wütend sie Dolores anstarrte. Es war zum Fürchten. Wenn ihre Augen

Waffen gewesen wären, dann wäre Dolores schon lange tot.«

»Gillian hat sich vor ein paar Tagen im Blumenzauber ziemlich vernichtend über Dolores geäußert«, fügte ich hinzu. »Aber es war nichts im Vergleich zu der abstoßenden Art, wie Dolores mit ihr über ihren Beitritt zum Women's Institute geredet hat. Gillian tat mir leid. Alle urteilen so gern über sie.«

»Wie man in den Wald hineinruft, so hallt es zurück«, sagte Jessie Rae mit konzentriert geschlossenen Augen.

Hilary schrieb *Gillian Fairfax* und den Groll auf, den sie gegen Dolores hegte.

Jessie Rae öffnete die Augen. Sie blitzen vor Aufregung. »Sollten wir nicht herausfinden, wo Gillian am Tag war, an dem Dolores ermordet wurde? Wir wissen, dass sie ein Motiv hatte, aber hatte sie auch eine Gelegenheit?«

Es war großartig, wenn auch ungewöhnlich, Jessie Rae so praktisch vorgehen zu sehen.

»Gute Idee, Mom. Am Vormittag vor dem Mord war sie in meinem Geschäft und hat Blumen für die Kirche gekauft. Und sie hatte diese Auseinandersetzung mit Dolores, direkt vor meiner Nase. Am Tag des Mordes.«

»Char, frag doch Owen, ob er gesehen hat, dass Gillian Lemmington House am Nachmittag verlassen hat«, schlug Hilary vor. »Alles, was wir über ihren Verbleib an diesem Tag herausfinden, kann uns weiterhelfen. Wir bestimmen den Todeszeitpunkt mit siebzehn Uhr, weil Mick um diese Uhrzeit aus dem Haus gelaufen ist. Wenn er jedoch die Wahrheit sagt, könnte sie etwas früher ermordet worden sein.«

»Alex sagte, sie war noch warm«, rief ich Hilary in Erinnerung.

Sie nickte und sagte, dass bei dem warmen Wetter die Körpertemperatur länger warm bliebe als im Winter, was verständlich war.

»Ach«, sagte ich, »Gillian wird morgen die Blumen für Sonntag abholen. Da werde ich Gelegenheit haben, ein wenig mit ihr zu plaudern. Vielleicht kann ich etwas Nützliches herausfinden.«

»Guter Vorschlag«, sagte Hilary.

Jessie Rae schlug vor, Elizabeth Sanderson auf die Liste der Verdächtigen zu setzen. »Sie hatte ein Motiv, weil sie glaubte, dass Dolores absichtlich ihr schönes Altartuch sabotiert hatte. Sie war am darauffolgende Tag in meinem Geschäft. Ich habe selten so viel Wut um eine Person schwirren gesehen. Es war eine rotschwarze Wolke. Erinnerst du dich, Peony?«, sagte sie und wandte sich an mich. »Sie hat deine Blumen zertrampelt.«

»Und hat Dolores' Entschuldigungskarte zerrissen«, fügte ich hinzu. »Es war keine richtige Entschuldigung. Dolores sagte zwar, es tue ihr leid, sie versuchte sogar da, die Schuld auf die Kirchendienerin zu schieben.« Ich dachte an die schreckliche Szene in der Kirche mit dem Altartuch und dem Wein. »Ich habe gehört, wie Elizabeth sagte, dass sie Dolores dafür umbringen könnte. Und Mom hat recht, sie hat sich grauenhaft in ihrem Geschäft aufgeführt. Aber Elizabeth war am Boden, als sie vom Mord an ihrer Freundin erfuhr. Untröstlich.«

»Hätte das nicht auch das schlechte Gewissen sein können?«, vermutete Jessie Rae.

»Eine gute Art, unschuldig zu erscheinen«, sagte Char finster.

»Oft ist die Person, die dem Opfer am nächsten steht, der Täter«, fügte Hilary hinzu. Sie schrieb auch Elizabeth Sandersons Namen auf die Tafel und listete die Details auf, die wir ihr gegeben hatten.

»Und wo war Elizabeth Sanderson an dem Nachmittag, als Dolores ermordet wurde?«

»Sie war in Robertos Café«, sagte Char. »Ich erinnere mich, weil sie einmal ziemlich laut wurde. Sie war ganz entschieden noch stinkwütend auf Dolores.«

»Könnte sie ihre alte Freundin umgebracht haben und dann ins Café gegangen sein?« Das wäre natürlich eine tolle Idee, um unschuldig zu wirken, aber konnte jemand so etwas wirklich tun?

Wir schwiegen und jede von uns dachte angestrengt nach. Wer noch? Dolores hatte mit ihren abfälligen Kommentaren ständig alle verärgert. Genügte das aber, um ein so schreckliches Verbrechen zu begehen?

»Der Organist von der Kirche«, sagte ich plötzlich, »erklärte mir, dass im Kelch kein Abendmahlwein hätte sein dürfen. Bernard Drake heißt er. Er glaubt, dass jemand den Wein absichtlich dorthin gestellt hatte. Dolores hatte vielleicht beabsichtigt, das Altartuch zu ruinieren und es wie einen Unfall aussehen zu lassen. Sie war einmal Kirchendienerin. Es wäre für sie ein Leichtes gewesen, sich den Schlüssel zur Sakristei zu besorgen – oder sich hineinzuschleichen, wenn es niemand sah.«

»Hmm«, sagte Hilary nachdenklich. »Sicher hatten alle an jenem Tag in der Kirche dieselbe Möglichkeit. Gibt es noch einen weniger offensichtlichen Verdächtigen?«

Ich dachte scharf nach. Was war mit dem Organisten? Imogen hatte mir erzählt, dass Bernard Drake eine Therapie machen musste, weil Dolores ihn aus seiner Aufgabe als Kirchendiener hinausgemobbt hatte.

Er schien ein aufrichtig netter Mann zu sein, aber ich begann einzusehen, dass aufrichtig nette Menschen unvorstellbare Dinge tun konnten, wenn sie stark genug unter Druck gesetzt wurden. Ich schlug vor, ihn ebenfalls auf die Liste zu setzen. Das Schwierigste würde sein herauszufinden, wo alle während des Tatzeitpunkts waren.

»Und was ist mit der neuen Kirchendienerin«, fragte Hilary. »Rebecca Miller? Wenn sie in die Kritik kam, weil Dolores Prescott vorsätzlich und gegen die Regel Wein in den Kelch gegeben hatte, hätte sie das sozusagen durchdrehen lassen können?«

»Setz sie auch auf die Liste«, sagte ich. Ich mochte Rebecca, aber man wusste nie, welcher Groll unter der Oberfläche einer Person lauerte. Vielleicht hatte sie versucht, es Dolores heimzuzahlen, weil es ihretwegen schien, dass sie ihren Aufgaben als Kirchendienerin nicht richtig nachkam. Oder vielleicht hatte Dolores auch sie mit Anschuldigungen verrückt gemacht, dass sie die Arbeit nicht richtig machte.

Char gähnte jetzt und brachte uns alle ebenfalls zum Gähnen.

»Es ist spät«, sagte ich, »ich muss bald aufstehen und das Geschäft aufsperren. Wir wollen Schluss machen und dann sehen, was wir später über unsere Verdächtigen erfahren können.«

Hilary würde sich um Bernard Drakes und Rebecca Millers Verbleib am Tag des Mordes kümmern. Ich wollte versuchen, mehr Informationen von Gillian zu bekommen, und Char hatte vor, Owen zu fragen, was er über Gillians Kommen und Gehen an jenem Tag wusste.

Leider hatte er Mick bei mir zu Hause beaufsichtigt, aber hoffentlich wusste er trotzdem etwas Nützliches. Wir klammerten uns nicht wirklich an Strohhalme, sondern zogen los, auf der Suche nach Strohhalmen, an die wir uns klammern konnten.

KAPITEL 20

*I*ch erinnerte mich an Alex' Abschiedsworte, also machte ich noch schnell eine Kontrollrunde, um mich zu vergewissern, dass im Erdgeschoß alle Türen und Fenster geschlossen waren, bevor ich zu Bett ging.

Das Bauernhaus knarrte und ächzte oft – das war Teil des Zaubers, in einem denkmalgeschützten Haus zu leben, also war ich daran gewöhnt, dass nachts Dinge knackten, aber bei meinem Kontrollgang, stimmte etwas nicht. Ich konnte das Gefühl nicht richtig benennen. Es war keine Bedrohung. Aber ich spürte eine Präsenz.

Ich folgte meinem Instinkt und ging in die Küche, um die Hintertür nochmals zu kontrollieren. Alles sah normal aus. Die Küchenschränke waren geschlossen. Die bauchigen Weingläser standen noch auf dem Tisch, mit einem Rest Rot von den letzten Tropfen Wein. Das Gefühl verstärkte sich, als ich am Fenster stand und in den Garten hinaussah.

Ich hielt den Atem an. Wer war da draußen?

Ich trat näher ans Glas und ließ meinen Blick durch den ganzen Garten schweifen. Dann sah ich ihn. Ein Wolf war im

Garten. Ein Wolf, kein Hund. Er hatte denselben langen stolzen Körper und dieselbe elegante Schnauze, wie jener, den ich vor ein paar Wochen gesehen hatte. Derselbe Hinterleib, wie jener, den ich zuvor im Wald hatte verschwinden sehen. Es gab keinen Zweifel. Ich war erstaunt, wie nahe er bei meinem Haus war. Ich fürchtete mich aber nicht. Im Gegenteil, ich hatte das Gefühl, dass der Wolf das Haus bewachte.

Er trabte in großen Kreisen um das Haus herum und verhielt sich wie ein Wachhund. Ich lächelte. Und dann riskierte ich es und öffnete die Hintertür.

Der Wolf war nun gerade außer Sicht seitlich vom Haus. Ich wunderte mich, wie er in meinen Garten gekommen war, weil er doch sicher nicht die Straße entlang lief.

Meinem Instinkt folgend beschloss ich, den Garten rückseitig zu verlassen. Höchst erfreut stellte ich fest, dass Owen und Mick den Steinweg fertig verlegt hatten. Mit leichten Schritten ging ich über die glänzenden Steine, bis ich den Fußweg erreichte, der zu einem Wäldchen hinter dem Bauernhaus führte.

Ich vermute, ihr haltet mich für verrückt – ich meine, das war genau das Gegenteil von dem, worum Alex mich gebeten hatte, damit ich nicht in Gefahr komme. Aber in keinem Augenblick fühlte ich mich gefährdet. Im Gegenteil, ich fühlte mich mehr denn je behütet und beschützt.

Ich war nur ein kurzes Stück des Weges gegangen, als ich etwas Weißes auf dem Boden aufblitzen sah. Ich kam näher und sah, dass es ein Männerhemd war. Ich drehte mich im Kreis und spähte in die Dunkelheit. Niemand war zu sehen. Ich hob das Hemd auf. Obwohl ich vielleicht nicht Alex' Geruchssinn hatte, wusste ich trotzdem ohne einen

Zweifel, dass es nach seinem frischen, holzartigen Duft roch.

Ich ging weiter und fand bald eine Jeans und schwere, viel getragene Stiefel. Ich wusste mit Sicherheit, dass sie alle Alex gehörten und alles, was in den letzten Wochen in meinem Kopf herumgeschwirrt war, formte sich zu einem Ganzen und ergab einen Sinn. Sorgfältig faltete ich die abgelegten Kleider, stellte seine Stiefel ordentlich neben einen flachen Stein, setzte mich und wartete.

Dann nahm ich mich zusammen. War nicht ein Mörder auf freiem Fuß? Und da saß ich nun, eine Frau allein – nein, eine einsame Lockente – in tiefster Dunkelheit nahe einem angsterregenden Wald. Trotz der Ruhe, die ich fühlte, war das vielleicht nicht so klug.

Im Mondlicht sammelte ich also eine Handvoll Steine und formte einen Kreis auf dem Boden. Schnell murmelte ich einen Schutzzauber.

>>*Wasser, Feuer, Wind und Erde*
Die Worte deiner Tochter höre:
Lass meinen Geist wachsam sein,
mein Herz sei wahr und rein.
In diesem Kreis bin ich geborgen.
Mach frei diesen Weg von Problemen und Sorgen.
Halte fern von mir alle Unbill.
Wie ich es will,
so soll es sein.<<

Die Zeit verstrich wie in einem Nebel. Meine Gedanken wirbelten durcheinander, es war aber nicht unangenehm. Ich durchdachte die Beweise aller Tatverdächtigen. Ich dachte an den Duft von Alex' Haut, die Art, wie seine Lippen meine Wangen gestreift hatten, und dann ließ ich meine Hypothese bezüglich Alex anschwellen und wachsen.

Es war schon fast Morgen, als ich spürte, dass sich jemand näherte. Der Himmel war perlgrau, die Luft kühl, die Vögel sangen ihr Morgenlied. Ich konnte niemanden sehen, aber ich wusste, dass er da war.

»Du kannst herauskommen«, rief ich. Meine Stimme klang sicherer, als ich mich fühlte.

Zu meiner Erleichterung hörte ich Alex' tiefen Bariton sagen: »Ich kann leider nicht. Es sei denn, du lässt meine Kleider, wo sie sind, und drehst dich um.«

Ich musste beinahe lachen. Obwohl ich mir sicher war, ihn erkannt zu haben, hatte ich bis jetzt keine Beweise gehabt. Gut. Ich hatte seine Kleider ja alle gefaltet, also war er nackt.

»Natürlich«, sagte ich und drehte ihm den Rücken zu.

Während ich wartete, hörte ich, wie er sich hinter mir anzog.

Nach einem Augenblick herrschte Stille. Ich drehte mich um und da stand er vollständig angezogen und wusste offensichtlich nicht, was er sagen sollte. Gut, ich kannte mich mit Geheimnissen und alternativen Lebensarten aus. Es war keine große Sache. »Du bist also ein Wolf, wenn du kein Mensch bist«, sagte ich schließlich.

Alex räusperte sich. »Ja.« Ich bemerkte, dass er keine Ahnung hatte, was ich mit dieser Neuigkeit anfangen würde. »Niemand hat bisher mein Geheimnis erraten. Ich weiß nicht, was ich sagen soll. Ich – ich hoffe, dass es unsere Freundschaft nicht zerstören wird.«

»Ich habe es schon seit einer Weile vermutet«, sagte ich

leise und legte die Hand auf seinen Arm. Durch das Hemd konnte ich seine Muskeln fühlen. »Ich bin nicht schockiert«, sagte ich. »Bitte, glaub das nicht. Ich weiß, wie das Anderssein isoliert. Du hast dich geschützt. Ich kann das besser verstehen, als du denkst.«

Ich hatte offenbar das Richtige gesagt, weil Alex nickte und sich dann auf den Stein setzte. Ich folgte seinem Beispiel.

»Du hast gewusst, dass Baron Fitzlupin, der Besitzer des Schlosses hier, ein Werwolf ist?«, fragte er. Sogar er klang verwundert, dass der Lord dieses Ortes ein Gestaltwandler war.

»Ich hatte es vermutet. Jetzt habe ich Gewissheit. Übrigens danke, dass du über uns gewacht hast.«

»Es ist sehr schwer, über dich zu wachen, wenn du nicht im Haus bleibst. Sei froh, dass ich nicht der Mörder bin.«

Okay, der Schock, entdeckt worden zu sein, ließ allmählich nach.

»Na, jetzt bist du ja da«, sagte ich, weil ich keinen dummen Streit wegen überfürsorglicher Männer und dass ich auf mich selbst aufpassen konnte, vom Zaun brechen wollte.

»Kann ich dir vertrauen, Peony?«, fragte er. »Ich meine mit meinem Geheimnis.«

Ich versicherte ihm, dass er das konnte.

»Eigentlich ist es eine enorme Erleichterung. Nur George kennt die Wahrheit. Er hilft mir, weißt du, wenn ich bei Vollmond die Kontrolle verliere. Er sperrt mich über Nacht in das alte Burgverlies. Es ist demütigend, ich will aber nicht draußen sein, weil mein Verhalten unberechenbar sein könnte. Die Kratzer auf den Böden zu Hause zeugen davon.

Andere Male kann ich meine Gestalt willentlich wechseln, wie heute Nacht, wenn ich es nützlich finde, die Sinne eines Tieres zu haben und schneller zu sein.«

»Damit du Wachhund spielen kannst«, sagte ich.

»Ja.« Er senkte den Blick. »Ich gebe zu, ich habe den Umkreis des Bauernhauses patrouilliert, um mich zu vergewissern, dass ihr alle in Sicherheit wart. Ich war besorgt.«

»Das schätze ich sehr«, sagte ich, »aber ich versichere dir, dass wir nicht so hilflos sind, wie wir aussehen.« Ich hielt inne und spielte mit dem Gedanken, mein eigenes Geheimnis preiszugeben. Ich hatte immer das Gefühl, dass es besser war, mein Geheimnis für mich zu behalten, bis ich absolut sicher war, mit wem ich es teilen konnte. Ich seufzte und unterdrückte wieder den Drang, mich zu öffnen. »Und ich verspreche, dass dein Geheimnis bei mir sicher ist. Für immer.«

Alex' Miene war dankbar, dann hob er den Kopf zum Himmel »Es dämmert bald. Ich muss nach Hause.«

Ich nickte und während wir aufstanden, sah mich Alex eindringlich an. »Ich wünschte, die Dinge wären anders«, sagte er. Dann war er weg.

KAPITEL 21

*I*ch schaffte nur ein paar Stunden unruhigen Schlaf, bevor ich aufstehen musste, um meinen Blumenladen zu öffnen. Ich stöhnte, als der Wecker klingelte, und die arme Blue miaute mich verärgert an, weil ich sie an ihrem Lieblingsschlafplatz auf dem Bettrand gestört hatte. Wäre ich nur so voraussehend gewesen, Imogen zu bitten, heute für mich das Geschäft zu öffnen.

Ich warf mich praktisch unter die Dusche, zog ein altes Paar bequemer Levis an und verschönerte mein Outfit mit meiner Lieblingsbluse aus pistaziengrünem Leinen und goldenen Ohrreifen. Und Lippenstift. Mensch, wie oft hatte mich ein rosa Lippenstift davor gerettet, farblos auszusehen?

Während meines viel zu kurzen Schlafes hatte ich geträumt, einen Wolf heulen zu hören, dunkles Fell aufblitzen und leuchtende graublaue Augen zu sehen. Obwohl ich bereits Vermutungen über Alex' gestaltwandlerische Natur gehabt hatte, war es doch eine Überraschung, es mit eigenen Augen zu sehen. Nicht, dass ich einen Blick auf seinen Körper erhaschen konnte. Ich meine, ich musste dem armen Mann ein wenig Schamgefühl zugestehen, nachdem er sein größtes Geheimnis preisgegeben hatte.

Nach einem schnellen Frühstück mit starkem Kaffee und herzhaftem Müsli, schlüpfte ich aus dem Haus, bevor Norman mich sah, und fuhr praktisch mit Autopilot zu meinem Geschäft. Denkt nicht, ich sei fies – ich hatte einfach nicht die Energie für seine Witzeleien. Char musste sich heute um ihren Vertrauten kümmern.

Ich ging durch die Arbeiten eines normalen Wochenendvormittags, lächelte, grüßte, kreierte schöne Sträuße, tippte Bestellungen in die Kasse und nahm Zahlungen entgegen. Imogen hatte (glücklicherweise) ebenfalls gestern Abend ein Date und war ziemlich schweigsam. Und obschon die Ringe unter unseren Augen deutlich sichtbar waren, machten wir unsere Arbeit. Ich erlaubte mir, die gestrigen Ereignisse noch einmal im Kopf durchzugehen, was mir die Mädels zu Hause nicht erlaubt hatten.

Der Duft von Alex' Haut umgab mich und ich musste von meinem Arbeitstisch aufsehen, um mich zu vergewissern, dass er nicht im Geschäft war.

Zu Mittag kam Gillian und ich fühlte einen Energieschub durch mich strömen. Ich war entschlossen, alles herauszufinden, was mir helfen konnte, Dolores' Mörder oder Mörderin zu finden. Auch wenn das bedeutete, unangenehme Fragen zu stellen. Ich fand, dass ich in meinem Geschäftszweig fast alles problemlos sagen konnte, solange es mit einem breiten Lächeln und in einem angenehmen Tonfall geschah.

»Hi«, sagte ich, als Gillian in das Geschäft gerauscht kam.

Wie gewöhnlich war sie perfekt gekleidet – marineblaue Seidenbluse, weite cremefarbene Hose, über dem Arm eine klassische schwarze Chanel-Tasche.

»Hallo Peony«, sagte sie freundlich. Sie wirkte ruhig und sicher, ihre honigsüße Stimme weich. »Ich möchte die Blumen für die Kirche abholen.«

Ich nickte. »Natürlich.« Ich holte die zwei Gestecke, die ich vorbereitet hatte, zu denen ich noch zusätzliche Blumen und Kraft hinzugefügt hatte. »Ich glaube, sie sehen wirklich hübsch aus.«

Gillian klatschte in die Hände. »Wie wunderbar. Sie sind ein Engel!«

Nicht wirklich, aber so wollte ich wirken. »Wissen Sie was?«, sagte ich. »Ich brauche ein wenig frische Luft. Ist es Ihnen recht, wenn ich Sie zur Kirche begleite und eines der Gestecke trage? Imogen kann mich vertreten.«

Gillian schien sehr erfreut und nahm mein Angebot dankbar an. Sie war sogar so liebenswürdig, mir ein Kompliment für die Gestecke zu machen. Sie waren – wenn ich das so sagen darf – exquisit. Tulpen, viele Margeriten, Pfingstrosen, einige Rosen und Farn als Bindegrün. Sie hätten leicht aus ihrem Garten stammen können, wenn sie sich die Mühe gemacht hätte, die Blumen selbst zu pflücken.

Auf dem Weg zur Kirche begann ich mit den üblichen Nettigkeiten – einen Klacks der Dorfneuigkeiten, gefolgt von einer Frage nach ihren Tennisstunden. Gillian war in Small Talk sehr geübt und plauderte gutmütig. Als wir an Dolores' Cottage vorbeikamen, sah ich, wie sich ihre Miene verfinsterte. Natürlich packte ich die Gelegenheit beim Schopf.

»Schreckliche Sache«, sagte ich und schüttelte den Kopf. »Ein Messer im Rücken. Wie entsetzlich.«

»Entsetzlich«, wiederholte Gillian. »Ein so grauenhaftes Ende wünsche ich nicht einmal meinem schlimmsten Feind.«

Ich machte ein paar zustimmende gluckende Geräusche. Im Stillen verhandelte ich mit Dolores' Geist und bat ihn, mir zu verzeihen, was ich jetzt sagen würde. »Traurigerweise fehlten ihr die nicht.«

Gillian sah mich über das Gesteck an. »Was?«, fragte sie freundlich.

»Feinde«, antwortete ich. »Dolores hatte ein richtiges Talent, die Leute vor den Kopf zu stoßen.«

Gillian zog ihre elegante Nase kraus. »Das mag ja sein, aber bei weitem keine so schlimmen, dass es einen Mord rechtfertigen würde. Außerdem haben sie den Täter gefasst. Alle reden darüber. Ein Opportunist, wie er im Buche steht. Sie wissen, dass er im Cottage des armen Owen Jones wohnte, auf meinem Grund und Boden. Darüber bin ich wirklich nicht erfreut, glauben Sie mir. Ich war so großherzig und erlaubte Jones, trotz seiner kriminellen Vergangenheit zu bleiben, werde ihm aber nicht erlauben, seine Knastbrüder bei sich aufzunehmen. Schon gar nicht, wenn sie Leute in meinem Dorf ermorden.«

Okay, das war also nicht, was ich erhofft hatte. Typisch Gillian, sich zum Mittelpunkt des Mordes an einer anderen Frau zu machen. Sie schien so überzeugt wie alle anderen im Ort, dass Mick der Mörder war. Könnte das eine perfekte Vertuschung ihrer eigenen finsteren Absichten sein? Ehrlich gesagt war ich nicht sicher, dass Gillian zu einem Mord fähig war. Sie hielt die Blumen fern von ihrem Körper, als könnten die Staubgefäße auf ihre Bluse fallen und Flecken bilden. Das genügte, um mich zu überzeugen, dass sie nicht fähig war, jemandem ein Messer in den Rücken zu rammen.

Allerdings hatte sie Geld. In Hülle und Fülle. Hätte sie

jemanden bezahlen können, damit er die schreckliche Tat beging? Zum Beispiel Mick?

Wir erreichten die Kirche und betraten das kühle, dämmrige Innere. Gillian rief: »Hallo!«, und da tauchte der Pfarrer aus einem Seitenraum auf. Er schien sich sehr zu freuen, uns zu sehen – ich bin nicht sicher, ob es die großen Gestecke waren, die uns diesen warmen Empfang bescherten, oder Gillians strahlendes Lächeln. Wahrscheinlich Letzteres, war ich versucht zu denken. Gillian war eine besonders attraktive Frau und ich sah, wie die Männer auf sie reagierten. Er kam auf die Witwe zu und streckte die Hände aus. Sie stellte ihre Blumen auf eine Kirchenbank und er ergriff voller Mitgefühl ihre beiden Hände.

»Wie *geht* es Ihnen?«, fragte er sanft. Er hatte erst vor Kurzem ihren Ehemann beerdigt.

Gillian murmelte, dass sie okay sei und sich allmählich an das Leben allein in dem großen Haus zu gewöhnen begann.

»Sie sehen bemerkenswert gut aus«, fuhr er fort und machte ihr ein Kompliment für ihre stoische Haltung.

Ich war mir nicht sicher, ob Chanel und Stoizismus irgendetwas miteinander zu tun hatten. Aber was machte das schon? Es war, als wäre ich Luft. Ich wusste, wohin die Gestecke gehörten, also stellte ich sie an ihre Plätze. Dann nahm ich mir einen kurzen Augenblick Zeit, um zu bewundern, wie schön sie waren.

Ich machte mich auf die Suche nach Rebecca Miller, der neuen Kirchendienerin, um ihr zu sagen, dass wir für den Blumenschmuck gesorgt hatten. Das konnte sie von ihrer Liste für morgen streichen. Sie begrüßte mich mit einem herzlichen Hallo und bedankte sich. Ich mochte Rebecca sehr und fühlte mich sofort schlecht, dass wir sie gestern Nacht auf die Liste der Tatverdächtigen gesetzt hatten. Wir telefonierten oft, um die Lieferung von Blumen für Hochzeiten oder Begräbnisse zu besprechen, unterhielten uns aber selten von Angesicht zu Angesicht.

»Ich will sie gleich sehen, es hebt immer meine Laune, wenn ich frische Blumen in der Kirche sehe.« Sie war einen Meter achtzig groß, liebte Kleider mit Blumenmuster und trug flache Schuhe. »Wirklich Peony, Sie haben sich selbst übertroffen. Mir gefällt Ihr legerer Stil ganz besonders. Ich kann eine Kreation von Blumenzauber aus einer Meile Entfernung erkennen.«

Ich lachte. »Wie schön, einen Fan zu haben. Wenn Sie das bleiben, verspreche ich lebenslange Lieferungen.«

»Schön wär's«, sagte Rebecca versonnen. Da ich vorhin mit Gillian rein gar nichts erreicht hatte, konnte Rebecca vielleicht etwas über Dolores und das Women's Institute erzählen und sich hoffentlich dabei aus der Liste der Verdächtigen befreien.

So beiläufig, wie ich nur konnte, fragte ich sie, wie der Chor und das übrige Kirchenpersonal nach Dolores' Tod zurechtkam.

Rebecca sagte, dass die Reaktionen gemischt waren.

»Sie war eine ziemlich umstrittene Person«, sagte ich. »Ich weiß, dass sie Bernard Drake so furchtbar zugesetzt hatte, dass er seine Rolle als Kirchendiener aufgab.« Der Pfarrer plauderte noch mit Gillian, deshalb sprach ich leise. »Sind Sie auch so schikaniert geworden?«

»Man soll ja über die Toten nicht schlecht reden, aber sie liebte es, Ratschläge zu geben, wie wir alles besser machen könnten. Ich glaube, dass sie es wirklich gut meinte. Jedenfalls hatte der Pfarrer mit ihr gesprochen, als ich zustimmte, die Rolle der Kirchendienerin zu übernehmen. Dolores hatte großen Respekt vor dem Pfarrer. Sie bot ihre Ratschläge immer an, wenn sie konnte, aber benahm sich mir gegenüber nie wie gegenüber Bernard.«

»Aber sie hat versucht, Ihnen die Schuld zu geben dass, der Abendmahlwein auf Elizabeths Altartuch verschüttet wurde«, sagte ich und dachte an die Worte auf Dolores' Entschuldigungs-/Nicht-Entschuldigungskarte.

Rebecca machte vor Überraschung große Augen. Hatte sie wirklich nicht gewusst, was Dolores gesagt hatte? Oder war sie überrascht, dass ich es wusste? »Mir?«

»Sie sagte, Sie hätten den Wein im Kelch gelassen. Vergessen, ihn nach dem Abendmahl zu verräumen.«

»Ich will glauben, dass Dolores die Probleme leidtun, die sie in ihrem Leben verursacht hat«, sagte sie fromm. Und dann, als könnte sie sich nicht zurückhalten, fügte sie hinzu: »Und natürlich habe ich den Wein nicht im Abendmahlkelch gelassen. Ich habe ihn wie immer ordentlich weggeräumt.«

Ich drehte mich zu Gillian und den Pfarrer um, die noch plauderten. Zu meiner Überraschung hatte William den Arm um Gillians Schultern gelegt.

Rebecca folgte meinem Blick.

»Er scheint wirklich bei den Frauen in der Gemeinde sehr beliebt zu sein«, sagte ich.

Aber Rebecca schmunzelte. »Diese Geste kenne ich gut. Wahrscheinlich will er, dass Gillian der Kirche eine Spende macht.«

»Meinen Sie, dass sie beim sonntäglichen Gottesdienst mehr Geld in den Spendenteller legen soll?« Ich muss zugeben, dass ich nicht sehr viel über die Gebräuche der anglikanischen Kirche wusste.

»Oh nein, nein.« Rebecca beugte sich vor. »Fundraising gehört zu den Aufgaben des Pfarrers. Wir bekommen ein Budget und Zielvorgaben für das Fundraising. Gillian Fairfax ist sehr reich und seit sie Witwe geworden ist, hat ihr Interesse an Kirchenbesuchen zugenommen. Eine große Spende von ihr würde uns dem jährlichen Ziel viel näher bringen. Wie Sie sich denken können, bringen Tombolas, Wohltätigkeitsläufe und Kuchenverkäufe nicht so viel ein, wie wir uns wünschen. Individuelle Spenden sind das Lebensblut einer Kirche wie dieser.«

Rebecca deutete auf das Kirchenschiff. Die meisten anderen Frauen waren zum Pfarrer und Gillian gestoßen. »Sie sind gekommen, um beim Putzen und Aufräumen für den morgigen Gottesdienst zu helfen«, sagte Rebecca. »Sonntag ist unser wichtigster Tag.« Hastig fügte sie hinzu: »Aber Dienstag wird wegen dem Begräbnis von Dolores auch ein wichtiger Anlass sein.«

Ich erkannte einige der Frauen aus dem Women's Institute, bei denen Gillian hoffte, sich beliebt zu machen, und beobachtete, wie der Pfarrer die Frauen geschickt zusammenbrachte. Rebecca hatte recht – der Pfarrer war ein begnadeter Redner und bevor es mir (und vielleicht auch Gillian) bewusst wurde, drückte eine der Frauen ein Staubtuch in Gillians weiche rechte Hand und zeigte ihr, wie man die Sockelkanten abstaubt.

Ich dachte an ihr überarbeitetes Dienstmädchen in Lemmington House und fragte mich, wann Gillian Fairfax das letzte Mal ein Staubtuch benutzt hatte. Wenn überhaupt jemals.

Ich bemerkte, dass auch Elizabeth Sanderson zu der Gruppe Frauen gehörte. Sie war ganz in Schwarz gekleidet und ihre Haut war blass und farblos. Sie gab zweifellos das Bild einer Person ab, die um ihre beste Freundin trauerte. War es aber ein wahres Bild? Ich dachte an unsere Tafel mit der Liste der Tatverdächtigen – zurzeit war sie die Hauptverdächtige. Ich musste einen Weg finden, um mit Elizabeth zu sprechen, ohne ihren Verdacht zu wecken. Dann fiel mir ein, wie aufgewühlt sie letzthin auf dem Friedhof war. Könnte das der Beginn für ein Gespräch sein? Eine freundlich besorgte Nachfrage? Ein Versuch würde sich lohnen.

Als ich mich ihr näherte, versprühte sie Möbelpolitur und wischte dann unkonzentriert im Kreis herum. Ich rief sie leise beim Namen und legte die Hand auf ihren Arm.

Sie schrak hoch und drehte sich zu mir um. Dann senkte sie den Blick. »Ach Peony, ich wollte eigentlich in Ihr Geschäft kommen, aber es fehlte mir der Mut. Was müssen Sie von mir denken, nachdem ich mich an jenem Tag so furchtbar benommen habe. Und Ihre schönen Blumen zertreten. Es tut mir sehr, sehr leid.« Tränen schwammen in ihren Augen.

»Das ist okay«, sagte ich, ohne weiter nach Worten zu suchen. Die arme Frau war zu Tode betrübt. »Sie waren wütend. Das wäre jedem so ergangen.«

»Ja, aber wie habe ich mich benommen! Es war schrecklich. Wenn ich nur gewusst hätte, dass Dolores nicht mehr lange unter uns sein würde, hätte ich diese Worte nie gesagt. Oder mich so benommen. Was müssen Sie und Ihre arme Mutter bloß von mir denken?«

Ich versicherte ihr, dass wir beide ihre Situation verstanden. »Soll ich vielleicht diesen Strauß für die Beerdigung von

Dolores wieder zusammenstellen? Sie hatte die Blumen eigens ausgewählt«, sagte ich.

Elizabeths Tränen flossen jetzt. »Ach die Beerdigung. Ja. Ich kann nicht glauben, dass sie tot ist.«

Es widerstrebte mir, dieser weinenden Frau Informationen zu entlocken, aber die Gelegenheit bot sich gerade. »Ich habe Sie vor ein paar Tagen am Friedhof gesehen und bemerkt, dass Sie aufgebracht waren«, sagte ich leise.

»Das stimmt«, sagte sie ebenfalls leise und sah hinüber, wo der Pfarrer noch Hof hielt. »Ich wollte, dass Dolores nahe der Kirche begraben wird, an jenem Platz, den sie ausgesucht hatte, damit ich ihr Grab immer im Auge behalten und es pflegen kann. Aber William erklärte mir, dass er das Gräberfeld verwalten musste und das unmöglich sei. Ich verstehe natürlich seine Gründe. Inzwischen hatte ich Zeit, über das Ganze nachzudenken, und habe mich beruhigt. Ich bin sicher, dass Dolores es verstehen wird. Der Pfarrer weiß immer am besten, was zu tun ist.« Ihre Miene hellte sich jetzt auf. »Er hat mich gebeten, ein paar neue Ornate für Weihnachten zu besticken. Ich freue mich so.«

Dann fügte sie hinzu: »Ich werde für den armen jungen Mann beten, der Dolores getötet hat. So etwas Schreckliches.«

KAPITEL 22

*D*olores Prescotts Begräbnis fand am darauffolgenden Dienstag statt. Es war ein bewölkter, noch warmer Tag, aber Wolkenbänke zogen über einen veränderten Himmel. Es war schwer, den Gedanken zu unterdrücken, dass Dolores' schlechte Laune über uns hing. Elizabeth Sanderson hatte sich vielleicht damit abgefunden, dass ihre Freundin im hinteren Teil des Friedhofs, umgeben von Greiskraut, begraben wurde, aber ich bezweifelte, dass Dolores sich darüber sehr gefreut hätte.

Es war ein stiller Gottesdienst und eine triste Beerdigung, wie ihr euch sicher denken könnt. Obschon Dolores im Dorf nicht sonderlich beliebt war, hatte das dramatische Ende ihres Lebens alle erschüttert. Sie versammelten sich hier, um ihr die letzte Ehre zu erweisen, und als ein Zeichen der Solidarität der Gemeinschaft. Ihr Mord hatte unser verschlafenes Dorf erschüttert.

Ich wünschte, ich hätte mich beruhigen und glauben können, dass der Mörder von der Polizei festgenommen worden war. Aber im Gegensatz zu den anderen Willowern, glaubte ich nicht, dass sie mit Mick den Richtigen gefasst hatten. Zum Glück hatte ich Char, Hilary und meine Mom. Wir vier setzten uns nach der Totenmesse zusammen, aber als der Empfang im Gemeindesaal der Kirche begann, wurden wir in verschiedene Richtungen getrieben. Das Women's Institute hatte für die meisten Blumen für die Kirche gesorgt, somit war ich nicht in die Vorbereitungen eingebunden. Das gab mir mehr Möglichkeiten, mich unter die Leute zu mischen und mit ihnen zu plaudern, und zugleich konnte ich mich an den Eier-und-Kresse-Sandwiches bedienen.

Wie bei den meisten Empfängen waren die Gespräche vorwiegend voller Plattitüden. Die Leute bemühten sich sehr, etwas Nettes über Dolores zu sagen. Sie konnte gut stricken. Ein engagiertes Mitglied des Women's Institute. Ehemalige Kirchendienerin.

Hilary begann ein Gespräch mit Bernard Drake über klassische Musik. Natürlich war ich bei jedem Kirchenbesuch mit meiner Mom besorgt, weil sie stets mit den Geistern redete. Zum Glück hatte sie sich Gillian vorgeknöpft – bestimmt, um mehr Informationen über Dolores und ihren spitzen Wortwechsel wegen des Women's Institutes aus ihr herauszuquetschen.

Ich war allein, beobachtete die Szene und aß noch ein Sandwich, als ich den angenehmen Hauch eines vertrauten Duftes wahrnahm. Ich drehte mich um und da stand Alex. Er trug einen dunkelgrauen Anzug, ein weißes Hemd und eine dunkle Krawatte, die Haare aus der Stirn gekämmt. Er musste während des Wochenendes in der Sonne gewesen sein. Ich hätte ihn gerne gefragt, wo er war, aber unterdrückte die Frage. Ich hatte Alex seit dem Morgengrauen Samstag früh nicht mehr gesehen. Mir wurde jetzt bewusst, dass ich auf einen Anruf oder eine Nachricht gehofft hatte.

»Hi«, sagte er ein wenig schüchtern.

»Oh, hallo«, antwortete ich. Ich wusste nicht, wie ich mich verhalten sollte. Sollte ich ihn umarmen? Ein Küsschen auf die Wange? Herzlich die Hand schütteln?

Aber Alex vertrieb meine Befangenheit, neigte sich zu mir herab und küsste mich leicht auf die Wange. Ich kann euch sagen, dass mich ein herrlicher Schauer durchrieselte.

»Es war ein guter Abschied«, sagte Alex über den Gottesdienst.

Ich stimmte ihm zu und sagte, dass der Pfarrer wirklich ein guter Redner war. Er konnte eine außergewöhnliche Geschichte über ein gewöhnliches Leben erzählen.

»Ich wollte dich wissen lassen, dass der Vertrag mit Monsieur Gagneux unterschrieben ist. Ich hatte vor, dir Blumen zu schicken, um mich zu bedanken, aber sie wären das vollkommen falsche Geschenk für dich.«

Ich lachte, obwohl ich des Öfteren Blumen bekam.

Alex räusperte sich und ich bemerkte, dass er eine Spur weniger selbstischer war als gewöhnlich. »Also habe ich mich gefragt, ob ich dich anstelle der Blumen nicht richtig zu einem Dinner einladen könnte. Als Dankeschön.«

Ich war von seinem Angebot überrascht, aber auf angenehmste Art. »Natürlich«, sagte ich. »Das wäre sehr nett.« Okay, es war immer noch kein richtiges Date, aber ich kam Alex näher und es fühlte sich gut an. Mehr als gut. Es fühlte sich richtig an.

Ich bemerkte jetzt, dass sich etwas in der Atmosphäre des Raums verändert hatte. Auch Alex hatte es bemerkt. Wir schauten uns beide gleichzeitig um und sahen die beiden von der Kripo. Rawlins und Evans waren zum Empfang gekommen. Ein Raunen ging durch die kleine Menge und mir schien, dass alle automatisch Haltung annahmen. Was war es, dass sich selbst die Unschuldigsten schuldig fühlten, wenn die Polizei in einem Raum auftauchte?

»Ich frage mich, warum sie hier sind«, sagte Alex leise. »Es ist doch sicher nicht üblich, dass sie zum Begräbnis kommen und gleichzeitig die Ermittlungen leiten?«

Ich sagte, dass ich mir nicht sicher war, es mir aber auch sonderbar erschien. »Glaubst du, es ist ihnen bewusst geworden, dass Mick nicht der Richtige ist?«

Bevor er antworten konnte, kam Char zu uns gelaufen. Sie wandte sich an Alex und bat ihn, im Namen von Mick mit den zwei Polizeibeamten zu sprechen. »Er verzweifelt langsam. Er ruft mich ständig an und bettelt, ich soll ihm helfen.«

»Ich bin nicht sicher, wie ich helfen könnte«, sagte Alex traurig.

»Sie sind sowas wie ein Baron, oder? Hören die Leute nicht schon deshalb auf Sie? Ich meine, Sie gehören doch irgendwie zum Königshaus.«

»Char!«, tadelte ich sie.

Aber Alex lächelte. »So funktioniert das leider nicht. Es tut mir leid.«

Arme Char. In diesen Tagen hatte sie diesen Satz oft gehört.

Der Pfarrer war von der üblichen Gruppe Frauen umringt, die anscheinend viel ihrer Freizeit damit verbrachten, sich um ihn zu kümmern. Sobald er Alex sah, löste er sich still von ihnen und kam zu uns. Sein Blick natürlich auf Alex gerichtet. Ein weiteres Gemeindemitglied, das einen

Scheck ausstellen und so die Finanzierungsprobleme des Jahres leicht lösen konnte.

»Alex. Wie schön Sie zu sehen« sagte der Pfarrer auf seine charmante Art.

»Ein sehr schöner Gottesdienst, Reverend«, antwortete Alex.

Und in diesem Augenblick fiel es mir wie Schuppen von den Augen. Es ist schwer zu erklären, aber es war, als ob plötzlich alles in Zeitlupe ablief und die Puzzleteile, die bis jetzt herumschwebten, formten jetzt ein vollständiges Bild. Ich holte tief Luft.

Der Pfarrer wandte sich zu mir. »Und Ihre Blumen waren wie immer sehr schön«, sagte er.

Ich hatte nicht viele der Sträuße gebunden, es war einfach eine seiner netten Bemerkungen, die er immer machte. »Danke. Aber Herr Pfarrer, wir haben ein Problem«, sagte ich. »Vielleicht könnten Sie helfen.«

»Natürlich Peony. Wie kann ich behilflich sein?«

Char stand da und schien verdutzt, als ich erklärte, wie es um Mick stand und dass er seine Unschuld bewiesen haben wollte.

»Aber, so viel ich weiß, wurde der junge Mann bereits wegen anderer Vergehen gesucht. Sicher wäre es das Beste für ihn, wenn er seine Strafe auf sich nehmen würde.« Er lächelte Char zu. »Natürlich werde ich für ihn beten.«

Hmm. Ich war zwar nicht Micks größter Fan, hatte es aber satt, dass man ihn in denselben Topf warf wie Owen Jones zuvor. Für vergangene Fehler hatte er doch bereits Buße getan. Und für Straftaten zu büßen, die er begangen hatte, war nicht dasselbe wie für einen Mord, den er nicht begangen hatte.

Ich hob die Stimme so laut, dass das Geplauder um mich verstummte. »Sie wissen, was es heißt, Buße zu tun, nicht wahr, Herr Pfarrer?«

Er wirkte verblüfft. »Natürlich bei meiner Arbeit.«

»Sie teilen Buße auch ganz schön aus, stimmt's?«

»Um Himmels willen, Peony, was ist in Sie gefahren? Fühlen Sie sich wohl?« Sein Ausdruck war aufrichtig besorgt.

Ich fühlte mich tatsächlich nicht sehr wohl, aber ich hatte jetzt den Stein ins Rollen gebracht und alle starrten mich an. Ich hatte keine andere Wahl, als weiterzumachen. Ich fühlte Alex an meiner Seite, eine stille, unterstützende Präsenz und das half. Char hatte vielleicht keine Ahnung, welche Wahnsinnsaktion ich gerade startete, sie war aber meine kleine Schwester und ihr stärkte ich den Rücken. Hilary und Jessie Rae schauten beide in meine Richtung, und als ich aus den Augenwinkeln kurz Blau und Gelb aufblitzen sah, wusste ich, dass Norman wie immer meinen Befehl, draußen zu bleiben, ignoriert hatte.

»Im Blumenzauber kann ich all dieselben Gefühle sehen wie Sie.« Ich blickte mich um zu meinen Freundinnen, Freunden und Nachbarn. »Ich sehe Menschen, wenn sie glücklich, dankbar, liebevoll sind und wenn sie trauern. Ich habe Blumen für all diese Gefühle.«

»Und auch gute«, meldete sich eine Männerstimme. Das fand ich nett.

»Ich sehe auch, wenn sie etwas bereuen, das sie getan haben. Wenn sie Demut zeigen. Sie ist eine wichtige Eigenschaft, die Demut. Ich bin aber nicht sicher, ob Sie mir zustimmen.«

»Natürlich denke ich, dass Demut wichtig ist.« Er sah sich um. »Peony, möchten Sie einen Termin vereinbaren, um mich

unter vier Augen zu sprechen?«< Er nahm offensichtlich an,
ich sei ausgetickt. Und nach der Art zu urteilen, wie mich
seine Gemeindemitglieder anstarrten, dachten sie das auch.

»Aber mit Demut leiten Sie nicht Ihre Kirche, nicht wahr
Herr Pfarrer? Sie genießen zu sehr Ihre Autorität. Sie treffen
gerne endgültige Entscheidungen.«

»Meine Berufung bringt oft endgültige Entscheidungen
mit sich.«

»Wie Dolores hinter der Kirche zwischen giftigem
Unkraut zu begraben?«

Ein hörbares Luftschnappen ging durch die Umste-
henden und ich bemerkte, dass im ganzen Raum Schweigen
herrschte. Der Pfarrer räusperte sich. Seine Wangen
begannen sich zu röten.

»Es gab sonst keinen freien Platz. Ich habe selbst beim
Grab das Greiskraut gejätet.«

»Das glaube ich nicht. Ich glaube, sie bestrafen Dolores
im Tod, so wie Sie sie im Leben bestraft haben. Dolores *hatte*
Elizabeths schönes Altartuch absichtlich zerstört und Sie
waren so wütend, dass Sie sie zur Strafe getötet haben.«

KAPITEL 23

*H*ätte ich das Begräbnis eines Mordopfers dramatischer und aufregender gestalten wollen, dann wäre mir dies eindeutig gelungen.

Eine Schockwelle erschütterte den Gemeindesaal.

Das Gesicht des Pfarrers war jetzt vollständig rot. »Das ist absurd. Dolores sagte, es war ein Unfall.«

»Sie wissen aber, dass es keiner war. Der Abendmahlwein konnte unmöglich im Kelch sein, ohne dass ihn jemand hinein gegeben hatte. Dolores war so eifersüchtig, dass Elizabeth Sanderson in Ruhm schwelgen konnte, weil sie das schöne Altartuch gestickt hatte, dass sie es absichtlich zerstören wollte, um es dann wie einen Unfall aussehen zu lassen.«

»Ich kann nicht glauben, dass sie etwas so Böses getan hat«, jammerte Elizabeth.

»So war es aber. Als ehemalige Kirchendienerin wusste Dolores, wie genau sie das Tuch so ruinieren konnte, dass es wie ein Zufall aussah. Schlimmer noch, sie handelte nicht aus einer momentanen Eifersucht heraus, sondern plante die

Sabotage.«

Elizabeth weinte noch lauter. »Meine schöne Arbeit. Zerstört.«

»Sie hatten recht, Elizabeth. Sie hatte das Tuch vorsätzlich ruiniert. Sie musste sich in die Sakristei geschlichen haben, um den Abendmahlwein zu holen, und dann füllte sie den Kelch. Sie wusste, dass Sie in die Kirche gehen würden, um das Tuch zu messen, bevor Sie den Saum nähen würden, weil Sie es ihr gesagt hatten. Ich war ja dabei, ebenso der Pfarrer. Und als Sie dann Maß nahmen, stieß sie ›zufällig‹ den Kelch um und verschüttete den Wein über Ihre Arbeit.«

»Wieso hätte sie so etwas Schreckliches tun sollen?«, fragte Rebecca Miller.

»Weil sie wirklich so eifersüchtig war. Und noch schlimmer, sie versuchte, Ihnen die Schuld an dem Unfall zu geben. Sie behauptete, dass Sie den Wein im Kelch gelassen hätten. Sogar in ihrer Entschuldigungskarte an Elizabeth schrieb sie, es sei Ihre Schuld gewesen, Rebecca, und nicht ihre eigene.«

»Warum beschuldigen Sie nicht Elizabeth für den Mord an ihrer Freundin, wenn Ihnen so sehr daran gelegen ist, einen Schuldigen unter uns zu finden?«, fragte der Pfarrer.

Bei diesen Worten riss Elizabeth vor Schreck die nassen Augen weit auf. »Ich habe nichts getan. Ich schwöre es. Ich weiß, dass ich von Rache gesprochen habe, es war aber nur dummes Gerede. Unsinn.«

»Ich weiß«, sagte ich. »Weil Sie, Elizabeth, gelernt haben, wirklich zu vergeben. Und Sie, Herr Pfarrer, haben ihr wahrscheinlich dabei geholfen, dagegen haben Sie beschlossen, Gott zu spielen. Bernard Drake hat mir von den drei Versuchungen erzählt, die einen Mann Gottes auf Abwege führen können: *Mädchen, Gold und Gott. Frauen oder Geld haben viele gute Männer ruiniert. Und einige von ihnen glauben sogar, sie seien Gott und nicht seine Diener.«*

»Das ist verrückt«, zischte der Pfarrer. »Sie ruinieren Dolores' Empfang mit diesem Unsinn.«

Und da ergriff Rebecca wieder das Wort. Sie zitterte ein wenig, als sie sagte: »Ich habe gesehen, wie Sie an jenem Nachmittag, an dem Dolores getötet wurde, zu ihrem Haus gegangen sind. Ich habe mir nichts dabei gedacht, fragte mich aber, warum Sie es nie erwähnt haben, als die Polizei uns befragte.«

»Das stimmt, Sir«, sagte Wachtmeister Evans und trat hinter ihn. »Sie hatten uns nicht gesagt, dass sie das Opfer, so kurz vor ihrem Tod gesehen hatten.«

»Ich habe sie nur aufgesucht, um mit ihr über ihre Untat zu sprechen. Sie zu beraten. Es tut mir leid, dass ich vergessen habe, es zu erwähnen. Nach den dramatischen Ereignissen muss es mir aus dem Sinn gekommen sein.«

Plötzlich hatte ich das Gefühl, die ganze Szene vor mir zu sehen. »Vielleicht haben Sie sie aufgesucht, um ihr einen Rat zu erteilen. Sie spielte aber nicht die Rolle der reuigen Büßerin, nicht wahr? Sie schob die Schuld weiterhin auf die neue Kirchendienerin. Das muss Sie wütend gemacht haben. Dolores stichelte gerne hinter dem Rücken, also beschlossen Sie, sie genau so zu bestrafen. Sie haben ihr einen Messerstich in den Rücken versetzt.«

Der Pfarrer schüttelte heftig den Kopf. »Nein, nein, nein!«

»Kommen Sie, William«, sagte Rebecca, »Sie müssen uns allen mit gutem Beispiel vorangehen und jetzt das Richtige tun. Sagen Sie es uns. Egal, wie schmerzhaft es für Sie ist.«

»Man sagt, dass die Beichte der Seele guttut, Sir,«, sagte Wachtmeister Evans.

»Ich bin nicht katholisch«, erwiderte der Pfarrer ärgerlich.

Alle starrte ihn an und er schien für einmal sprachlos.

»Wenn wir Ihr Haus durchsuchen, werden wir Beweise finden, die Sie als Mörder von Dolores Prescott überführen«, sagte Kommissarin Rawlins. »Unsere Forensiker sind sehr gut.«

Plötzlich erschlaffte er. »Also gut. Ich habe ein giftiges Unkraut aus dem Garten dieser göttlichen Gemeinde ausgerissen und ich bereue es nicht. Alles, was ich noch zu sagen habe, werde ich der Polizei ohne Publikum sagen.«

Die beiden Beamten von der Kripo zogen die Handschellen heraus und lasen dem Pfarrer seine Rechte vor, während seine Gemeinde in sprachlosem Schweigen zusah.

Norman flog in den Saal und landete auf Chars Schulter, die neben mir stand. »Wow! Du weißt wirklich, wie man ein Begräbnis aufpeppt, Kleine.«

KAPITEL 24

*A*lex öffnete eine weitere Flasche gut gekühlten Weißwein und füllte unsere Gläser nach. Nach den dramatischen Ereignissen beim Begräbnis von Dolores hatte ich meine Freundinnen, Owen – und Alex in mein Bauernhaus eingeladen, um uns zu entspannen. Zu meiner Überraschung hatte Alex die Einladung angenommen und jetzt saßen wir zu sechst draußen im Garten und gingen die Ereignisse noch einmal durch. Der fertige Steinweg war perfekt und mit Owens Hilfe verwandelte ich den Garten in einen farbenfrohen Ort, der Schmetterlinge, Bienen und Freundinnen und Freunde anzog, die nach einem dramatischen Tag alles noch einmal besprechen mussten.

Alex hatte seine Krawatte gelockert und den obersten Knopf seines Hemdes geöffnet und schien sich in meinem Garten richtig zu Hause zu fühlen. Und ich beruhigte mich endlich, nachdem ich den Pfarrer vor der ganzen Dorfgemeinschaft des Mordes beschuldigt hatte.

Alex musste meinen Blick gespürt haben, denn er wandte sich zu mir und eine Welle des Glücks durchströmte mich.

Ich fragte mich, wohin er mich zum Abendessen ausführen würde und wann. Ich war sicher, dass es ein fantastisches, aber kein protziges Lokal sein würde. Ich wusste nicht, was das Schicksal mit uns vorhatte. Es gab reichlich schwierige Aspekte zwischen uns – er ein Werwolf und ich eine Hexe – aber in diesem Moment wollte ich nicht über Probleme nachdenken. Ich wollte einfach den Tag und die Gesellschaft genießen.

»Ich verstehe immer noch nicht, wie du dahintergekommen bist, dass es der Pfarrer war«, sagte Owen und schüttelte den Kopf. »Es ist so, als hättest du einen sechsten Sinn oder so ähnlich.«

Char warf mir einen schnellen Blick zu. Jessie Rae war zu sehr damit beschäftigt, Blue hinter den Ohren zu kraulen, um zu bemerken, was irgendwer sagte, der keine Katze war.

Ich schüttelte den Kopf. »Es war kein sechster Sinn, sondern eher ein gutes Gedächtnis. Das Ganze begann für mich einen Sinn zu ergeben, als Bernard Drake mir die drei Versuchungen erklärte, die einen Mann auf Abwege bringen können. Mädchen, Gold und Gott. Sobald er erwähnte, dass Frauen und Geld viele gute Männer ruiniert hätten, und auch Geistliche der Versuchung der Macht erlagen, die sie über ihre Gemeinde hatten, da erinnerte ich mich an gewisse Augenblicke im Verhalten des Pfarrers. Er war von Frauen umgeben, verhielt sich aber immer korrekt. Er war ein guter Fundraiser, aber es gab keinerlei Hinweise auf eine unsolide Verwaltung. Wenn ich aber überlegte, ob er sich für Gott hielt, da begann ich ein Muster zu erkennen.«

»Aber warum sollte er Dolores töten?«, wollte Hilary wissen. »Suchte er sie auf, um sie für ihre Schandtat zu bestrafen?«

Das hatte ich mich auch gefragt. »Ich glaube nicht, dass er die Absicht hatte, Dolores zu töten. Vermutlich hat es ihn wahnsinnig gemacht, dass sie sich weigerte, die Rolle der Büßerin zu spielen, die er für sie vorgesehen hatte.«

»Das ist«, sagte Norman, »verrückter als ein verrücktes Huhn.«

»Viele von uns haben Elizabeths Wut und Verzweiflung miterlebt«, fuhr ich fort, »und Elizabeth war ein Gemeindemitglied, das er besonders mochte. Bedenkt auch, dass Dolores nicht nur Elizabeth verletzt hat, als sie das Altartuch zerstörte. Der Pfarrer musste es als ein Vergehen gegen ihn und die Kirche betrachtet haben. Aber als er ihr das vorwarf, wette ich, hat sie die Schuld weiterhin auf Rebecca Miller geschoben. Wahrscheinlich hatte sie ihn in die Küche gebeten, um Tee zu kochen, und da lag das Messer vermutlich griffbereit und er reagierte im Affekt. Das ist jedenfalls meine Theorie.«

Trotz meines Verdachts war es ein Schock zuzusehen, wie der Pfarrer von der Polizei abgeführt wurde. Reverend William Wadlow war ein wichtiges Mitglied der Gemeinschaft. Er hatte kluge Augen und ein freundliches Gesicht und sein Verhalten war – zumindest in der Öffentlichkeit –, seit ich ihn kannte, immer absolut korrekt. Er stand allen wichtigen Veranstaltungen des Dorfes vor und war immer bereit, jedem zuzuhören und zu jedem Thema Ratschläge zu geben. Die älteren Frauen des Dorfes liebten es, ihm zu schmeicheln, und er war stets liebenswürdig und bescheiden. Diese Bescheidenheit hatte sich jedoch im Laufe der Jahre abgenutzt und er wurde von seiner eigenen Macht überzeugt.

Als er abgeführt wurde, waren jene Frauen, die sich nach

dem Tod seiner Frau um ihn gekümmert hatten, besonders schockiert, vor allem die arme Elizabeth Sanderson. Sie hatte ein schönes Altartuch bestickt, das zu einem Mord führte. Ich hoffte, dass die anderen Frauen des Women's Institute ihr in den kommenden schweren Tagen beistehen würden. Ich plante, ihr morgen Blumen mit Heilkräften zu schicken, die ihr helfen sollten, den Schmerz zu lindern.

Chars Handy klingelte. »Das ist bestimmt das Gefängnis. Ich bin gleich zurück.«

Obwohl ich die letzte Woche ständig Mick gegen seine Ankläger verteidigt hatte, mochte ich ihn immer noch nicht. Das ungute Gefühl, das auf meiner Haut kribbelte, als ich ihn zum ersten Mal sah, war nicht verschwunden. Sein ganzes Wesen sagte unmissverständlich: *Leg dich nicht mit mir an.* Und in seinem Blick lag etwas, das mich am ganzen Körper erschauern ließ. Es waren die Angst und Verletzlichkeit, die ich tief in seinem Inneren erahnte und die ihn zu einem opportunistischen jungen Mann gemacht hatten. Er würde seine früheren Fehler wiederholen, solange er sich nicht mit seiner unsicheren und ängstlichen Seite auseinandersetzte. Hätte Mick in der Zeit, in der er sich in Willow Waters versteckte, an sich gearbeitet, dann wäre er vielleicht nicht versucht gewesen, im Haus von Dolores zu stehlen und würde nicht in eine Mordermittlung verwickelt worden sein.

Als Char zurückkam, fragte ich sie, was nun mit Mick geschehen würde.

Char runzelte die Stirn, als wäre sie verwirrt. »Natürlich ist er froh, dass er nicht länger als Mörder verdächtigt wird. Aber er steht unter Anklage wegen der Diebstähle.«

Owen nickte. »Man kann nicht ewig auf der Flucht sein.

Jeder muss sich früher oder später mit den Folgen seiner Taten auseinandersetzen.«

Hilary stimmte ihm zu.

»Richtig«, gestand auch Char ein und spielte mit ihrem Ohrring, einer silbernen Schlange, die halb zu ihrer Schulter herabhing. »Die Polizei weiß bereits, dass er nur das Fluchtauto gefahren hat. Außerdem hat Hilary sich für uns eingesetzt und ihm einen guten Anwalt besorgt.«

»Wenn er Glück hat«, sagte Hilary, »wird er keine allzu harte Strafe bekommen. Vielleicht zwei Jahre.«

Ich wandte mich an Jessie Rae, die verdächtig still war, während wir alle unseren Senf dazugaben, bemerkte aber, dass sie äußerst fasziniert von etwas hinter mir war. Ich drehte mich um, sah aber nur den Kühlschrank. Was hatte ihre Aufmerksamkeit so gefesselt?

Und jetzt begann Blue zu fauchen. Meine süße orangerote Katze ist ein sanftes, verschlafenes Geschöpf. Sie miaut kaum, von Fauchen keine Rede. Es gab nur einen Anlass, der sie immer fauchen ließ.

»Mom, wen siehst du?«

Aber Jessie Rae ignorierte mich. Sie begann sich auf ihrem Stuhl vor und zurück zu wiegen.

»Es scheint, deine Mutter hat eine ihrer Visionen«, sagte Alex nicht unfreundlich. Im Gegenteil, Alex tolerierte die Visionen meiner Mutter mit mehr Empathie als die meisten Dorfbewohner, die entweder die Augen verdrehten oder kicherten.

Jetzt wusste ich warum. Alex hatte nicht nur eine berühmte Nase, sondern auch alle überhöhten Sinne eines Werwolfs.

»Keine Visionen, Liebling«, sagte Jessie Rae und stand auf, dabei verscheuchte sie die noch fauchende Blue.

Ich bückte mich und nahm Blue schützend in meine Arme, wo sie sich beruhigte.

»Du liebe Güte, Peony«, sagte Jessie Rae, »hinter deinem Kopf schwebt ein Geist.« Sie kniff die Augen zusammen. »Nun, ich glaube, es ist Dolores. Und sie ... lächelt!«

»Cool«, sagte Char. »Wir haben ihren Mörder gestellt und jetzt bedankt sie sich bei uns.«

»Wirklich?«, fragte ich. Ich war überrascht, wie erleichtert ich war, dass Dolores ihren Frieden gefunden hatte und gekommen war, um es uns wissen zu lassen.

»Oh ja«, bestätigte Jessie Rae. »Und jetzt tanzt sie und klatscht in die Hände.«

»Dann«, meldete sich Norman, »hat sie jetzt im Jenseits mehr Spaß, als je zuvor in ihrem Leben.«

»Und das soll uns allen eine Lehre sein«, sagte Jessie Rae. »Ihr müsst jede Minute dieses Lebens genießen.«

Ich blickte auf und bemerkte, dass Alex mich ansah. Ich hatte eine Einladung zu einem Abendessen vom interessantesten Mann in der Stadt. Ich würde ganz gewiss jede Minute genießen.

Danke, dass Sie das Buch gelesen haben. Ich hoffe, Sie hatten Spaß mit Peonys neuestem Abenteuer. Werfen Sie hier gleich noch einen Blick in den nächsten Krimi, *Die Schnellstraße zur Schneerose*.

Eine Anmerkung von Nancy

Liebe Leserin,
Lieber Leser,

vielen Dank, dass Sie *Das Karma der Kamelie* gelesen haben. Ich würde mich freuen, wenn Sie eine Rezension auf Amazon hinterlassen könnten, und bitte erzählen Sie Ihren Freunden, die Blumen und paranormale Cosy-Krimis lieben, von diesem Buch.

Wenn Sie gerne stricken und paranormale Cosy-Krimis mögen, könnte Ihnen auch *Der Strickclub der Vampire* gefallen. »Ein entzückender paranormaler Cosy Krimi, der in einem Strickladen in Oxford, England, spielt. Mit der spät erblühten Amateurdetektivin Lucy Swift und einer Reihe von wahrlich unvergesslichen Charakteren erfüllt dieser Krimi alle Erwartungen«, schreibt NYT-Bestsellerautorin Jenn McKinlay.

Melden Sie sich für meinen Newsletter an, wo Sie das kostenlose Prequel *Verwirrung und Verrat* erwartet. Es ist die spannende Geschichte von der Verwandlung des umwerfenden Rafe Crosyer aus der Serie *Der Strickclub der Vampire* in einen Vampir.

Ich hoffe, Sie in meiner privaten Facebookgruppe zu treffen. Es macht viel Spaß. www.facebook.com/groups/NancyWarrenKnitwits

Bis zum nächsten Mal.
Gute Unterhaltung!

Nancy

BÜCHER VON NANCY WARREN

Erfahren Sie mehr über neue Ausgaben und Sonderangebote in Nancy's Newsletter (auf Englisch) bei NancyWarrenAuthor.com oder folgen Sie ihr auf Facebook auf facebook.com/nancywarrenDeutsche

∿

Der Blumenladen von Willow Waters

Die Magie der Pfingstrose - Band 1

Das Karma der Kamelie - Band 2

Die Schnellstraße zur Schneerose - Band 3

∿

Der Strickclub der Vampire

Verwirrung und Verrat - Ein kostenloses Prequel für die Abonnenten von Nancys Newsletter

Der Strickclub der Vampire - Band 1

Maschen und Magie - Band 2

Häkelei und Hexenkessel - Band 3

Zwirn und Zauber - Band 4

Lieblingspullis und Liebestränke - Band 5

Weissagung und Wollpullover - Band 6

Schwindelei und Spitze - Band 7

Bommelmützen und Besenstiele - Band 8

Ein messerscharfer Klassiker - Band 5

Das Verwunschene Brautkleid

Eine Serie aus fünf romantischen Komödien über Frauen, die auf der Suche nach dem richtigen Kleid, den dazu passenden Schuhen und dem perfekten Mann sind.

Die Flucht der Braut - Buch 1

Die Braut aus Zweiter Hand - Buch 2

Brautjungfer zu mieten - Buch 3

Ein Brautkleid zum Verlieben - Buch 4

Wenn das Kleid passt - Buch 5

Die Oma

Das Jahr, in dem die Weihnachtsoma das Weite suchte

Um eine vollständige Liste ihrer Bücher zu sehen, gehen Sie auf Nancys Website NancyWarrenAuthor.com

ÜBER DIE AUTORIN

Nancy Warren ist eine USA Today Bestseller-Autorin und hat mehr als 100 Romane verfasst. Sie stammt ursprünglich aus Vancouver, Kanada, zieht jedoch gerne um und hat längere Zeit in England, Italien und Kalifornien gewohnt. Die Inspiration zur Strickrunde der Vampire kam ihr während ihrer Zeit in Oxford. Gegenwärtig lebt sie teils in Großbritannien, in Bath, wo sie oft so tut, als sei sie Jane Austen, oder zumindest eine von deren Romanfiguren, und teils in Victoria, Britisch-Kolumbien, wo sie es genießt, am Meer zu leben. Zu ihren Lieblingsmomenten zählen die Tage, als sie die Antwort in einem Kreuzworträtsel der kanadischen Zeitung National Post war, als sie es mit ihrem Roman Speed Dating, dem Auftakt zur Buchreihe Harlequin's NASCAR, auf das Titelblatt der New York Times schaffte, und die drei Male, als sie für den RITA-Award, den bedeutenden Preis für englischsprachige Liebesromane, nominiert wurde. Sie hat einen MA in kreativem Schreiben von der Bath Spa University. Sie ist eine begeisterte Wanderin, liebt Schokolade und vor allem liebt sie es, von ihren Lesern zu hören!

Die beste Weise, mit ihr in Kontakt zu bleiben, ist, sich über NancyWarrenAuthor.com für Nancy's Newsletter anzumelden (in Englisch).